致青春 063

影帝的公主

－中－

笑佳人　著

高寶書版集團

第二十一章　罪臣穆昀　004
第二十二章　甦醒　020
第二十三章　太傅雜記　040
第二十四章　銘記在心　056
第二十五章　龍王　070
第二十六章　月底雲南見　084
第二十七章　穆老師　099
第二十八章　公主抱　114
第二十九章　別對著我吹氣　129
第三十章　初見青龍　144

目錄
CONTENTS

第三十一章　影帝的第一次　159
第三十二章　影帝與太傅　175
第三十三章　衝動　191
第三十四章　白蛇之爭　201
第三十五章　影帝的畫　218
第三十六章　妳的定金　233
第三十七章　同人小說　261
第三十八章　江月　275
第三十九章　幽會　290

第二十一章　罪臣穆昀

送回髮簪，明薇靠在沙發上打電話給家人。

妹妹明橋人在T大，說帝都下大雪了，各個學院都在慶祝耶誕。明橋話少，明薇叮囑妹妹出門多穿點別感冒了，便掛斷電話打給老媽，結果手機裡面背景聲音嘈雜，原來夫妻倆出門浪漫去了。

『薇薇哪天回來？』明強湊到老婆手機旁問。

明薇算算日子，笑：「過年吧，應該能在家多住幾天。」

聊完家常，明薇放下手機，短暫的輕鬆後，分手的酸澀情緒再次席捲而來，胸口那裡堵得悶悶的，比撞見程耀、王盈盈在一起時強烈百倍。兩個多月的溫柔體貼，說斷就斷了，還是她主動要求斷的，換成穆廷州先提出來，她至少可以生氣罵他洩憤，現在她只能自己品嚐苦果。

劇組群組通知滴滴響，明薇無聊翻看，原來副導演請客聚餐，正在邀請人呢。

分手的人最怕獨處，肖照不在，明薇肯定不會單獨跟穆廷州去吃火鍋，便報名加入聚餐。

男二號：『大小姐不去吃火鍋了？』

明薇：『人多熱鬧，大家一起過節吧。』

她這麼說，馬上有人@同樣在群裡的穆廷州：『太傅去不去？』

明薇滿臉黑線。

太傅：『去。』

副導演：『行，那你們下來吧，我們這就出發。』

明薇心一慌，連忙去洗臉，剛塗完面霜就有人敲門。

明薇飛快套上她的短款羽絨服，開門去了。穆廷州站在門外，明薇關上門，垂著睫毛道：「走吧。」

他沒說話，保持兩步距離，默默跟在她身後。

電梯中繼續尷尬，跟聚餐成員匯合了，好人緣的明薇頓時成了圈子中心，若無其事地聊了起來。晚餐吃的是自助餐，飯後有人提議去唱歌，明薇有點心動，耳畔忽然傳來熟悉的清冷聲音：「明天要拍戲，公主早點休息。」

明薇下意識點頭。

回到酒店，兩人各自回房。

第二天早上，明薇再次看到了肖照。

「昨晚幾點回來的？」明薇跟肖照並肩走，勸他：「片場不需要你做什麼，回房補個覺吧。」

「沒事，習慣了。」肖照神清氣爽，絲毫看不出昨晚熬過夜，與自己的身體相比，他更好奇明薇與穆廷州的相處。回頭看看，敏銳地注意到穆廷州眼底比平時更冷了，肖照低聲問明薇：「你們，吵架了？」

明薇搖搖頭，趁穆廷州去前面按電梯，她偷偷看一眼他的背影，嘴上頗為瀟灑道：「就是覺得這種戀愛太累，先只當公主、太傅吧，將來他病好了再看情況。」

這是最理智的選擇，肖照尊重並欣賞明薇的果斷，只安慰了一下明薇：「據我所知，廷州車禍前一次戀愛都沒談過，妳別聽琳琳胡說八道，那張照片八成也是她P的。」

明薇「嗯」了聲，笑著朝他道謝，聽得出來肖照似乎很支持她與太傅或影帝在一起。

接下來的拍攝依然忙碌繁重，明薇全心投注在演戲上，只有夜深人靜時才會偷偷難過一陣。穆廷州是個言出必行的太傅，說當君臣就當君臣，他照舊把明薇當成公主悉心照顧，但他的動作謹慎，再也沒與明薇有過肢體接觸。

曾經的熱吻都變成了夢，回想起來也少了真實感。

一月中旬，《南城》終於要殺青了。

最後一場戲，演員們都幹勁十足，早早來到片場準備。化妝間裡，梳化師專注認真地幫明薇化新娘妝，明薇頭靠椅背，閉著眼睛開玩笑：「拍一次戲就當一次新娘，以後真的結婚時估計都沒有新鮮感了。」

梳化師一邊幫她插簪子一邊柔聲笑：「不一樣的，肯定是當真的新娘子更美。」

明薇暫且還無法想像自己結婚的那一天。

「好了，可以照鏡子了。」一個小時後，梳化師扶著明薇肩膀，提醒她。

明薇睜開眼睛，鏡子裡的新娘，髮型、頭飾、嫁衣都比明華公主出嫁時要簡單，但梳化師有一雙巧手，明薇本來就漂亮，現在五官更明豔了，明薇自己都忍不住多看了幾眼。

化妝間外陸陸續續有工作人員走動，肖照逛完一圈回來，陪穆廷州一起等著。

明薇一身紅妝走了出來，因為化了妝，年輕女孩的臉頰未羞而紅，宛如嬌羞待嫁的新娘。

「公主又要出嫁了，還挺巧，兩次嫁的都是一個人。」肖照別有深意地說。

明薇低頭笑，目光落在了肖照旁邊，她能感覺到穆廷州在看自己。

穆廷州面無表情看著明薇，說不出為何，在她跨門而出，他看到她的第一眼，心底忽然湧起一股陌生的情緒，是似苦似疼。

「哇，新娘好漂亮！」陳璋從休息室走出來，看到明薇，爽朗地誇道。

明薇抬頭看他。陳璋同樣一身紅衣，短髮精神幹練，整個人散發著蓬勃向上的朝氣。

「你也很帥啊。」明薇回敬道。

兩個主演並肩前行，準備拍攝。

一開始是新郎去女方住處接新娘，到了男方家中，一對新人拜天地、夫妻對拜。攝影工作人員圍在旁邊，穆廷州、肖照只能站在導演身後，當明薇、陳璋夫妻對拜時，穆廷州心口忽然一疼，猶如針扎。

「沒事吧？」時刻留意摯友的肖照，很快便注意到了穆廷州的異樣。已經進了臘月，南方陰冷潮濕，穆廷州的額頭竟然出了汗，臉色也不對。

「無礙。」痛感一閃而逝，穆廷州摸摸額頭，皺眉說。

拜完天地，最後一幕，是洞房戲。

兩次合作，明薇與陳璋已經培養出了默契，演夫妻越來越像了。

「Action！」

布置喜慶的新房，余婉音穿著那身喜服，懶懶地靠在床頭看高長勝的帳本。如今的她不再是當初那個容易臉紅害羞的余家大小姐，經歷過數年賣藝不賣身的青樓生活，也開槍暗殺過叛徒賊子，余婉音早已從小白花蛻變成了張揚成熟的紅玫瑰。

高長勝發達了，但性格還是當年那般，一進新房，人便火急火燎衝到床邊，直接往新娘子身上撲。

「可盼到這一天了。」丟了她手中的帳本，高長勝雙手攥著老婆的手腕舉到頭頂，俊臉幾乎與她相貼，目光火熱。

「從哪天開始盼的？」余婉音美眸似水，笑著瞋他。

高長勝裝模作樣想了想，咧嘴笑：「從那天我在船上等生意，遠遠看到一個穿黃衫的小娘們開始，我當時就想，這丫頭長得真水靈，要是能摟到被窩睡一覺，我高長勝這輩子便值了。」

俞婉音呸他：「第一次見面就想那個，流氓！」

高長勝放聲大笑，笑著笑著，他往老婆胸口瞧瞧，眼神陡然變得危險起來：「光想想就叫流氓了？那我現在就讓妳見識見識，什麼叫真流氓！」

說著猛地低頭，埋在余婉音右脖頸，狼似的親吻。

劇情裡是親，陳璋當然沒真的親，只是借位看起來像罷了，但他的呼吸吹著明薇脖子，明薇那裡最怕癢，一下子破功了，笑著推他。陳璋趕緊挪到一旁，兩人都笑了。

高導演只好喊卡，等主演們調整情緒。

肖照扭頭看穆廷州，穆廷州眉頭緊皺，俊臉蒼白。

肖照擔心了，拉拉他的手臂：「不舒服？」

穆廷州抿著唇，黑眸始終望著床上的新娘。

明薇已經躺下了，與陳璋繼續剛剛的戲份，其實很簡單，這裡也是後期要穿插男女主角相識的片段，所以明薇、陳璋換了幾個看似激情的擁抱姿勢，整部戲便正式殺青。

從床上下來，明薇長長舒了口氣，一抬頭，卻見高導演身後，穆廷州正複雜地望著她。

「你沒事吧？」離開拍攝場地，肖照去取車了，明薇站在路邊擔心地問。雖然她跟穆廷州分手了，但該關心的還是要關心。

穆廷州半晌未語，就在明薇以為他不會回答時，穆廷州忽然抬手，點了點心臟的位置，垂眸道：「觀公主拍那種戲，臣心中堵塞。」

從她打扮成新娘露面的那一秒，他的胸口便一直堵著，苦悶難解。

他苦悶，明薇正緩慢癒合的心也被他這意外的一句重新撕開，讓她想哭。

她不說話，穆廷州轉身，瞥見她紅紅的眼眶，知道她並沒有表現出來的那麼豁達快樂，穆廷州壓在心底半月的話突然找到了宣洩口。遠處有工作人員四散走開，穆廷州看見了，但又彷彿那裡什麼都沒有，眼中只有她。

「臣有一惑，一直想問公主。」

明薇心驚，頭朝他那邊歪，疑道：「你說。」

穆廷州緊盯她臉，幽幽道：「公主歸還臣的玉簪，是因為公主厭惡臣了，還是擔心某天臣會變成影帝，忘了公主？」

明薇苦笑：「你明明知道。」

穆廷州是知道，但他同樣不甘：「公主只忌憚影帝，可否考慮過臣的感受？如果臣終將沉睡，永不復醒，那公主是否揣度過，臣沉睡之前，會不會心有所繫，心有所憾？」

她是公主，他是臣子，若公主心裡沒他，他再傾慕也會恪守規矩，絕不再糾纏公主，但他不甘心，不甘心公主為了另一個人疏遠他。如果他會活到白髮蒼蒼，那為何要放棄公主？如果他終將消失，為何不珍惜與她相處的有限時光？

心有所繫，心有所憾。

殺青宴上，劇組成員舉杯共飲歡聲笑語，明薇應付得天衣無縫，腦海裡卻全是穆廷州那番話。

「在想什麼？」陳璋端著酒杯在她身旁落座，「今晚的大小姐好像一直在出神。」

明薇回以一笑：「以前叫我公主，現在喊我大小姐，下次再合作，會不會又改了新稱呼？」

陳璋與她碰杯：「改來改去都是昵稱，我真正的朋友叫明薇。」

明薇突然丟了魂。

她臉上的紅潤瞬間褪色，陳璋嚇了一跳：「妳……」

明薇想偽裝，眼淚卻掉了下來，她迅速擦掉，不好意思道：「我先上去了。」說完重新擺出笑臉，儘量自然地走向宴會廳入口。

陳璋目送她，瞥見不遠處穆廷州跟了上去，他才收回視線，心情沉重。最近這三個月，他與明薇相處的時間最長，因為喜歡，他情不自禁關注明薇，明薇與穆廷州的小甜蜜他看得出來，明薇與穆廷州冷戰，他同樣感受的到。

陳璋煩躁地喝酒。他喜歡明薇，他希望她開心，即便是在別人懷裡。

「公主……」

「先別說話。」

宴會廳外，明薇頭也不回地打斷穆廷州，微笑著來到電梯前。

穆廷州以守護般的姿態站在她旁邊，想到她剛剛擦淚的動作，突然感到愧疚，一定是他說錯了話。

明薇帶穆廷州去了她房間。

「太傅，我想清楚了，我們倆再無可能。」背對他抹掉眼淚，明薇就站在玄關跟他說話，「我這麼說，跟你什麼時候變成影帝沒關係，跟你將來會不會忘了我也沒關係，而是我剛剛意識到，你心裡裝著的，根本不是我。」

眼淚再次奪眶而出，明薇掩飾不了，也不想掩飾，甚至不給穆廷州辯解的機會：「為什麼你出車禍後會認為自己是太傅？因為你入戲太深，你放不下明華公主，車禍醒來，你對我的所有的好，都是因為你把我當公主。沒有這個前提，你不會抱我離開婚宴，不會心甘情願當我的助理，不會替我端茶倒水……歸根結柢，你想照顧的是公主，你喜歡的也是公主，根本不是我明薇！」

被一個高大俊朗的二十四孝太傅捧成公主，多浪漫啊，浪漫得她飄了起來，明明決定斷開了，又被他一番告白弄得搖擺不定，幸好陳璋一句無心之語提醒了她。她是明薇，太傅愛明薇，她心疼他是應該的，太傅愛公主，她還心疼個屁啊！

答應複合就是答應繼續陪穆廷州演公主太傅的戲，但她不是公主，過去的三個月算她糊塗，再繼續陪他玩、陪他瘋，非但接受穆廷州當助理、幫他恢復記憶的初衷沒有實現，連她這個正常人都也被傳染生病了，染上他給的公主病。

視線模糊，明薇拿出手機打電話給肖照。

還沒撥號，手機突然被人搶走。

明薇沒搶，對著他的胸口冷笑：「你還有什麼話說？」

她滿臉淚，穆廷州心疼的無以復加：「若臣讓公主如此痛苦，只要公主開口，臣馬上離開……」

「好，戲也拍完了，明天你跟肖照便回去吧，以後都不用再來見我，我留在你別墅的東西會托朋友幫我帶走。」明薇只求他快走，還喜不喜歡，會不會不捨，都不重要，這段感情糊里糊塗，他是誰、他愛誰，她分不清楚，累得也不想再分。一刀下去，澈澈底底斷了，對她、對影帝都好，至於太傅，他本就不該存在。

「臣，遵命。」退後幾步，穆廷州將手機放到桌上，回來路過她身邊，穆廷州頓足，轉頭看她。

明薇扭頭。

「惹公主傷心落淚，是臣之罪，但有件事臣必須澄清。」移開視線，穆廷州的聲音平靜無悔：「臣視妳為公主，故尊之敬之，初時無半分雜念。公主純真爛漫勤勉刻苦，臣方心動，公主質問臣究竟鍾情於誰，臣也不知，臣只知道，臣一生只動了一次心，情之所繫，絕非公主稱號。」

明薇努力憋著淚。

身後他彎腰行禮：「今後不再侍奉左右，望公主珍重，罪臣穆昀，告辭。」

這一次，他真的走了。

穆廷州離開不久，肖照過來敲門，明薇現在見不得他們任何一個，見了，她怕控制不住。

『廷州要我訂明天的機票，你們……』

「訂吧，這陣子謝謝你們的照顧。」明薇躺在被窩，遮著眼睛講電話。

女孩的聲音沙啞可憐，一聽就知道肯定哭了很久，肖照雖同情，但身為經紀人，他考慮的更多，沉默片刻，他盡職盡責地提醒她：『之前廷州與妳形影不離，明天一走，媒體肯定會大肆報導揣測，妳想過怎麼回應嗎？』

明薇沒想過，她想的全是他。

『要不然我們晚幾天再走？妳還有配音工作……』

「不用了，配音我一個人能搞定，你們走吧。」明薇害怕，怕再看到那張臉、那雙眼，自己會反悔。

『後天吧，明天讓沈素送個助理過來，我也要跟她商量商量怎麼回應媒體。』肖照冷靜地說。

明薇讓他看著安排。

第二天，沈素、穆廷州母親竇靜，都來了。

明薇化了淡妝，與沈素去穆廷州房間開會。

她與穆廷州的「私情」只有肖照知道，竇靜完全相信肖照的話，見到明薇，她誠懇道歉：「這幾個月廷州給妳添麻煩了，現在廷州想通了，願意回家養病，那我就接他回家，但我跟肖照都很感激妳，薇薇以後有空多來看看伯母，工作上遇到難題可以找肖照，他人精明著呢。」

明薇笑著道謝。

談好了，明薇、沈素送穆廷州三人去搭電梯。

「薇薇再見。」進了電梯，竇靜笑著朝明薇擺手。

明薇禮貌微笑，眼睛始終看著竇靜，電梯門緩緩闔上，只剩最後一條縫了，她終究沒忍住。可是已經遲了，她只看到一道黑色身影，那人的臉、那人的眼，迅速被電梯擋住，接下來是電梯下降的聲音。

「……罪臣穆昀，告辭。」

曾經那麼溫柔待她的太傅，就這麼走了。

穆廷州他們離開酒店時，受到聞訊趕來的記者圍堵，當穆廷州三人登上飛機，那段影片也傳到了網路上。

明薇靠在床頭看，影片裡穆廷州戴著墨鏡，薄唇緊抿。

肖照替母子倆回答問題。

「穆先生現在離開，是恢復記憶了嗎？」

「沒有明顯恢復，不過明薇一直都在潛移默化地影響廷州，多謝明薇，廷州現在不再抗拒治療，所以我們計畫出國治療。」

回答了一個問題，立即就炸出更多記者追問。

「如果治療沒有進展，穆先生還會繼續當明薇的助理嗎？」

「穆先生恢復後，會怎麼看待這段經歷？」

肖照先送穆廷州母子進車，車門關好了，他推推眼鏡，對著麥克風道：「廷州何時康復，目前誰也說不清楚……明薇積極配合我們幫助廷州，期間多次忍耐廷州的無理取鬧，這份大度與友誼，我與穆家都會記得，希望將來與她有更多的合作機會。」

明薇笑了，肖照真會說話，這是幫她造勢呢，用影帝的人情，儘量維持她在片方那邊的吸引力。

然而理想是豐滿的，現實很殘忍。

曾經熱邀明薇加盟的幾個潛力項目陸續收回邀約，或是將明薇的主角改成配角。粉絲那邊，說實話，明薇主演的兩部作品都沒上映，沒人知道她的演技如何，新增的幾百萬粉絲都是穆廷州帶來的，如今穆廷州從她的世界離開，明薇社群下的留言風向大變，支持她的粉絲開始減少，跑來冷嘲熱諷的反而越來越多。

『新人演員，還是腳踏實地才好，自己掙的名氣才是真的，蹭來的熱度早晚會沒了。』

『走個狗屎運當了公主，現在穆廷州走了，妳狗屁都不是。』

『如果當初換個人演公主，穆廷州的公主也會換人，明薇純屬走運。』

『明薇已經賺到了，要不是穆廷州，她能跟陳璋出演《南城》？等著吧，剛蹭完穆廷州的熱度，很快又要蹭陳璋的了，爛花瓶！』

短短一個下午，明薇的童話世界粉碎到連渣滓都不剩。

關掉筆電，明薇拉起被子睡覺。

手機響了，明薇一動也不動，響了第三遍，她才紅著眼眶鑽出被窩，抓起手機。

『我到酒店大廳了，妳住幾號房？』

老爸的聲音洪亮，氣勢十足，收到親人的關心，明薇哭得更凶了，哽咽著報出房間號。兩分鐘後，明薇打開房門，入眼的是一大捧鮮豔燦爛的玫瑰。

明薇愣住，對方走錯門了？

花束放低，露出明強依然帥氣的臉，濃眉大眼，古銅色的皮膚盡顯陽剛之氣。

「這點小事也值得哭，太傅公主是假的，可妳是我跟妳媽手心裡的真公主，這不比假的好？」明強進門，將他精心挑選的玫瑰花束塞到女兒懷裡，嘴上訓著女兒，眼裡卻裝滿了父親對寶貝女兒的關心。

明薇破涕為笑。

是啊，誰說她不再是公主？沒了太傅，她還有父母姐妹，小日子過得好著呢。

第二十二章　甦醒

穆廷州並沒出國，他也沒有接受任何形式的心理治療，回到帝都，他讓肖照買來一批上好的紫檀木與雕刻工具，然後便整天關在房間削木頭，除了三餐會下樓吃，其他時間不見人影。肖照進不去他的房間，又好奇失憶的影帝大人在創作什麼，便偷偷查看穆廷州放在門口的垃圾桶，可惜穆廷州彷彿在防著他，每塊木頭都用專用器械弄成了木屑……

「明天除夕，今晚我回那邊，沒事的話初八回來。」

吃完晚飯，穆崇、竇靜在樓下待著，肖照跟在穆廷州後面上了樓。

穆廷州對肖照的行程不感興趣，沒聽見一般直接走向他房間。肖照搶先幾步擋在門口，看著穆廷州明顯瘦削下來的臉龐，肖照恨鐵不成鋼地諷刺道：「你跟那位太傅還真有點像，既然放不下她，那就去找她，把自己弄得人不人、鬼不鬼，她看不見又有什麼用？」

「讓開。」穆廷州漠然道，聲音不帶一絲感情。

「兩件事。」繞過感情問題，肖照直接提醒穆廷州：「第一，明天除夕，伯父、伯母替你操了不少心，你老老實實陪他們過年，別再找麻煩。第二，二月十四號是情人節，女人都喜歡，你若還想挽回公主，記得提前準備禮物，別錯過機會。」

說完了，肖照識趣讓開，讓他進門，只是眼看著穆廷州冷冰冰關了門，肖照的眉頭還是跳了幾跳，想不通自己為何還要伺候這位不近人情的大爺，明明外面那麼多公司要高薪挖他過去當經紀人。

房內，穆廷州走到床旁席地而坐。

在他面前擺著一塊初見雛形的木雕，穆廷州撿起木雕，右手持刻刀，低頭雕刻。窗簾半敞，窗外是北方寒冷的冬夜，冷風呼嘯，窗內光線明亮，然而男人憑窗而坐，形單影隻，雖然身處亮室，周身卻凝結著孤寂蕭瑟的氣息。

一刀、兩刀，錯了，男人試著挽救，嘗試失敗後放棄了這塊，重新拿了一塊檀木過來。

「廷州，十點多了，先睡吧。」門外竇靜小心翼翼地勸兒子。

穆廷州動作微頓，看看木雕，簡單應道：「好。」

洗漱完畢，穆廷州關了燈，一動也不動地躺在床上，消瘦臉龐隱匿於黑暗中，不知何時才入睡。

除夕夜，與穆家的冷清相比，徐家便顯得熱鬧多了。

年底團圓，徐家兩房都來徐老爺子的四合院過年。徐老爺子是書法大師，修身養性不屑商賈之事，但他有個出身豪門的妻子，還生了兩個厲害的兒子。長子徐修天資聰穎，繼承了母親的商業天賦，年少便初露鋒芒，利用徐家殷實的家底與母親的嫁妝大膽創業，並在短短數年迅速壯大，躋身商業圈名流。次子徐儀留學海外金融名校，回國後輔佐兄長成立了如今的徐氏集團。

徐家的錢越來越多，徐老爺子卻越來越不開心。兩個兒子經商，大孫子也經商，二孫子跑去當什麼經紀人了，三孫子自小被他媽寵壞了，經商、書法都沒天分，只知道花天酒地，唯一的孫女嬌嬌滴滴的，各種名牌如數家珍，書法卻是一點都指望不上，他再不想想辦法，徐家書法就要失傳了。

開飯之前，徐老爺子正襟危坐，目光最先落到了大孫子徐凜身上：「老大過完年三十二了吧？準備什麼時候帶女朋友回來？別嫌爺爺囉嗦，你這年紀實在不小了，趕緊挑一個結婚，給我生個曾長孫，再晚兩年，我怕是連毛筆都要拿不動了，怎麼替你們教孩子？」

徐凜繼承了其父徐修的五官優點，長眉鳳目，肅容時不怒自威，身為集團現任CEO，徐凜沉穩內斂，性格偏冷，但也極擅人際交往。再一次被老爺子催婚，徐凜熟練地敷衍道：「已經開始相親了，遇到合適的再介紹給您。」

徐老爺子「嗯」了聲，扭頭提醒坐在他左邊的長子：「你看著點，別讓他糊弄我。」

徐修點頭，兒子不小了，確實該成家了。

徐老爺子的目光挪向了二孫子。

肖照戴著金絲眼鏡，面帶從容微笑，彷彿長輩說什麼他都能應答如流。徐老爺子冷冷哼了聲，懶得理他，直接朝三孫子徐端開炮：「你大哥不近女色，你是身邊鶯鶯燕燕太多，聽說最近跟一個叫什麼盈盈的女明星搞上了？老三我警告你，你在外面怎麼玩我都不管，但敢帶那種女人回來看我怎麼收拾你！」

徐端是二房的，被爺爺訓了，垂著腦袋當乖孫子，徐二太太卻有點不高興，偷偷掃了眼斜對面的兩個姪子。既羨慕姪子們有本事，又埋怨公公偏心，兒子只是跟幾個小明星玩玩，肖照都改名進娛樂圈了，怎麼沒見公公罵？

「爺爺，我最乖了是不是？從不惹您生氣。」徐琳乖巧地笑。

家裡只有一個孫女，徐老爺子自小偏愛，但想到穆廷州，徐老爺子還是皺眉道：「下半年好好讀書，再敢偷跑回來，我扣妳零用錢。」他不愛出門，但孫子、孫女做了什麼，基本都清楚，女孩子臉皮薄，他才沒點明。

徐琳嘟嘟嘴，心裡卻高興，穆廷州不認什麼公主了，她暫且也能放心了。

大家庭會議開完了，晚宴後回到長房的東院，徐修繼續跟兩個兒子開小會。

老大天天在他眼皮底下，徐修沒什麼好管的，只問肖照：「廷州病情如何了？」

肖照嘆氣，靠著沙發道：「老樣子，天天以為自己是古人。」

徐修觀察兒子：「他記憶錯亂，你為什麼也陪他去給新人當助理？」

穆廷州剛出事的時候，徐修簡單瞭解過情況，那個明薇確實漂亮，也有氣質，兒子給穆廷州當經紀人，為的是自小玩出來的友情，之前突然心甘情願照顧明薇，徐修總覺得兒子可能有些別的心思。

肖照坦蕩回答：「我要照顧廷州，而且明薇人不錯，這次她幫了大忙，我願意幫她一把。」

「最好是這樣，老爺子反感女明星，你別再氣他。」徐修威嚴警告道。妻子生完老二不久就病故，老二從小沒享受過母愛，他才略微縱容，但這縱容要有限度，再說娛樂圈的女人，真清純的鳳毛麟角，老爺子的反感不是沒有道理。

父親想太多，肖照懶得解釋，明薇是穆廷州特別對待的女人，他才沒那種心思。

過完年，大小企業都恢復了正常運營。

三月份《大明首輔》要開播了，明薇要配合一些宣傳，在家過完初五便返回帝都，這也是她被影帝穆廷州「拋棄」後第一次回來。接機大廳中圍滿了記者，明薇裹好圍巾戴好墨鏡，儘量無視那些令人難堪的追問。明強料到人會多，專門過來送女兒，保鏢開道，他緊緊將女兒護在懷裡，俊朗強壯的男人被誤解成貼身保鏢，吸引了一堆鏡頭。

「一群瘋子。」終於上了車，明強脫掉外套，瞪著窗外罵道。什麼叫他女兒被穆廷州拋棄了？當初穆家記者會上拜託女兒幫忙的影片他們都忘了？一個個只會亂寫亂罵，就是嫉妒他女兒漂亮，嫉妒他女兒有名氣，找不到別的黑點就歪曲事實發泄嫉妒。

「薇薇好好拍戲，人家越想踩死我們，我們就要越風光，影帝算什麼？薇薇爭氣，給老爸拿個影后回來。」喝口水，明強瞪著虎眸道。

「影后有那麼容易拿就好了。」明薇笑，掃一眼機場那邊越來越小的記者身影，明薇靠著老爸肩頭道：「爸你放心吧，我沒那麼脆弱，有計較那些的功夫，還不如專心準備下一部劇。」投入工作，讓自己充實起來，也是迅速走出失戀的有效辦法。

搬出影帝別墅，明薇暫時還跟閨密林暖住。

次日送走明強，林暖再無顧忌，壓著明薇坐在沙發上，打聽她與穆廷州的事。

明薇雲淡風輕的，不想閨密替她擔心。

沒有打聽到粉紅泡泡，林暖很失望：「我還以為妳跟太傅會擦出火花呢，看妳們倆那些影片我都想當公主了。」

明薇假裝不以為然：「不許妳穿裙子、不許妳跟小鮮肉男明星靠的太近、不許妳晚上去唱歌、不許妳熬夜追劇，哦，還自帶隨時準備罵妳的女粉絲，這樣的男人，妳真的想當他的公主？」

男朋友誠可貴，自由價更高，得知浪漫背後穆廷州管了明薇那麼多，林暖頓時又同情起明薇了，打抱不平道：「那天我開小號罵了一堆黑妳的，我家明薇這麼美，還有我這麼有背景的閨密，需要蹭別人的熱度？妳等著，明天我送份大禮給東影老闆娘，讓東影多多捧妳！」

明薇知道她在開玩笑，笑笑就過去了。

二月十二號，《大明首輔》有個關於發表會的內部籌備會議，通知主演們都要參加。收到通知，明薇自然要配合，只是想到又要見到穆廷州，明薇心裡就沉甸甸的，泛著苦。

苦勁剛上來，肖照打來電話：『我剛剛問他了，籌備會議他不會參加。』

他不去……

不用見面了、不用糾結了，明薇本該高興的，可不知道為什麼卻高興不起來。

她好奇原因，好奇他最近過得怎麼樣，但一句都不能問。

她的沉默，肖照能猜到原因，看一眼穆廷州的房門，猶豫幾秒，隱晦道：『他……還是太傳。』

明薇逃避似的掛了電話。

籌備會議那天，明薇果然沒有見到穆廷州，晚上回了公寓，卻接到一個陌生號碼的電話。

明薇遲疑著接聽。

『薇薇，是我，程耀。』

手機裡傳來久違的前前男友的聲音，明薇莫名想笑，不知道該怎麼形容自己的心情，想聽的聲音聽不到……

『薇薇，我現在在林暖車上，如果妳願意，我想上去找妳，隨便聊聊。』汽車後座，無視林暖憤怒的眼神，程耀低聲道，有點哀求的意味：『薇薇，我好不容易才找到機會偷偷見妳，妳別拒絕，好不好？』

他一直在等這一天，等穆廷州恢復記憶主動離開她，他不介意網路上怎麼評價明薇，他只希望經過此事明薇能看清現實，看清他程耀才是最珍惜她的男人。

『薇薇……』

寒冷的夜晚，男人低沉哄求地喚著她的小名，不得不說確實有一定的殺傷力，至少那一瞬間明薇記起了她與程耀短暫的初戀，也記起了程耀在她腦海中已經漸漸模糊的臉龐。他的聲音洩露了他還有情，又是在她被人嘲諷的敏感時期，明薇多少能猜到程耀此時現身的目的。

果然是情場高手。穆廷州在她身邊，程耀沒自信壓下穆廷州，便耐心地等待，現在穆廷州走了就抓住機會出來訴說衷腸，換個心軟脆弱點的女人，誰能不被程耀感動？

就像明薇，雖然猜到了程耀的招數，可還是有所觸動。程耀選擇繼續追求，願意當穆廷州的「備胎」，說明程耀對她存了幾分真情，也說明程耀在感情上處理得不夠妥當，但他作為前男友的人品並沒那麼糟糕。

這份觸動讓明薇願意試著跟程耀保持朋友關係。

收起接聽電話時的煩躁，明薇平心靜氣解釋道：「程耀，我們現在見面真的不太合適。你知道我最近的情況，公寓下面肯定有記者，萬一被人拍到我又要被說成勾搭富二代了。」

程耀抿唇，最後一次努力：『真的不行？』

明薇：「嗯。」

程耀無奈，擺手示意林暖停車，他推開車門。

林暖揚長而去，程耀單手插著口袋走到附近的路燈下，小聲跟她說話：『那就電話聊吧。』

明薇忍不住笑了下。

那久違的輕笑勾得程耀心癢癢，也讓他生出了一些希望，背靠路燈，低聲問：『笑什麼？』

明薇沒賣關子，一語點破：「我笑程總對我還真是鍥而不捨，別人都罵我，你居然還關心我。」

程耀沒想到她那麼聰明，他鬆了鬆領帶，接著她的話道：『那不知道，我這份鍥而不捨能不能打動明小姐？』

明薇點頭：「打動了，之前你誘導我誤會自己是靠你才進了《大明》劇組，我已經把你拉到了拒絕往來的黑名單，今晚你雪中送炭，我準備拉你出來，只要你別再提複合的事，我們還能做朋友。」

資訊量太大，程耀突然不知道該說什麼，半晌方苦笑：『進組的事妳怎麼知道的？』

明薇：「劇組人多，偶爾聽說的。」

程耀沒深問，只覺得丟人，但莫名其妙的，聽她平平靜靜地說出來，不生氣不譏諷，短暫的尷尬後，他很快又覺得過去的事都無足輕重了。

心空了一塊，遺憾卻不再酸澀，程耀仰頭看星星：『如果妳沒撞見我跟王盈盈，妳會嫁給我嗎？』

明薇認真想了想，搖頭：「應該不會，你看，我現在進了娛樂圈，拍戲很累，我們長時間分隔兩地，我能保證自己不變心，但你……在你身上，我找不到太多的安全感，一旦有人放出你的緋聞，我肯定會動搖。」

程耀自嘲地笑，是啊，他都記不得自己有過多少女人了，明薇缺乏安全感是應該的。

『那穆廷州呢？妳跟他……』

「我跟他只是普通的關係啊，難道你也認為我真把自己當公主，太傅一走便跌到谷底了？」明薇詫異地問，那稀鬆平常的語氣，連她自己都快要相信了，相信她與穆廷州沒有任何曖昧交集。

程耀也有點信了，明薇跟他分手的毫不拖泥帶水，確實不太像會輕易動心、傷心的人。

『好吧，當朋友就當朋友，明天開始，我繼續當我的花花大少，如果妳吃醋了，不用猶豫，馬上告訴我，我一定會為妳改邪歸正。』簡單聊了些日常，只穿西裝的程耀扛不住冷了，用玩笑話當結束語，雖然此時此刻，他說的話是出自真心。

「嗯，我記住了。」明薇笑著結束通話。

十幾分鐘後，林暖回來了，進門就朝明薇抱怨程耀，說程耀無賴上她的車。得知程耀終於願意放手了，林暖舒服了，跟著又吐槽林爸、林媽：「每逢七夕情人節就催我找男人，我被別人虐狗就算了，他們也來亂，妳說說，我只比妳大兩歲，今年才二十五，他們怎麼搞得像是我七老八十嫁不出去似的？」

明薇靠著抱枕道：「這是基本國情，不是忍就是服從，沒別的辦法。」

林暖瞪她：「妳爸媽催妳了嗎？」

明薇笑得一臉幸福：「我外公打聽過，我爸不催，巴不得我跟橋橋一輩子不嫁人。」

想到明強對女兒的寵愛，林暖羨慕死了：「還是妳爸好。」

明薇也喜歡自己的老爸，然而情人節將至，對於一個被迫與男朋友分手的失戀女人來說，濃烈如火山噴發的父愛也抵擋不住夜深人靜孤枕難眠的傷心苦澀。擦擦眼睛，明薇摸出手機，不知多少次重翻她與太傅的聊天訊息。

戀愛期間，每到晚上九點五十分他都會提醒她睡覺，如果她生病，提醒時間會改成七點。

有這樣當男朋友的嗎？比小時候的家長管得還嚴。

明薇把這事當煩惱向林暖抱怨，抱怨的時候心裡卻在下雨。如果老天爺肯給她一個太傅，一個會一直存在的太傅，她會心甘情願被他管，因為每次他管她，自己都會情不自禁地笑，比吃了蜜還甜。

天黑了，天亮了，天又暗了。明天，單身狗們將迎來最虐狗的情人節。

「我訂了蛋糕，明天我們一起吃。」提著一袋食材進來，林暖一邊往裡走一邊說。

明薇懶洋洋躺在沙發上，雜誌蓋臉：「我要玫瑰花。」

林暖立即寵溺道：「買買買，妳要什麼我都買給妳！」沒有男朋友，閨密之間互相取暖也好。

明薇笑著起身，兩人一起去廚房準備晚飯。

黃昏日落，穆廷州的別墅裡，趙姨也開始為穆廷州、肖照準備晚飯了。兒子還是不認他們，穆崇夫妻心情沉重地搬走了，兒子抗拒他們留在這裡。二老一走，肖照繼續接管監督穆廷州日常的職責，儘管一天二十四小時裡只有三餐時才能見到穆廷州。

距離飯點還有大半個小時，肖照坐在客廳研究片方新送來的幾個劇本。穆廷州生病了，邀約卻沒斷過，他依然忙碌。

樓梯那邊傳來腳步聲，肖照抬頭，看到鬍子拉碴的穆廷州，意外地挑眉：「餓了？」還沒到吃飯時間呢。

穆廷州沒應聲，直接走向廚房，瞥見他手裡拿著一個匣子，肖照好奇地站了起來。

「趙姨，勞煩妳幫我跑一趟，親手將這個送到公主手中。」雙手托著紫檀木匣，穆廷州低頭說。

臨時接到任務，趙姨下意識看向穆廷州，對上穆廷州布滿血絲的眼睛，趙姨心裡一酸，接過匣子道：「您放心，我馬上去，一定親手交給公主，太傅這幾天都沒好好休息，讓肖先生簡單弄點吃的，吃完您快去睡一會兒吧。」

穆廷州頷首。

趙姨知道明薇的地址，這就出發了，記者們對肖照都不太追，更不會跟蹤她。

肖照會煮麵，讓穆廷州去客廳等著。煮麵只需幾分鐘，肖照盛了兩碗，端著走出廚房，卻見穆廷州仰面躺在沙發上，靠近一看，男人雙目緊閉，竟然睡著了。半個多月閉門不出，也不健身，穆廷州瘦了，而且因為這兩晚熬夜，膚質也差了很多，原本三十出頭的冷俊影帝，如今變成了滄桑大叔。

肖照找來一條毯子幫他蓋上，他去廚房吃麵，把兩碗都吃了。

明薇、林暖的晚飯很豐盛，明薇本來沒什麼胃口，但身邊有個活潑向上的閨密，不禁受到感染，暫且忘了穆廷州。擺好飯菜，林暖開了一瓶紅酒，情意綿綿地看著明薇：「以後每年的情人節，我都會陪著妳。」

「不需要。」明薇果斷拒絕。

林暖哈哈笑，跟她碰杯：「祝我們早日脫單！」

明薇笑著舉杯，正要喝時電話響了。

明薇心跳加快，知道自己在盼著誰，努力鎮定地拿起手機，看到「趙姨」，明薇既失望又吃驚。

「明小姐，我在妳們公寓樓下，穆先生準備了一份禮物托我送過來。」

明薇失了神。

林暖湊在旁邊，聞言炸了，抓奸般審問明薇：「還說沒關係，沒關係穆廷州會送妳禮物？」

明薇腦海裡一片紛亂，還沒想好該怎麼做，林暖已經跑出去了，三分鐘後接了趙姨上來。

「明小姐，穆先生讓我親手交給妳。」從禮物袋中取出木匣，趙姨感慨著遞給明薇。肖照足夠理智，不曾向明薇透露什麼，趙姨更多愁善感，見明薇怔怔的，趙姨心疼地道：「明小姐，穆先生回來後一直把自己關在房間裡，天天削木頭，手上添了不少傷，這兩晚半夜也不睡覺，忙完第一件事就是讓我跑一趟。明小姐，如果穆先生惹妳生氣了，希望妳再給他一次機會，我在他那邊做了十幾年，從沒見過穆先生這麼在乎一個人。」

明薇淚如雨下。

她有父母、妹妹，有閨密、朋友，穆廷州現在的世界只有她。她知道分開的這一個月穆廷州過得不會太好，但想像是一回事，親耳聽說又是一另一回事，她心疼。

「他們還沒吃飯，我先回去了。」事情辦妥了，趙姨提出離開。

林暖下去送她。

明薇雙手扶住匣蓋，緩緩打開。

紫檀木的匣子中裝著一座紫檀木的木雕。古樸精緻的屏風前，一個穿小禮服的女孩坐在沙發上，微微低著頭，眼簾輕垂，嘴角上翹。女孩前面跪著一個男人，他頭戴冠巾身穿古袍，雙手托著一枚鳳簪，仰頭看她。

他的智商很高，學什麼都快，短時間內就雕得那麼好，男人眼裡的情，女孩歡喜的笑，靈動得好像活了過來。

「你再敢親我，就罰你一輩子都把我當公主捧著，可好？」

「罰吧，臣求之不得。」

「你喜歡的是公主，不是我。」

「臣一生只動了一次心，情之所繫，絕非公主稱號。」

曾經的情話都變成了刀子，一刀一刀扎在她心上，明薇飛快蓋上匣子，把臉埋進抱枕裡泣不成聲。

「薇薇，妳跟他到底怎麼回事？」送客回來，見明薇哭成這樣，林暖莫名也酸了眼睛，坐在旁邊問她。

明薇只是哭，倒在她懷裡哭。

林暖輕輕拍她肩膀：「妳先哭，哭夠了再告訴我，喜歡就去找他，有什麼大不了的？」

明薇的心早就飛過去了，他是太傅，他答應過不再見她，只要她不去，他就絕不會食言。

可她不能去，現在去了，之前的一個月算什麼？感情沒變，橫亙在他們之間的問題也沒變。心裂開了，裂成了兩半，明薇拿不定主意，她哭著向朋友求助。

「是我我就去。」弄清緣由，林暖心疼地罵明薇：「妳怎麼這麼傻？穆廷州如果真的有女朋友，他出了這麼大的事，他女朋友會不來？肖照是徐琳的親堂哥，他都說穆廷州跟徐琳沒什麼，那肯定沒關係……妳喜歡的是太傅，將來穆廷州忘了，妳就當太傅死了，死前該愛還是愛。如果穆廷州記得，但他不喜歡妳了，那他也沒臉諷刺妳占他便宜，誰叫他開車不小心出車禍？」

明薇還是猶豫。

「再說了，妳跟太傅精神戀愛，別動手動腳不就行了？」林暖腦筋一轉，低頭笑明薇：「還是穆廷州男色太誘人，妳眼饞，必須抱抱親親才算談戀愛？」

明薇掐她大腿，心裡豁然開朗。

「趕緊打電話給趙姨，妳坐她的車回去。」林暖著急道，說完搶過明薇手機，讓明薇抓緊時間洗臉換衣服。

半小時後，明薇躲在趙姨車子後座，偷偷進了穆廷州的別墅。

大廳是暗著的，聽到車聲，肖照走到門口，瞥見趙姨身旁的明薇，肖照默默鬆了一口氣，看來穆太傅雖然迂腐，情人節禮物卻送得還不錯，把他的公主拉回來了。

「他睡著了，在沙發上。」肖照輕聲說。

明薇不好意思看他。

戀人見面，肖照、趙姨分別回了自己房間。

客廳空曠，明薇慢慢繞到沙發前，雖然光線昏暗，她還是看清了躺在那裡的男人，面容瘦削憔悴。

明薇的心都要碎了。

小心翼翼蹲跪下去，怕打擾他睡覺，她屏氣凝神，只貪婪地用眼描繪他的臉龐。

他不知道，陷入了深度沉睡。

明薇守了他三個多小時，最後肖照過來勸她回房睡，她的公主房還留著，趙姨每天打掃。

明薇答應了，半夜卻抱著被子下來，坐在單人沙發上休息。坐姿難受，明薇每隔一段時間醒一次，睡得斷斷續續，早上六點，天有點亮了，見穆廷州還在睡，明薇笑笑，重新閉上眼睛，沒看到樓梯那邊並肩而站的肖照、趙姨。

「晚點再做飯吧。」肖照低聲說。

趙姨點點頭。

明薇又睡了四十分鐘，客廳亮了，她突然不想再睡，挪開被子起來走遠一點伸懶腰。

其實她的腳步很輕，但沙發上的男人卻餓醒了，睜開眼睛，看到客廳天花板，他愣了愣。

「趙姨。」

「醒了啊？」

遠處傳來刻意壓低的寒暄，穆廷州視線偏轉，剛要起來，一道身影忽然闖進了視野。

「你醒了？」習慣地過來瞧瞧，見穆廷州眼睛居然睜著，明薇大喜，本能地蹲到他面前。

男人呆呆地看她。

他一臉茫然，明薇後知後覺地意識到，她狠心趕他走，他可能有點生氣吧？

明薇低頭，小聲道歉：「對不起……」

女人的眼睛浮腫，右邊眼角還有一塊白色眼屎，穆廷州皺眉，一邊坐起一邊責怪剛剛走過來的肖照：「你帶來的？」頭髮亂糟糟，臉也沒洗，見面就賠罪道歉，可他根本不認識這女人，是不是精神有問題？

肖照錯愕。

明薇震驚抬頭，恰好撞上穆廷州嫌棄的眼神，那麼嫌棄，好像在看一個陌生的瘋女人。

她如遭雷擊。

肖照反應迅速，盯著穆廷州問：「今天是幾月幾號？」

穆廷州忽然覺得肖照也有點不正常，但還是回答了：「三月七……你是在暗示我別忘了晚上與奧蘭多的飯局？」

奧蘭多……

明薇笑了，那是她翻譯生涯最後一個雇主，去年的三月七號晚上，也是她與穆廷州第一次見面。

第二十三章　太傅雜記

顯而易見的事實，穆廷州恢復了他遇見明薇前的記憶，後面的都忘了。

他現在只是影帝。

明薇一時無法從打擊中走出來，穆廷州更不瞭解情況。肖照讓明薇先去樓上房間待一會兒，再示意趙姨準備早飯，他陪穆廷州回房，一邊爬樓梯一邊簡明扼要地向穆廷州解釋：「……去年三月，《大明首輔》開拍，明薇出演公主。十月你去配音，路上車禍失憶，從車禍到昨晚，你都一直以為自己是太傅，並死纏爛打明薇，把她當公主，網路上有影片可以作證。」

口說無憑，到了二樓，肖照用手機搜尋記者會那段影片給穆廷州看。

影片裡有肖照，有穆崇夫妻，這三個是穆廷州最信任的人。太傅無法理解「失憶」一詞，影帝卻接受過現代教育，因此穆廷州並未質疑，面無表情地點開下一個相關影片。影片拍攝地點好像是婚宴現場，他一身黑色西裝，大步走向明薇，然後……

穆廷州抿唇，立即關了影片。

「明薇很值得同情，是不是？」肖照愉悅地問，鬼知道他盼這一刻盼了多少天。

穆廷州無意配合摯友的揶揄，習慣地往三樓走。

肖照伸手攔他，朝三樓揚揚下巴：「太傅說了，三樓是公主的地盤，我等平民無詔不得擅闖，你現在住二樓，那裡。」體貼地幫穆廷州調整方向。

穆廷州斜他一眼，神色不愉地去了他之前為肖照安排的客房。

肖照勸他先洗臉。

穆廷州走到洗手間，看到鏡子中自己鬍子拉渣、憔悴無比的臉，皺眉問靠在門口看熱鬧的那位：「怎麼弄的？」

肖照嘆息：「明薇花容月貌天真爛漫，太傅大人日久生情，對她越來越好，明薇被太傅感動，兩個人就戀愛了，耶誕節太傅還送明薇一根翡翠簪子做定情信物。本來好好的，琳琳突然跑過來自稱是你女朋友……」

聽到這裡，穆廷州眉頭皺得更深了。

肖照明白，繼續道：「跟太傅談戀愛隱患太多，明薇怕你醒來忘了她或不喜歡她，主動提出分手。太傅為情所傷，回來後悶在房間雕刻木頭，日以繼夜，不知道雕了什麼東西，昨晚托趙姨送出去了。趙姨前腳剛走，你倒頭就睡，明薇被禮物感動過來找你，守了你一晚，然後你就都知道了。」

穆廷州摸摸下巴上的鬍渣，聯想那兩段影片，他相信肖照說的都是真的，但自己卻沒有任何印象。

「你去看看她，我洗個澡。」一身上有點味道，穆廷州冷聲說，連自己也嫌棄。

肖照對觀看他洗澡沒興趣，走了。

穆廷州關上浴室的門。

半小時後，穆廷州裹著浴袍走了出來，刮掉鬍子的他，目光清冷，俊臉瘦削，平添孤傲，看起來比昔日的影帝更加難以接近。來到臥室，穆廷州環視一周，放棄先換衣服的計畫，他緩步走向床前，單膝蹲下。

那裡擺著一套雕刻刀、幾塊尚未使用的紫檀木，周圍盡是木屑，暗示曾經有人在這裡雕刻過，但那人刻了什麼，無人知曉，也沒有痕跡可循。

穆廷州撿起雕刻刀。娛樂八卦誇他多才多藝，木雕這東西他沒接觸過，不過以他的智商與操作能力，就算失憶了，迅速掌握一門手藝也絕非難題。

門外傳來人對話的聲音，穆廷州微微側目，記起別墅還有位棘手的客人，穆廷州暫且放下雕刻刀，換上一身家居衣服下了樓。

客廳，明薇剛剛婉拒了肖照請她共用早餐的好意，瞥見樓梯上的人影，儘管在房間單獨調整了十幾分鐘，儘管知道那不是癡戀她的太傅，明薇還是望了過去。太傅喜歡穿西裝，樓梯上的影帝穿著他偏愛的休閒服，太傅面冷穩重，樓梯上的影帝清冷孤傲。

影帝真的回來了，太傅也真的走了，走得那麼突然，連告別的機會都不給她。

心口像被繩子勒住，勒得緊緊的，勒得她無法呼吸。

明薇想哭，傷心了當然想哭，可她哭不出眼淚，原來這世上還有種傷心，是眼淚也無法表達的。

明薇不想再看到那張臉。

「穆先生，外面都是記者，我想請趙姨送我出去，可以嗎？」低垂眼簾，明薇平靜地說。

穆廷州步調悠閒從容，視線探究地打量明薇。

醒來看到的第一眼，她的頭髮散亂，眼睛浮腫，眼角還有生理污穢，像個瘋女人。如今她洗了臉，臉頰白皙光潔，眉毛清秀眼睛水潤，雖未化妝，卻比娛樂圈那些大紅的女明星漂亮多了，清純靈動的氣質，也讓人舒服。只是紅唇克制地抿著，拒人於千里之外，似乎不太高興與他相處。

不是說她與太傅是戀人？

注意到她泛紅的眼眶，穆廷州淡淡道：「可以，不過還請明小姐用過早飯再走，肖照說我失憶期間給妳添了很多麻煩，飯後我想與明小姐談一談，算是處理遺留問題。」

遺留問題……

明薇莫名想笑，剛剛看到穆廷州她還擔心自己因為太傅對影帝生出不該有的感情，此時再次切身領教影帝的傲慢，明薇一點都不擔心了。一個是細心體貼的太傅，一個是說什麼都欠揍的影帝，誰會分不清？

「既然穆先生這麼說，那我就不客氣了。」明薇轉身，直接走向飯桌。昨晚沒吃飯，來到這邊折騰了一晚，明薇早就餓了，穆廷州出一次車禍，雖然增加了她的人氣，但也給她帶來一堆無理取鬧的黑粉，還害她傷心失戀，這樣的影帝她不想跟他客氣。

飯菜都擺好了，明薇旁若無人地大快朵頤，一個奶黃包，她三四口就吃完了。

肖照默不吭聲，穆廷州瞟了明薇好幾眼，心中生疑。《大明首輔》的拍攝情況他沒印象，但劇本他已經熟記於心，太傅穆昀出身世家，言行舉止無不風雅，明華公主雖然任性調皮，但身分擺在那，與生俱來的貴氣能吸引太傅也算合理，可對面這位明小姐，吃相如此不淑女，太傅愛上她哪裡了？

正想著，明薇突然打了個嗝。

穆廷州、肖照同時抬頭。

明薇心裡憋著氣呢，所以不想假客氣，但她絕不是那種當著陌生影帝打嗝也無所謂的強悍女子啊！

察覺兩人的視線，明薇臉慢慢紅了，吃飯的速度也情不自禁慢了下來。

肖照笑笑，繼續吃自己的。

穆廷州盯著明薇羞紅的臉，若有所思。

「想起來了？」肖照疑道。

穆廷州收回視線，看他：「想起什麼？」

肖照瞅瞅明薇，見明薇自吃自喝假裝沒聽到，索性直言道：「想起你失憶的事。」

「沒有。」穆廷州垂眸舀粥。

肖照不信：「那你盯著明薇出什麼神？」

穆廷州雲淡風輕道：「她的氣質確實適合出演明華公主。」

從肖照那裡得知《大明》女主角換成了沒有任何演戲經歷的明薇，穆廷州第一個反應是質疑導演的眼光，現在看來劇組改用明薇還是經過慎重考慮的。

肖照聽了暗暗頭疼，不愧是影帝，還是那麼「會」說話，現在才覺得明薇合適，難道之前……

他抬頭看明薇。

明薇依然低著頭，嘴角卻殘留一絲冷笑，太久沒跟影帝打交道，她都快忘了他的毒舌了。

各懷心情吃了早飯，穆廷州請明薇去書房單獨說話。

根據影帝的性格，明薇能猜到他想解決哪些遺留問題，主動道：「穆先生放心，你是你，太傅是太傅，我分的很清楚，以後我們只是娛樂圈的同行人，我保證不糾纏你，也不會蹭你的熱度。」

「明小姐行事果斷，令人刮目相看。」穆廷州很意外，他以往合作過的女星大多數都試圖主動與他交好，跟她們相比，明薇簡直是異類。

明薇扭頭看窗：「穆先生還有別的事嗎？」

穆廷州背靠沙發，一手端著茶碗，儀態清貴高雅：「據肖照說，這幾個月我為明小姐添了諸多麻煩，我想補償一下，不知明小姐傾向何種補償？」

明薇什麼都不需要，但迎著穆廷州傲氣的目光，她嗤道：「我想要的補償就是希望穆先生忘了你與我有過一段交集，不用再想著補償我。」

穆廷州懂了：「好。」

明薇再次確認：「還有別的事嗎？」

穆廷州放下茶碗，起身道：「可以了，我送明小姐下樓。」

明薇繃著臉往外走，走了幾步，她想到一件事，回頭朝穆廷州笑：「我手機沒電了，想借用一下穆先生的手機打個電話。」

穆廷州不習慣別人用自己的東西，但他自認需要補償明薇，便點點頭，去臥室拿手機。

明薇接過手機，走遠幾步假裝撥號，卻迅速打開穆廷州的聊天軟體，飛快刪了自己的聯繫方式，包括兩人的聊天記錄。這是她與太傅的記憶，穆廷州不必知道，包括她曾經語音暗示太傅吻她。

刪好了，明薇還給穆廷州。

穆廷州知道她沒打電話，覺得古怪地問：「妳做了什麼？」

「刪了好友。」明薇仰頭，笑容明媚，然後毫不留戀地走了。

穆廷州站在二樓樓梯口，目送那道纖細背影離開，他皺皺眉，打開訊息，果然沒有她，通訊錄中倒是沒刪除。穆廷州轉身，一邊往臥室走一邊隨意瀏覽手機軟體，打開相冊，照片還是原來他拍的幾張，但是多了一個影片資料夾。

明薇一直在車後座躺著，車子離開別墅，離開那些守在外面的記者鏡頭後，她依然躺著不動，臉擋在報紙下。

她曾問太傅喜歡的究竟是誰，當時他沒說明白，但昨晚他用那座紫檀木木雕給了回答，他愛的是明薇，求婚的是明薇，可她呢，連他最後一面都沒見到……

「如果臣終將沉睡永不復醒，那公主是否揣度過，臣沉睡之前，會不會心有所繫，心有所憾？」

有什麼從眼角滾落，隱入髮間。

心有所憾，他睡著的時候是有著遺憾的吧？是遺憾沒能再見她一面，還是遺憾愛過她？戲裡的太傅癡戀真公主一生，最後公主去了，太傅也鬱鬱而終。戲外的太傅遇到了一個理智的害怕自己受傷的假公主，他想堅持，是公主不要他。

那一個月他是怎麼過來的？他一定是怕了感情的苦，所以選擇沉睡，選擇回到遇見公主、遇見明薇之前。

「明小姐，再過一個路口就到了。」趙姨回頭看看，聲音輕柔，眼裡有擔心。

「嗯。」明薇應了聲，擦擦眼角坐了起來。

趙姨忍不住勸道：「明小姐，我是個普通人，沒經過電視劇上那種風風雨雨的感情，我就是覺得啊，不管穆先生是影帝還是太傅，其實都是同一個人，失憶的穆先生照樣還是穆先生。妳說穆先生拍了那麼多戲，見過多少漂亮的女明星，天天嚷嚷著送他花的女粉絲更多，但穆先生只對妳有了感情，說明妳在他眼裡不一樣，就算現在忘了，早晚穆先生還是會喜歡上妳，明小姐真的不用難過，也別把太傅、穆先生分的太清，他們就是同一個人啊。」

是嗎？

明薇無法說服自己，但她只是禮貌地笑笑，沒有跟趙姨辯解。

穆家別墅。

穆廷州坐在臥室的書桌旁，戴好耳機才打開那段錄製於十一月中旬的影片。幾聲低微的背景音後，畫面穩定下來。影片中，他穿著白襯衫，腰背挺直，低頭寫字。手機固定在左側，只能照出側臉，平平靜靜的，臉上看不出任何情緒。穆廷州自信但不自戀，視線很快移到其他地方。

書桌、檯燈、男人、寫字，長達幾分鐘的影片，影片主人公沒有說一個字，甚至除了最後收拾桌面、拿起手機關掉拍攝，他幾乎全程都維持同一個寫字的動作。乍一看，非常像無意拍攝的生活起居，可手機位置明顯是被主人精心調整過的。

既然沒有聲音，穆廷州取下耳機，重新播放。

少了對後續影片內容的好奇，穆廷州這次只留意細節，客房、書桌包括男人臉上都沒有任何值得注意的地方，穆廷州皺皺眉，剛要點開第三遍，外面有人敲門。穆廷州偏頭看看，放下手機，起身的剎那視線不經意掃過書桌。

那裡擺著幾本書籍，書籍旁邊是三個筆記本。

穆廷州心中微動，先去開門。

肖照站在門外，直接道：「我剛打了電話給伯父、伯母，他們正在過來的路上，到了一起去醫院檢查。」

穆廷州承認自己的記憶有問題，並不反對就醫。

肖照看看他，猶豫片刻，低聲道：「都是成年人，我只負責你的業務，你與女人的感情，我不想攙和，但我還是要提醒你，明薇是個好女孩，你最好先看看網路上你們倆的影片後再考慮如何與明薇相處。她身邊的追求者不少，你小心錯過。」

穆廷州淡漠地聽著。

「我去樓下，有事叫我。」

送走肖照，穆廷州再次關門走到書桌旁，低頭打量那三本並排擺放的同款筆記本。根據外觀顯示，有兩個筆記本基本沒怎麼用過，穆廷州便抽出中間那本，轉身靠著書桌，一腿平伸，一腿膝蓋微曲，姿態悠閒地翻看。

扉頁只有兩個字：雜記

筆風清雋卻又暗藏鋒芒，是穆廷州本人的字跡，也是簡體字。穆廷州淡笑，太傅這個人設是根據《大明首輔》劇情衍生而出的錯亂記憶，當時他看的是簡體字劇本，太傅當然寫不出繁體字，自詡古人的太傅沒懷疑過這一點？

揮散雜念，穆廷州再翻一頁，字開始多了：

『丁酉年十一月十二日。

主淋雨受寒，吾心生憐惜，始知情動，欲提親，主不允，煩憂日後生變，臣忘主傷。

無言以對，惟願終生相守。

午後，凡人送以玫瑰，主不喜，棄之。吾送牡丹，主喜。』

比較淺顯的古風行文，穆廷州一看便懂，看到太傅居然向明薇提親，穆廷州試著想像當時的情形，突然感到頭疼。現代男人求婚會下跪，他失憶的時候該不會也跪了吧？那明薇豈不是占了他很多便宜，還見證了他某些清醒狀態下絕不會做的丟人舉動？

譬如送牡丹，還「主」喜，他這樣的條件，送根野草那些女人也會欣喜若狂。

穆廷州摸摸額頭，翻到第二頁：

『丁酉年十一月十三日。

耳鬢廝磨，銷魂蝕骨。

不敬之言，只防忘卻。』

穆廷州心頭一跳，他知道耳鬢廝磨的意思，但放在這個語境，穆廷州忽然覺得該成語涵蓋的範圍太廣。拿起手機，穆廷州搜尋耳鬢廝磨的準確含義，卻發現網路上的解釋也很抽象，「男女間親密相處的情形」，可到底哪些動作算得上親密？牽手？牽手會讓一個男人說出銷魂蝕骨？

難道他與明薇有過情侶間最深層次的交流了？

穆廷州沒交流過，他無法想像，若不是明薇氣質清純性格也不讓人討厭，換成別的女明星，光這八個字暗示的資訊都能讓穆廷州反胃。太傅再癡情明薇，他全不記得，更無法坦然接受別的女人心裡留有與自己「親密相處」的記憶。之前肖照故意傳了一段他的同人文床戲，穆廷州當天便讓肖照聯繫律師發布通告，禁止他的任何同人，一經發現，必追究到底。

才第二頁就有惹人遐思的內容了，翻開第三頁時，穆廷州提前做了幾秒心理建設。

『丁酉年十一月十五日。

未經主允許，擅自冒犯，跪地請罪。

主慨嘆，若再犯，罰臣終生珍之若主。

殊不知，此乃吾平生所願，求之不得。』

真的下跪了！

穆廷州閉上眼睛，薄唇緊抿，只是，「擅自冒犯」是什麼意思，難道他強迫明薇做銷魂蝕骨的事了？

眼前浮現明薇哭得浮腫的眼睛，穆廷州眉頭深深蹙了起來，如果記憶錯亂的他真的做過那種事情，現在卻要跟她斷絕關係，那明薇不哭才怪。

到底有沒有？這種私密的事情，明薇、太傅肯定不會告訴肖照，他想求證，不是問明薇，就是只能從這本日記中尋找確切證據。穆廷州加快翻看，日常小甜蜜，譬如公主偷偷夾了一口菜給太傅什麼的，穆廷州暫且跳過，一直翻到耶誕節，轉折終於來了。

『丁酉年十二月二十五日。

主淚流不止，退簪，雖不捨，不忍其為難。』

分手了……

穆廷州皺眉，飛快翻開下一頁，本能地先看日期，這一次，那幾行字之前竟然沒有標注時間，而是……

『穆先生：

我與明薇之情，相信你已知曉。近日偶有眩暈之感，恍覺離別之日將近，雖有不甘，亦無可奈何。你我或是一人，或是我陰錯陽差暫借你身，若是後者，對令尊令堂不敬之處，深感愧疚，還望海涵。若是前者，你我一心，我欠明薇的，你理該彌補。

穆昀敬上。』

穆廷州看完，隨手又翻了一頁，入眼一片空白。

所以，這個太傅寫了銷魂蝕骨，卻根本沒解釋他與明薇到底發展到了哪一步？

穆廷州莫名煩躁，太傅糊里糊塗，他的大腦卻很清楚，影帝是他，太傅也是他，如果太傅真的強迫明薇做了那種事，他便有責任。明薇離開的痛快，還刪了好友，一看就沒想過利用那段關係從他這裡得什麼好處，可穆廷州不喜歡欠別人，他必須弄清楚。

不過，穆廷州想先瞭解明薇這個人，愛情令人盲目，也許明薇並沒有太傅認為的那麼好。

打開電腦，穆廷州去看明薇的社群，意外發現兩人是互相關注的好友。

明薇的最新發文是昨天傍晚發的，是一頓豐盛的晚飯，照片中明薇與一個馬賽克擋住臉的女人並排坐在一起，親密地抱著，明薇笑容甜美幸福，看起來無憂無慮。

下面顯示留言破萬了，穆廷州頓了頓，點開。

『大明花瓶演技不錯啊，這個強顏歡笑我給滿分。』

這是第一則，點讚人數最多。

沒有人比演員更明白「花瓶」兩字的份量，最輕的評價，卻最侮辱人。

但穆廷州早過了輕易動怒的年紀，何況他也不知道明薇的演技如何，心平氣和地往下看。

第二則：『承認自己被穆廷州拋棄有那麼難嗎？還裝開心，要裝也請找個跟穆廷州咖位差不多的，找個女人來演戲，差點笑掉我剛補上的純金門牙。』

第三則：『聽說昨天《大明》發表會內部會議穆廷州沒去？瞧瞧，人家見都不想見妳。』

穆廷州嗤了聲，他已經記不清自己收到過多少發表會籌備通知了，只記得自己一次都沒去過，不想去。

這些留言都是同一個嘴臉，穆廷州懶得再看，直接打電話給肖照：「《大明》哪天開發表會？」

『月底。』

「通知那邊，我有檔期。」

第二十四章　銘記在心

穆廷州去了一趟醫院，第二天肖照便通過社群宣布穆廷州已經恢復記憶，但記憶停留在出車禍當天，後面幾個月的事情穆廷州毫無印象。

粉絲們高興壞了，太傅是公主一人的，影帝是她們的啊，紛紛留言慶祝，更多的還是詢問穆廷州與明薇以後會如何相處。當事人自然沒那麼無聊回答她們，粉絲們自己幻想得挺嗨，有同情明薇的，有諷刺明薇的，五花八門。

明薇不想蹭穆廷州的熱度，但經過車禍事件，短時間已經與穆廷州綁在了一起，穆廷州那邊一有動靜，明薇這邊粉絲就猛漲，儘管大多數都是來看看傳說中那位公主到底有什麼特別之處，喜歡明薇形象的點個讚，不喜歡的留下一句貶損。

粉絲魚龍混雜，社群該經營還是要經營，隔幾天發張最近狀態什麼的，但她聰明地不再去翻留言，眼不見心不煩。

距離發表會還有一週，助理小櫻傳了當天的流程給明薇，包括主持人提問的問題、演員之間及演員與粉絲互動節目。《大明首輔》是一部正劇，但正劇要吸引更多觀眾群體，也得搞些粉紅噓頭，因此這場發表會，明薇是關鍵人物之一，幾乎全程都要在臺上站著。

明薇拍過兩部電視劇了，參加開播發表會還是第一次，當然很上心，只是看到行程欄中「穆廷州、明薇同時上場」的小字，明薇震驚地從靠姿改成端正坐姿，傳訊息問助理：『不是說穆廷州不去嗎？』

小櫻：『（笑臉）剛剛那邊通知我，他又去了！』

網路上都說穆廷州拒絕參加發表會是因為不想見明薇，現在好了，等那天兩人同臺亮相，不管《大明》紅不紅，先一巴掌打紅那些惡毒粉絲的臉。身為明薇的新任助理，小櫻可是非常護短的。

這份忠心，明薇從小櫻的表情符號與驚嘆號中看出來了，跌回沙發無力嘆氣。

穆廷州去幹什麼啊？就他那全世界都不配跟他說話的高傲臉，萬一當眾傲她，不等發表會結束，粉絲們就有新梗嘲諷她了。前幾天網路上還有個才女做了一套她與穆廷州的梗圖，捧穆廷州貶她，極盡諷刺之能事，偏偏贏了一堆分享。

饒是自認已經練就鑽石心的明薇都被那故意醜化她的表情氣壞了，所以得知穆廷州要參加發表會，明薇完全沒有小櫻的積極心態，只有害怕，要不是沒資格任性，明薇都想臨時退縮，躲著穆廷州走。

認命地繼續往下看，看到那些問題，明薇捂住額頭，無語地盯著天花板。

小新人沒人權啊，列的都是什麼鬼問題，真不想回答。

然而到了發表會這天，明薇還是乖乖化妝梳頭做造型，提前前往酒店。車子轉過彎，預訂的酒店映入眼簾，比酒店建築風格更顯眼的是守在外面的烏壓壓一群記者粉絲。

明薇有點緊張。

沈素幫她檢查妝容，確定無誤，她笑著鼓勵明薇：「挺好看的，拿出妳的公主氣勢來。」

明薇乾笑。

車子停在酒店入口，明薇在沈素、小櫻的護送下迅速跨進酒店大廳，先去房間休息。

外面冷颼颼的，酒店裡溫暖如春，休息一個小時左右，發表會要開始了。特邀記者、粉絲們早已進了宴會廳，製片人、導演、編劇等劇組人員陸續抵達宴會廳外，明薇來的算早的，穆廷州、肖照兩大男神並肩而來時明薇早跟其他主演敘過舊了，正在逗小皇帝秦磊，大半年過去，秦磊長高了一大截。

「穆大哥他們來了。」秦磊小聲提醒明薇。

明薇笑笑，自然地抬起頭，看向前方。

肖照一身淺色西裝，戴著金絲眼鏡，儒雅知性，散發著制服誘惑。穆廷州穿了黑色休閒襯衫，瘦削臉龐還沒恢復兩人分手前的樣子，但他長眉挺拔，黑眸清冷，影帝強大的氣場已經回歸。不得不說，穆廷州有顏值、有演技、有家底，確實有傲的資格。

「廷州，好久不見了，歡迎回到現代。」張導最先與穆廷州寒暄。

穆廷州微微頷首：「多謝張導關心。」

製片人過後，輪到演員們互動了，明薇知道穆廷州的記憶情況，忍不住偷偷觀察穆廷州，觀察完了，明薇佩服得五體投地。穆廷州根本不記得他在劇組的那幾月生活，但這人表現的好像他都記得一樣，不愧是影帝。

「恭喜穆先生。」演員們也八卦，察覺到兩側投過來的視線，明薇禮貌又不失熟稔地朝穆廷州笑：「幸好穆先生不記得太傅，不然我真怕被您拉進黑名單。」

暗示穆廷州會把太傅時期做的那些傻事算在她頭上。

大人們無聲微笑，小學生秦磊沒有城府，又看過穆廷州強搶伴娘的影片，嘿嘿笑出了聲。

穆廷州低頭看他。

他天生冷臉，秦磊又敬又怕，連忙抿緊小嘴。

小的老實了，穆廷州輕揚眉峰，淡漠又略感興趣地問明薇：「莫非明小姐得罪過我？」

換句話說，他沒看過網路上流傳的影片。

明薇不太信，但這種情況，她也不能主動提穆廷州的丟人事蹟，便故作惶恐道：「我可不敢。」

穆廷州看看她，繼續往前走。

全員到齊，工作人員殷勤地安排眾人走到宴會廳入口，裡面主持人同時呼應，歡迎劇組班底入場。粉絲們爭先回頭望，攝影師們喀擦喀擦地拍，一群男人中間，兩個女演員如被眾星烘托的月，尤其是年輕的明薇，一入場便成了僅次於穆廷州的第二焦點。

「明薇真人好漂亮啊，你看她的腿！」

女粉絲們小聲尖叫。有的粉絲就是這樣，光憑謠傳可能會討厭一個演員，但生活裡見過明星後也很容易被明星出眾的顏值或令人舒服的性格吸粉。遠處的明薇穿了一件白色短裙，樣式簡單大方，不會給人過度打扮的誇張感，而白色本來就仙氣十足，明薇長髮披肩，行走間露出微笑的姣好側臉，既清純漂亮，又優雅端莊。

「真的好美啊。」又一個女粉絲發出了驚嘆，聲音還不小。

在一片「穆廷州好帥」、「陳璋好帥」的誇讚中聽到誇自己的，明薇心底情不自禁冒了一個叫「虛榮」的小泡泡，恰好也要轉彎入席了，明薇便向聲音來源處望去，朝那個雙眼陡然發亮的圓臉女生微微一笑，表示感謝。

可她這一笑，迷倒的又豈是圓臉女生？

不知道是誰起的頭，現場漸漸竄出「太傅公主」的口號，越來越整齊，越來越洪亮，推動發表會達到了第一個小高潮。

明薇及時落座，避免被鏡頭捕捉太多情緒。

「我不太懂，駙馬好像是我吧？」左側陳璋靠過來，低聲開玩笑。

身邊有個幽默的朋友，明薇一下子放鬆下來，腦袋也朝他那邊歪，看著臺上道：「誰叫你造反沒成功？」

陳璋自我安慰：「沒關係，等《南城》開發表會了，我便澈底轉正了。」說完見主持人準備發言，他禮貌地坐正。明薇也調整好態度，一眼都沒往右邊影帝那邊瞄。穆廷州呢，寬闊肩膀靠著椅背，黑眸懶散地打量臺上，顯得興致寥寥。

主持人身穿禮服，身材曼妙，站在燈光下很是養眼，固定的開場白後，主持人先請導演、製片人上臺發言。兩位前輩簡單介紹了劇情，知道粉絲最期待什麼，他們互相打趣著下來了。就在此時，大螢幕上突然跳出一張太傅與明華公主接吻的劇照，粉絲們瞬間炸開。

到底經驗不足，明薇臉上溫度不受控制地升高，天殺的，為什麼行程表上沒提會放這張？努力回想，那張表格裡用的都是剪輯、劇照等籠統字眼。

看到劇照，穆廷州微不可查地皺了皺眉，他居然跟明薇拍了真吻戲？還是這張劇照是修圖的？

兩大主演各懷鬼胎，主持人笑著請男女主角先登臺。

明薇參加發表會的經驗少，但她有豐富的高級口譯經歷，又在片場鍛煉了兩次，抗壓性還是過關的。當她走到舞臺右側時臉色已經恢復了正常，當她上了台，與從對面上臺的穆廷州距離越來越近時，看著穆廷州那張冷臉，明薇就更平靜了。

台下粉絲瘋狂尖叫鼓掌，主持人嘗試鎮壓，明薇大大方方站在臺上，微笑等待。

不知過了多久，宴會廳終於安靜了下來。

主持人笑著捧穆廷州：「廷州記憶恢復，大家看到你都太高興了，廷州有什麼想對大家說嗎？」

穆廷州一手插口袋，一手握著麥克風，淡淡笑了下：「以我為誡，希望大家都能安全駕駛。」

話音剛落，粉絲們又是一片掌聲，明薇竟然看見有個女粉絲捂著嘴哭了！

是在替穆廷州後怕嗎？穆廷州的魅力還真是大啊。

主持人提前安排了一些問題互動，但這種發表會直播，免不了要臨場發揮，穆廷州算是打過招呼了，主持人索性順著剛剛的話題引明薇開口：「廷州大病初愈，明薇有什麼要對他說嗎？這半年我們娛樂圈就屬你們倆最紅。」

眾目睽睽，面對這個計畫之外的問題，明薇反應迅速，深情款款地轉向穆廷州。

穆廷州愣了一下。

明薇看的是他，所以女孩清亮眸中的深情款款他能最直接的感受到。

他突然想起了那本日記，明薇喜歡失憶時候的他，現在她露出這種眼神，難道……

就在穆廷州默默盤算萬一明薇現場告白他該如何應對時，明薇終於開口了，溫柔甜糯的嗓音透過麥克風，傳遍宴會廳每一個角落：「穆老師，首先我要再次恭喜您恢復健康，然後，我最想對您說的是……」

她故意拉了個小長音，那動聽的餘音，輕輕柔柔，卻抓住了現場每個粉絲的心，連第一排成熟穩重的張導演都笑著看明薇，好奇她到底要說什麼。

現場、網路，萬眾期待，明薇笑語盈盈：「……穆老師，如果時間倒退，回到您剛失憶的時候，我希望您能按時吃藥，別再拒絕治療。」

「哈哈哈！」

她剛說完，臺下便有人大笑出聲，帶起一陣接一陣的哄笑，伴隨熱烈的掌聲。

明薇繼續笑看穆廷州，眼底藏著鏡頭無法捕捉的挑釁。

沒人料到她居然敢開影帝的玩笑，穆廷州也沒料到，對上明薇眼中幼稚的挑釁，穆廷州淡淡一笑，跟著退後兩步，俯身，在所有粉絲震驚的注視下，朝明薇行了一個標準的臣子禮：「公主教誨，微臣定當銘記在心。」

明薇呆呆地張開嘴。

粉絲們紛紛尖叫，氣氛達到第二次高潮。

穆廷州淺笑著直起腰。他面冷，笑起來也給人一種疏離感，但與平時街上偶遇的高冷影帝相比，此時的穆廷州總算多了一絲人氣，有點配合劇組宣傳的明星的感覺了，只是穆廷州現在看的是明薇，配上他少見的笑容，很難不令人誤以為他是為了明薇笑的。

有粉絲捂住臉頰，好像看浪漫偶像劇一樣，更多的還是高舉手機，拍拍拍！

明薇摸不透穆廷州在想什麼，確認他剛剛只是配合宣傳才扮演了下太傅，明薇率先避開視線，笑著轉向主持人。

臺下平靜下來，主持人請穆廷州、明薇先介紹他們在《大明》中的角色，然後話題基本上就與電視劇相關了：「廷州，我看過原著，太傅胸懷天下，為了輔佐幼帝鞏固江山，他寧可放棄自己的感情，那麼我想問，如果有一天你的愛情與國家大義必須二選一，你會選哪個？」

穆廷州手持話筒，不假思索：「我不會讓自己走到那一天。」

自信、倡狂，卻又令人信服。

他說什麼粉絲都覺得對，他站在那一動也不動粉絲們也覺得帥，可主持人最怕遇到穆廷州這種高冷話少的人，難搭話啊。為了緩解尷尬，主持人又找明薇救急：「明薇呢，現實生活中，妳喜歡太傅那種默默關懷妳的類型，還是更偏向駙馬那樣熱情如火的？」

二選一？明薇才沒那麼傻，不管選穆廷州還是陳璋，都有倒貼蹭熱度的嫌疑，便有些俏皮地道：「必須從這兩種裡面選嗎？其實我覺得感情這種事預測不來，也許將來我喜歡的那個，是我現在絕不會喜歡的類型，說不準的。」

主持人馬上接話道：「那能告訴我們，妳現在絕不會喜歡的是哪類嗎？」

明薇笑了，故意反著答：「性格好相處的，應該都能做朋友。」

主持人不知道明薇與穆廷州之間的恩怨，沒聽出這話裡的暗諷，看出明薇是個圓滑難糊弄的，主持人再次走到穆廷州旁邊採訪穆廷州，聊了幾句劇情，又回到了八卦上：「廷州拍過很多經典角色，但我昨天看剪輯，忽然發現這次好像是廷州第一次拍正面吻戲？」

穆廷州不喜歡這種問題，但人都來了，他簡單「嗯」了聲。

主持人感受到了來自影帝的壓力，卻還是按計劃問粉絲：「大家想看廷州的螢幕初吻嗎？」

「想！」粉絲齊答。

主持人笑：「好，那我們一起看一下這段影片。」

背景音樂起，明薇餘光掃向穆廷州，見他往左邊避，她便朝右邊走，空出舞臺中間。大螢幕上只剪出了一小段劇情，御書房中，明華公主冷聲命令太傅跪下，跟著一步步走到太傅面前。太傅閉著眼睛，面無表情，明華公主顫抖著按住他的肩膀，緩緩低頭，粉嫩的唇壓住了太傅的薄唇。

這段鏡頭曾在官方介紹中一閃而過，親到便結束了，然而發表會上，劇情仍在繼續，一直播到明華公主準備離開，眼淚落在太傅臉上的那一幕才暫停。畫面中，公主輕垂眼簾，睫毛滴淚如梨花帶雨，太傅面如刀刻，看似冷情，緊握的拳卻泄露了他心中的煎熬。

劇情淒婉，演員演技生動逼真。

全場報以熱烈的掌聲，明薇保持大方微笑，穆廷州遠遠望著她，心裡給了一個不錯的評價，作為新人，明薇的演技還不夠成熟，但憑剛剛那一幕，明薇就絕不是某些粉絲口中的花瓶。如今影視圈靠臉混日子的人太多，臺詞不背、外景不拍，對於明薇這種有天分的演員，穆廷州願意給予力所能及的支持，更何況肖照說了，明薇是經過他推薦而成功進了組。

本就欣賞，再加上失憶期間的關係，當主持人提議他們重現這一幕時，穆廷州沒有拒絕。粉絲們翹首以待，工作人員拎了一把椅子上來，又不是真的拍戲，當然不能讓穆廷州隨便跪人。

明薇切身表演過這段，記得那種感覺，卻有點擔心穆廷州。

「前面劇情你還記得嗎？」她小聲問。

穆廷州斜她一眼：「妳在質疑我理解劇本的能力？」拍攝之前他做過大量準備。

自討沒趣，明薇閉嘴，迅速醞釀情緒。在粉絲眼裡這只是一次發表會互動，但明薇準備真演，秀一秀她被張導演訓練出來的哭戲能力。

站好位置，主持人喊「Action」。

明薇先前低著頭，這會兒她慢慢抬起來，眼眶是紅的。網路看直播的粉絲通過鏡頭特寫看得清清楚楚，與主持人一樣都被驚艷了，現場粉絲反倒因為離得遠看不清效果。

「跪下。」明薇下巴微揚，擺出公主威風，神情冷漠，眼底藏著求而不得的委屈。

穆廷州始終垂著眼簾，聞言退到椅子旁，落座，雙手置於膝蓋，那是太傅專有的動作。

明薇出了一秒戲，遠處面容不清的粉絲們及時讓她清醒過來，重回現實。

接下來，如當初兩人拍攝前的排練一樣，明薇只是靠近穆廷州，並沒有親他的嘴唇，同時巧妙地控制那滴淚落在穆廷州前面一點，沒掉到他臉上。穆廷州扮演太傅，太傅為表無情不能看公主，因此眼前有淚珠一閃而過，穆廷州毫無準備，詫異地抬頭。

面前的女孩，眼眶紅紅，眸中含淚，真的哭了。

明薇見他抬下巴，以為穆廷州出戲了，宣告這段節目結束，她便笑著退開，臉上哪裡還有半分公主的悲傷？

穆廷州抿了抿唇，原來她在秀演技，他還以為……

主演採訪結束，主持人邀請陳璋等人上臺，陳璋幽默風趣，特別能帶動氣氛，在臺上也非常照顧明薇。按理說主持人該努力湊明薇與穆廷州的CP的，可穆廷州太冷，陳璋又那麼配合，主持人便順勢而為，立捧公主與駙馬的話題。

接近落幕，所有出席演員要合影，算上導演等人有十來個。

一開始大家排成一排，井然有序，後面要湊到一塊，因為工作人員指揮不當，明薇往前走的時候，她前面的一個演員正好被安排後退一點。明薇沒留神，一心往前走，左臂突然被人拽住，輕輕一拉，明薇冷不防就被扯過去了，扯到一半又被對方穩住。

事情發生的太快，明薇暈頭轉向的扭頭。

穆廷州單手插在口袋裡，目視前方，側臉漠然。

明薇抿唇，小聲道：「謝謝。」

他沒反應，明薇重新走到前面，拍照時正好站在穆廷州與陳璋中間。

發表會結束了，粉絲們圍上來索要簽名。

「等一下有安排嗎？」就在粉絲大潮靠近的前幾秒，有人在她耳邊說。

明薇皺皺眉，面朝粉絲問他：「您有事？」

穆廷州的嘴唇幾乎沒動：「請妳吃飯，順便解惑。」

明薇沒聽清楚：「什麼？」

「我讓肖照等妳。」粉絲們已經靠近，穆廷州往旁邊走，從舉到眼前的一堆照片中隨便抽出三張簽字，簽完便走，沒有一句多餘的解釋。粉絲們卻不在乎，拿到簽名的如獲至寶，滿眼都是粉色小心心。

明薇這邊沒有人數限制，衝過來要簽名的絡繹不絕，明薇來者不拒，認真地簽名，直到沈素過來替她向粉絲解釋還有事情，明薇這才離開宴會廳回樓上客房。剛進門，肖照的電話便到了，約她一起去吃晚飯。

明薇不想去：「酒店外面都是記者，看到我坐你們的車……」

『我全程陪同，就說朋友聚餐，沒人會帶助理一起約會。』

明薇還是不願意：「有什麼事不能電話裡說？」

肖照無奈：『他請客，妳問我我問誰？就這麼定了，妳收拾收拾，我們去妳門口等。』

「你……」

明薇急了，然而電話已斷，她再打回去，肖照不接。

明薇頭疼。

沈素笑她：「去吧，不吃這頓飯，你們倆的緋聞也不會少。」

第二十五章　龍王

發表會結束了，記者們並沒有馬上離開，而是守在酒店，等著拍穆廷州、明薇的後續。

明薇人在電梯，但能想像大廳中的情形，眼看電梯要到一樓了，明薇轉身，低聲對站在她右邊的肖照道：「等等穆先生走前面，我們並肩走吧。」

在上海拍《南城》期間，她與穆廷州、肖照幾乎是形影不離，但凡出門，兩大男神都會將她護在中間，好像他們真的是助理似的。現在關係不同了，剛剛進電梯，穆廷州站在左邊，肖照竟然習慣地走到了她右邊，明薇不太自在，想把焦點位置留給穆廷州，她甘心做綠葉。

肖照透過眼鏡看她，在電梯門打開的那一秒，輕飄飄吐出兩個字：「女人。」

只有女人心裡才會裝著那麼多彎彎繞繞，走個路都要計較，不過這也正是肖照喜歡跟明薇打交道的原因，因為明薇對他們無索求，換成別的女明星，肯定希望能與穆廷州並肩亮相，吸遍眼球。

明薇知道他同意了，開心地笑。

然而穆廷州卻沒有率先跨出電梯，而是風度翩翩地做了個紳士動作，請明薇先行。

喀擦喀擦，外面記者已經開始拍了，此情此景，明薇根本沒有時間反應，努力維持大方笑容，第一個往外走。穆廷州、肖照隨之跟上，理所當然地站在明薇兩邊，免得記者推推擠擠，讓明薇一個瘦弱女孩受傷。

「明薇，妳們正式開始約會了嗎？」

「廷州是不是恢復了太傅的記憶？」

「請問妳們準備去哪裡約會？」

柿子都挑軟的捏，穆廷州會武術，肖照也會兩下子，記者們聰明地將麥克風往明薇面前遞。那麼多話筒，明薇眼花繚亂，若不是穆廷州、肖照眼疾手快幫她擋了幾下，明薇的臉肯定早就挨了幾下。

關鍵時刻，肖照朗聲澄清：「大家不要誤會，廷州失憶期間明薇幫了很多忙，今天發表會重逢，廷州便趁此機會請明薇吃頓飯算是答謝。」

記者們面露失望。

明薇三人艱難地挪到了酒店門口，車已停好，肖照暫且守在明薇身後，旁邊穆廷州則不緩不急卻又提前明薇一步打開車門，示意明薇上車。明薇古怪地斜一眼男人胸口，低頭先進去了，穆廷州隨後上車，關上車門，隔絕了外面的喧嘩。

五分鐘後，肖照的車轉上主幹道，平穩行駛。

經歷過那幾個月的相處，明薇看穆廷州、肖照就跟看普通同事一樣熟悉，熟悉了，自然不必客氣。餘光中，穆廷州舒適地靠著椅背，側臉俊美，明薇抿抿唇，客氣地問：「穆先生是不是有事要問我？」

像是被她的聲音啟動了某個開關，穆廷州終於動了，歪頭看她。

明薇避開視線。

她穿著米白色的風衣，微捲的柔順長髮垂在肩膀，臉頰在烏潤髮色的襯托下更顯得白皙水嫩，真如古人所說，膚如凝脂，吹彈可破。穆廷州合作過很多女演員，或嫵媚或清純，但沒有哪個有明薇這麼好的肌膚，天生麗質。

她好像不太高興與他共進晚餐，嘴唇微微抿著，暗示著不悅。

視線在她櫻桃色的紅唇上停留幾秒，穆廷州看著前方道：「是，飯後再說。」

明薇聽了，拿出手機，裝作自己有事可做的樣子。

她低著頭，一縷長髮自然地垂下，擋住半邊側臉，只露出秀氣的鼻樑，還有長長的睫毛。

穆廷州忽然發現，這位明薇小姐，長得很順他的眼，美且耐看。

「咳……」

明薇不知道穆廷州在看她，肖照卻透過後視鏡看得一清二楚，故意咳了下，揶揄穆廷州。

穆廷州大大方方瞟他一眼，彷彿他偷看明薇並無什麼不對。

當著明薇的面，肖照暫且放過他。

明薇在滑社群，有官方宣傳加穆廷州助陣，《大明首輔》早已高登熱門第一，火熱到不行。發表會在某大型網站有直播，社群上流傳了幾個剪輯，因為標題大多都是她與穆廷州，明薇悄悄往左邊挪，戴上耳機，歪著手機看影片。

最火紅的是她打趣穆廷州生病記得吃藥而穆廷州彎腰行禮的那一幕，分享、留言都已經破了六位數。重新以觀眾的身分看這段剪輯，大概因為心境不同吧，明薇自己沒看出任何粉紅泡泡，可留言中全是湊CP的發言。

光棍節丟了一個蛋蛋的光棍：『太傅公主CP已定，爾等羨慕嫉妒恨者紛紛退散！』

別黑金牛座：『明薇我女神！公主是我的！』

閉著眼睛算一卦：『緣分天註定，穆廷州早不失憶晚不失憶，偏偏跟明薇合作後才失憶，又堅信明薇是他的公主，這說明什麼？說明兩人是上天註定的緣分，早在穆廷州給明薇當助理時我就看出來了，兩人肯定有火花，後來穆廷州去治病了，網路上有些人就胡說八道，往死了罵明薇，好像穆廷州不要明薇就要她們似的。現在打臉了吧？看穆廷州瞅明薇的眼神，最後他們倆沒在一起？反正我不信。』

我愛吃豆腐：『我好像看了假的發表會，為什麼滿螢幕都是粉紅泡泡在飄？』

明薇真的是無語了，她怎麼沒看見粉紅泡泡？穆廷州行禮只是給自己找臺階下，哪有那麼多深意？收起留言，明薇掃一眼第二個影片，猶豫幾秒還是點開了。這段畫面模糊，但穆廷州將她扯過去的動作特別明顯，厲害的是，一開始穆廷州眼睛是看著前面的，緊跟著毫無預兆地就出手了，握住明薇的手臂往他那邊帶。影片中穆廷州儀表堂堂神色清冷，顯得明薇特別傻……

明薇再也不想重溫第二遍，點開留言，上下一掃，又看到一片粉紅。

『啊啊啊，明薇好呆萌，穆廷州好帥！』

『穆廷州是典型的悶騷吧，看起來一本正經，其實一直暗自留意明薇，這假裝不在意的演技，我給滿分！』

『好羨慕明薇啊，人家也想讓廷州扯！』

明薇：「……」

這群喜歡幻想的粉絲們，前一天還在罵她配不上穆廷州，今天怎麼又反過來了？

跟不喜歡的人被捆綁CP，明薇一點都不高興。

正要收起手機，螢幕上突然蹦出來一則簡訊，太傅：『為什麼刪聊天軟體好友？』

熟悉的昵稱，明薇恍了下神，思念、難過、酸澀等複雜的情緒，接連在心口掠過。

明薇先將昵稱改成穆廷州，再一臉平靜地回覆：『你失憶的時候很傻，我訊息裡說了你很多壞話，還吩咐你做事，我怕穆先生看到記仇，便提前銷毀證據。』

看到那幾行小字，穆廷州淡淡笑了下：『臨危不亂，心思縝密，明小姐很有潛力。』

明薇回了一個笑臉：『謝謝肯定。』

等了幾秒，穆廷州忽然將他的手機遞了過來，螢幕上是他的好友條碼，意義不言而喻。

作為一個美女，無論在校讀書還是畢業工作，明薇經常會遇到男人主動搭訕，並用各種方式想加她好友，但一句話都不說直接讓自己掃條碼的，穆廷州還真的是第一個。

他怎麼這麼厚臉皮呢？

明薇用簡訊回他：『沒必要吧？』

對付不客氣的人，她也不用客氣。

好友申請被拒絕，穆廷州沒再回覆，抬頭看前路，俊美的臉上不見任何尷尬羞惱。

「到了。」肖照突然說。

明薇轉向窗外，晚餐地點居然是歸雲樓，去年她與穆、肖二人初遇的地方，不知是巧合還是肖照有意安排。

歸雲樓的美食依然精緻可口，有肖照活躍氣氛，這頓晚餐還算愉快，當然，飯間穆廷州基本上沒說話。飯後肖照開車送明薇回公寓，路上經過一家超市，肖照將車停路邊要去買飲料。車內封閉狹窄，明薇不想與穆廷州獨處，剛要下車陪肖照去瞧瞧，右手手腕突然被人攥住了。

明薇身體一僵，怔愣的工夫，肖照已經關上駕駛座車門走了，似乎提前知道會有這一齣。

明薇懂了，穆廷州還要她解惑呢。

男人已經鬆開手，明薇冷靜道：「穆先生想問什麼？」

夜幕降臨，遠處燈火輝煌，穆廷州遙望那排蜿蜒的路燈，聲音低沉：「我想知道，我失憶時與妳是什麼關係。」

明薇心頭一跳，敏捷反應道：「小明星與大助理啊，肖照沒告訴你？」

她真的很有演戲的天分，穆廷州唇角上揚，偏首，黑眸看進她故作茫然的眼：「肖照說，助理是明面上的關係，私底下妳我是情侶。」

說到後面，男人聲音變輕，隱隱有幾分輕佻的意味，又似是在諷刺什麼。

明薇暗暗在心裡罵了肖照千百遍。穆廷州剛恢復影帝身分那天，她再三拜託肖照別告訴穆廷州她與太傅的感情，肖照呢，老狐狸，嘴上保證得比什麼都好聽，結果還是說了，她就不該信他，這已經不是肖照第一次糊弄她了。

心裡雖慌，明薇的臉上卻不肯輸了氣勢，冷聲道：「那肖照應該也說了，是太傅先追我的。」

抱她、摸她腳，就等於追了。

穆廷州頷首：「這我知道，按照當時的情形，妳被太傅吸引很正常。」

他條件這麼好，她不可能拒絕。

這滿滿的自負自戀，明薇差點氣到吐血！

就在她準備言語反擊時，耳邊卻傳來男人略顯低啞的聲音：「明小姐，敢問妳我之間進展到哪一步了？」

「你們倆進展到哪一步了？」

情侶之間能有什麼進展？無非摸摸小手，抱抱小腰，親親小嘴……

這種問題，從閨密口中說出來，那叫親暱，從關係不熟的男人口中出來，便是不禮貌。

明薇繃起臉，目視前方：「穆先生覺得自己這麼問合適嗎？」到底懂不懂人際交往？

車裡開著空調，又是剛吃完晚飯，她的臉頰白裡透紅，像美味的甜點，色相誘人。穆廷州看著她，態度坦蕩：「為何不合適？我想，我有權利知道我失憶期間的戀愛情況，當然，如果明小姐覺得被冒犯了，妳可以不回答，雖然我希望得到妳的配合。」

明薇冷著臉，不想配合。

其實也不是什麼大不了的事，但她就是不喜歡穆廷州的表達方式，同樣一件事，穆廷州換種態度會讓人欣然接受，偏偏穆廷州就是有本事把每句話都說得讓她不舒服。

可生完悶氣，明薇還是說了，平靜道：「太傅是古人思想，除了片場照顧我時的一般身體接觸，我們沒有做過任何現代情侶常見的親密舉止，穆先生大可放心。」那是她與太傅的祕密，既然穆廷州腦海裡沒有太傅的記憶，那他就不是太傅，就沒有必要知道真相，明薇也不想自討沒趣被穆廷州嫌棄。

回憶一一在腦海中閃過，明薇按亮手機螢幕看時間，眼簾低垂。

太傅消失半個月了，她想他，雖然這份想念不會再帶來茶飯不思的酸澀痛苦。林暖、趙姨甚至肖照都勸過她，勸她不要把太傅與影帝的分得太清，勸她試著與穆廷州保持關係，幫穆廷州恢復那段記憶。

明薇做不到。

當初與太傅分手就是因為她夠理智，怕穆廷州醒來忘了她，怕高傲的影帝嫌棄她，所以選擇及時分開，免得相處越久，必須分手時就越傷心。現在穆廷州真的忘了，她不分清楚，難道要試圖糾纏穆廷州，讓影帝接受她？難道要忍受穆廷州陌生眼神、高傲拒絕帶來的難過？要頂著粉絲們的冷嘲熱諷，一次次去貼他的冷臉？

明薇做不到那麼卑微，她愛的也不是影帝。

如果她最初交往的人是影帝，影帝失憶了，但這種失憶是有希望治療的，明薇會努力幫他找回記憶，然而事實是，她喜歡的太傅才是不該存在的，穆廷州腦海中太傅的記憶屬於一段程式Bug，恢復的可能並不大。

這一刻，明薇的人是靜的，整個人散發的氣質也如無風秋日的湖面一樣寧靜，低垂的濃密睫毛一動也不動，畫面彷彿定格。說不清為什麼，穆廷州從她的身上感受到了一絲寂寥的悲傷，好似毛毛細雨，淋不濕行人身上衣，卻讓裡面的心泛起漣漪。

有日記為證，他知道她在撒謊，但看出她的抗拒，穆廷州忽然不想再為難她。

「對不起，我不記得了。」穆廷州拿出提前準備好的首飾盒，神色認真地遞給她：「浪費妳的感情，我很抱歉，但我相信那應該是一段美好的記憶。這是那時的我為妳準備的禮物，留在我這邊無用，還請明小姐收下，權當紀念。」

給她的，就是她的，雖然他不記得了。

明薇側目，認得這個盒子，知道裡面裝著一根碧綠的翡翠髮簪。

翡翠名貴，明薇想也不想便拒絕：「穆先生客氣了，太傅情人節前送了我一份禮物，那個做紀念挺好的，這根簪子太貴重，我真的不能收。」木雕重在心意，她不用考慮價格問題，否則再喜歡，她也會還給穆廷州，或是自己花錢買下來。

有些事情，穆廷州不習慣做第二次，既然明薇不要，他也不多勸，隨手將首飾盒放回原處，只低聲道：「那份禮物是什麼？」

明薇低頭笑：「一個木雕小玩意。」

說完，明薇抬手別右耳邊的長髮，儘管那裡並沒有頭髮掉下來。

車內獨處，一樣的臉，一樣的聲音，聊的還都是太傅，時間每過一秒，明薇心裡就多酸一點，再不轉移話題她怕自己裝不下去了。說什麼，她與穆廷州能說什麼……

「對了，《龍王》，你會接嗎？」明薇想到了她的下一部電影。

去年十月，廖導找她與穆廷州談《龍王》劇本，一部科幻大片。當時廖導誇明薇非常適合出演女主角，明薇高興歸高興，沒太當真，覺得廖導找她主要是看上了她與穆廷州的關係。後來穆廷州「拋棄」了她，別的片方紛紛遲疑，廖導卻給明薇吃了一顆定心丸，讓明薇很感動。

「明晚與廖導吃飯，其他還不確定。」穆廷州重新靠回椅背，懶散掃了一眼超市，猶豫要不要打個電話給肖照，他與明薇已經談得差不多了。

明薇「嗯」了聲，繼續玩手機，然後偷偷震了肖照一下，三分鐘後，肖照從超市出來了，拎了一個購物袋。穆廷州坐在車內，看著肖照越走越近，穆廷州突然記起一件事，對著窗外低聲道：「在明小姐之前，我沒有談過戀愛。」

明薇茫然抬頭，她什麼都沒問，他為什麼要說這個？

穆廷州卻閉上眼睛，頭微微後仰，舒適地休息。

這個姿勢……

明薇忽然想起一張照片，徐琳給她看的照片，所以穆廷州說他沒有談過戀愛是在解釋他與徐琳的關係嗎？明薇小小地鬆了口氣，莫名其妙被人喊小三的烏龍她再也不想經歷第二次。

十幾分鐘後，肖照的車停在了公寓樓下。

「今晚謝謝你們，有機會再見。」打開車門，明薇笑著說，眼睛只看肖照。

肖照透過後視鏡看她：「應該會很快。」

明薇不懂這話的意思，擺擺手，下車，關門，揮手道別。

肖照發動引擎。

穆廷州靠著椅背，神色淡淡，車子開出的那一剎那，他才看向前面的後視鏡。小小的鏡中，她穿著風衣站在那，長髮被早春晚風吹起，她一邊撩頭髮一邊轉身，毫不留戀地進大樓了。

「看一整天了，還沒看夠？」肖照諷刺地說。

穆廷州收回視線，挑眉反問：「以我跟她的那段關係，我對她產生好奇你很難理解？」

肖照笑，瞥他一眼道：「理解理解，不過你這種好奇極有可能是動心的預兆，還是那句話，真的喜歡人家就別端著，男人浪漫主動女人才會喜歡，太傅就是這麼追到明薇的。看明薇那麼抗拒你，你的影帝人設絕對是她反感的類型。」

穆廷州不太信：「太傅是古人，他能多主動？」

《大明》中的首輔穆昀，簡直就是老古董，真的會主動，他與明華公主就不會悲劇收場。

他這話是問對人了，肖照愉悅地舉例起來：「明薇拍外景，太傅主動撐傘遮水，明薇帶病拍雨戲，一拍完太傅就把人抱走了，明薇臥床休息，太傅早晚送飯到她房間……你能學會這些，明薇分分鐘鍾愛上你。」

穆廷州默默聽著，無情無動於衷，彷彿在聽人說戲一樣。

《龍王》五月開拍，三月份，明薇開始了體能、武術訓練。

前面兩部電視劇明薇演的都是閨閣女子，但《龍王》的女主角是個智商、體能雙高的女指揮官角色，有大量動作戲。高難度的動作肯定會用替身，簡單的必須親自上，廖導喜歡她，但也非常嚴格，早就跟明薇說了，好好準備，拍戲時別想偷懶撒嬌。

明薇答應時滿心豪情壯志，真的練上了才知道武戲不容易，第一天訓練結束，明薇渾身酸乏，回去倒到床上就睡了，迷迷糊糊間接到沈素的電話，說穆廷州接了《龍王》。明薇睏得要死，聽到這個消息，她的內心毫無波瀾。

第二天吃完早飯，明薇記起這事，看看社群，發現電影官方還沒通知。

明薇不管，繼續忙碌又充實地訓練，偶爾關注《大明首輔》那邊的進展。

三月九號，《大明首輔》正式在某大電視臺的黃金時段開播。

畢竟是自己參演的第一部電視劇，明薇興奮極了，跟老爸老媽通完電話，她一屁股坐到林暖旁邊，閨密倆一起看電視。

「啊，剛剛那個好美！」在放片頭曲，公主出嫁的那一幕一晃而過，林暖抓住明薇，激動地叫。

明薇嘴角的笑沒斷過。

第一集播完，插播廣告，老爸明強打來電話，義憤填膺的：『白等了半天，第一集都沒有妳！』

明薇無語：「跟你說了好幾遍，我要第二集末尾才出來呢。」

人家是正劇，前面兩集都是朝廷大事。

『行了，薇薇那邊忙，你別老是煩她。』手機裡傳來江月嫌棄的細柔聲音。

明強嘟囔一句，掛了。

明薇嘆氣，老爸怎麼比她還緊張啊。

廣告結束，第二集開始。因為職業的關係，林暖最愛古裝劇，一開始還能分心想明薇是不是快出場了，慢慢地便全神投入，被劇情吸引，也被穆廷州與幾個老戲骨的精湛演技帶進了那個朝代。明薇坐在旁邊，看習慣了，再沒有因穆廷州的臉出戲。

早朝結束，老皇帝去了御花園，背景音樂過渡為輕鬆，小坐片刻，老皇帝命人傳太傅。

明薇心跳加快，她的第一次螢幕亮相終於來了。

第二十六章　月底雲南見

御花園中，年僅十五的明華公主，正在刁難打擾她捉蝴蝶的太傅。

「蝴蝶乃李公公驚走，微臣自認無罪。」著深紫官袍的太傅，垂眸而立，守禮卻不懼公主。

「我說你有罪你就有罪，快去捉蝴蝶給我。」

明華公主哼了聲，耍起了刁蠻公主的小脾氣。雖貴為公主，明華的打扮清新簡單，烏黑的髮間只有一根白玉簪，配一朵粉嫩嫩的薔薇花。頭飾精簡，觀眾的視線自然集中在公主的臉上，烏眉水眸，明豔動人，將少女時代的嬌憨稚氣發揮得淋漓盡致，明明是她不講道理，可任誰見了公主這仗勢欺人的俏模樣都不會捨得動氣。

太傅自然也不會跟小公主計較，目光平靜地自公主臉上掠過，意外發現公主身後有隻鵝黃色的蝴蝶正翩翩飛來。他看蝴蝶，明華公主還當這位俊美的太傅在看自己，細密的睫毛顫動，眼簾一抬一低，自有少女懷春的羞澀彌漫開來。

男人突然抬手，明華公主受驚後退：「你……」

「此蝶，可合公主的意？」

太傅將剛剛捉到的鵝黃蝴蝶送到公主面前，淡漠地問。

《大明首輔》第二集結尾便定格在了這一幕，兩人初遇，太傅送蝶賠罪，公主芳心暗許。男人心懷天下，尚未將一個十五歲的小公主放在心上，然而公主情竇初開，眼角眉梢都是動情後的新奇與羞喜。

「天啊，剛剛太傅帥爆了，好會撩！」林暖抱住明薇，滿眼粉紅泡泡地繼續看片尾曲。男人撩妹子，有的套路深，有的技術爛，還有一種，就是太傅那樣的，他根本沒想撩，但那一本正經的禁欲表情搭配充滿少女心的浪漫舉動，簡直迷死人。

明薇淡淡一笑。

林暖反應過來，連忙狠狠誇明薇：「說實話，剛開始我還有點擔心妳演不好，現在我一點都不怕了，薇薇妳就是有天分，演得特別自然，比那些當紅女明星還好，而且妳漂亮啊，這臉蛋可是純天然的，啊啊啊，薇薇就是棒！」

明薇再也忍不住，嘴角越翹越高，她知道自己的水準，但現在就是想聽朋友誇她……

心裡正美滋滋著，老爸打來電話，明薇猜到老爸肯定會狠狠誇女兒，不好意思地跑去臥室接聽了。

穆家別墅。

穆廷州一個人坐在偌大的客廳，電視螢幕在放片尾曲，他腦海卻是剛剛太傅與公主的互動，長眉微皺。太傅是自己演的，與明薇互動的也是自己，可他絲毫記不起拍攝時的情形，這種記憶缺失的感覺讓他煩躁。

平心而論，從專業角度來講，明薇演技只能算及格，但她過人的容貌、氣質幾乎完美彌補了演技的缺點。內行人看門道，外行人看熱鬧，對於絕大部分觀眾而言，明薇一顰一笑散發出的美已經足夠令他們傾倒，一旦入戲，便不會意識到演員的演技問題。

穆廷州不是普通的觀眾，作為一個演技早已得到充分認可的影帝，一個見過各種娛樂圈美人的男人，明薇的顏值、演技都迷惑不了他，既然如此，穆廷州想不通為何會入戲那麼深，深刻到影響自己的記憶，堅信明薇是公主。

明薇身上一定還有其他特別之處，在拍攝期間對他產生了某種影響。

T大校園，女生寢室。

很少追劇的明橋今天也打開電腦看劇了，三個室友都圍在她這邊，劇情太吸引人，播放時女生們都屏氣凝神，兩集一播完，室友們立即炸開了。

「明橋我跟妳說，今天之前，我是看在妳的面子上喜歡妳姐的，現在開始，我要做她的鐵杆粉絲，妳記得多幫我要幾張簽名！」

「妳長得就夠美了，妳姐比妳還美，不行，下次她再來學校看妳，一定要幫我們介紹！」

「哼，我們薇薇姐的演技秒殺一片當紅女星了，看誰還敢說她是花瓶！啊，我連當花瓶的資格都沒有，妳姐好美，公主裝更美，我要做成桌布，每天舔螢幕一百遍！」

吱吱喳喳的，各種興奮，隔壁其他寢室的女生們也陸續湊過來，拜託明橋幫她們要簽名。熱鬧了一個小時，女生們散了，明橋桌子上卻擺滿了眾人留下的簽名本。明橋低頭整理，心裡默默記數，然後將數字傳給姐姐：『都想要妳的簽名。』

明薇在跟外公、外婆講電話，老兩口驕傲極了，開心地叮囑外孫女要多照顧自己。打完電話，看到妹妹的訊息，明薇更開心了，半真半假地問妹妹：『她們是真的喜歡我嗎？是不是給妳面子假裝捧場？』

明橋：『明天妳過來親自驗證？』

明薇笑：『妳姐我在練肌肉，忙完再去看妳。』

明橋：『沒事別來了。』

明薇差點噎倒，服了自己的高冷妹子。

姐妹倆聊完，再接幾個恭喜開播的電話，不知不覺都晚上十點多了。明薇先去洗澡，出來抱著電腦滑社群。之前她與穆廷州的緋聞主要在網路等媒體上鬧得沸沸揚揚，今晚電視一播出，影響更廣，慕名而來的粉絲嘩啦啦不要錢似的漲。

《大明》開播前明薇分享了一則官宣文章，現在底下留言已經破了六位數，點開一看，全是誇她美的，連明華公主的動圖都做出來了，或低頭賞花，或挑釁太傅，或羞澀歡喜，別說，明薇自己都覺得美……

畢竟化了妝，而且拍了好幾遍，導演後期剪輯肯定也挑最美的版本。

短短幾個小時，以前罵她的那些留言都被好評刷得看不見影子了，就算有人繼續罵她花瓶沒演技，很快也會被其他粉絲嗆回去，演化成一段激烈的舌戰。明薇已經過了愛圍觀掐架的純新人階段，反而更喜歡看言之有物的點評。

『作為一個新人，明薇的演技尚有不足，但她能交出這樣的表演我很驚喜，可能跟《大明》的班底也有關係，一出道就遇到張導演，更有穆廷州等實力派演對手戲，這是明薇的運氣，也是她的壓力，希望明薇腳踏實地繼續努力，別染上其他明星的惡習。在這個有臉、有熱度就能當演員的年代，再不出幾個上進的年輕演員，國內影視恐怕真的要完了。』

『一部正劇安排這麼偶像劇的一場戲，簡直是敗筆，但穆廷州、明薇用顏值、演技拉回了印象，回頭再細細品味，竟覺得也有道理。太傅久經官場，尋常美人入不了他的眼，進不了他的心，然後他遇到了正處在花樣年華的公主。公主美得純粹，美得靈動，如一縷春風，無聲無息吹進太傅心頭。正是如此驚豔的初遇，才會有後面幾十年的默默守護，換個人演公主，只要顏值或氣質有一點不對，都不會令人信服。』

有誇的，也有罵的，罵點主要是嚴格的正劇黨，覺得太傅的感情線有點多餘。

明薇默默心虛，確實，劇本給她那麼多戲份，就是要用她與穆廷州的感情吸引偶像劇那批粉絲，對於這一點，劇組非常成功。太傅、公主CP被捧出了一個新的高度，官方社群發了幾個劇情片段，太傅公主互動的幾分鐘被分享得最瘋狂。

出於好奇，明薇悄悄逛到了穆廷州的社群。

穆廷州也分享了「今晚開播」的宣方宣傳，底下的留言……

『太傅快記起公主吧，你跟明薇好配，我喜歡你們在一起。』

『太傅快去追公主，小說裡已經是悲劇了，現實中你們要珍惜！』

『哪來的腦殘們，請分清拍電視劇與現實好嗎？廷州是我的！』

總的來說，穆廷州那邊比她這裡還亂。

不早了，明天還要繼續鍛煉，明薇闔上筆電，準備睡覺。

手機突然響了，顯示「穆廷州」。

明薇僵了一下，靠著床頭接聽，手機剛靠近耳朵，腦海裡自動響起一句話：『微臣穆昀，遙拜公主。』

所有被人誇讚的虛榮與浮躁都在這一瞬間消散無形，明薇搖搖頭，聲音疑惑：「穆先生？」

『是我，這麼晚，有打擾明小姐休息嗎？』落地窗前，穆廷州對著夜色問。

明薇客氣道：「還好，有事嗎？」

穆廷州單手插著口袋，語氣認真：『我看了今晚那兩集，明小姐表現不錯。』

一樣的戲份，一樣的男人，卻是不一樣的評價，考慮到影帝的性格，明薇忍住打趣的衝動，正式道：「謝謝穆先生的肯定，我會繼續努力。」

穆廷州『嗯』了聲，開始說正事：『我想知道，那段對手戲一共拍了幾次，期間妳我是否有交流。』

明薇若有所思：「穆先生是覺得，瞭解詳情有助於你恢復那段記憶？」

『或許有用。』

男人說的簡單，想恢復記憶的態度卻表達了出來，明薇心情複雜，這個辦法真的有用嗎？回憶片刻，明薇將她剛進劇組時，穆廷州勸她退組的事情簡單敘述了遍，只說事實，沒有任何誇張加工。

穆廷州瞭解自己，下意識解釋道：『妳是我推薦進組的，妳演的不好，我臉上也無光，那時應該只是想刺激妳上進，沒有敵意。』他與她無仇無怨，沒道理欺負小新人。

明薇愣住，回想當時穆廷州的表現，氣了她一通，最後好像還是提點她如何拍戲了。

所以，是她一直在誤會他？

整個三月，全民都在為《大明首輔》沸騰，明明是部正劇，居然創造了去年大紅偶像宮鬥劇都比不上的收視率。面對這種現象級的盛況，各路影評紛紛發文分析，總的來說，將《大明》的爆紅歸功於三點：全體演員演技在線、太傅公主國民CP高度吸粉，以及群眾在經歷過一眾爛片後對優秀電視的饑渴需求。

總而言之，明薇紅了，偶爾出門遇見十來歲的小學生，都會興奮地喊她公主，老爸還傳來幾張照片，全是超市擺著的以她與穆廷州古裝造型為封面的筆記本，老爸引以為榮，明薇滿心尷尬，那封面把她畫醜了啊……

六十集的古裝劇，在四月八號迎來了結局。

倒數第二集，明華公主一身少女打扮，服毒自盡，太傅驚聞噩耗，悲痛吐血。

電視上又在插播廣告了，明薇低頭玩手機。昨晚駙馬被斬首，領完便當的陳璋在社群@她，說他會在奈何橋邊等她，現在明薇發文@他：『駙馬，我來找你了，你還在嗎？（哭）』

電視劇播出期間演員們互動是常事，也算是配合宣傳。穆廷州不太玩社群，更不是幽默親民的性格，明薇便跟陳璋打得火熱。明薇剛發完，陳璋馬上回應了：『在，公主稍等，我洗完車就去接妳！』

明薇笑了，可惜林暖去採購布料了，沒有人陪她笑，只能自己看留言打發時間。

公主是太傅的：『太傅快來抓奸，@穆廷州！』

一隻小小鳥：『公主妳別跟他走，太傅一個人好可憐，@穆廷州！』

光混節丟了一個蛋蛋的光棍：『太傅你還拖拖拉拉的做什麼，再不表白，到了那邊繼續打光棍@穆廷州。』

公主駙馬歡樂互動，粉絲們心裡只有太傅，樂此不疲地@穆廷州，一集也沒落過。

下一集開始了，明薇專心看劇，看到太傅臥病在床對著紅玉手鐲發怔，看到重播的太傅一生剪輯，最後定格在第一集他贈公主蝴蝶那一幕，彼時他們都年輕，一個嬌俏靈動一個面如冠玉，明薇心裡忽然一酸，濕了眼角。

為明華公主哭，還是為她自己哭，明薇說不清楚。

戲裡戲外，他們都錯過了。

明薇關了電視，有點意興闌珊，習慣地看社群，看到一則@她的通知。

明薇隨手點開，意外瞥見一個熟悉的但從來沒有與她互動過的昵稱。

穆廷州：『若未行遠，敢請為臣留步。』

明薇呆若木雞，穆廷州怎麼也來湊熱鬧了？說的這麼深沉，她該怎麼接招？

粉絲們炸了鍋。自從《大明》發表會後，穆廷州就再也沒與明薇有過交集，網路上太傅、公主已經成了國民CP，粉絲們吶喊了一個月，穆廷州冷冰冰的沒有任何表態，有的粉絲都要心冷了，穆廷州現在突然現身，無異於為粉絲們打了一劑強心針！

從不與女演員傳曖昧段子的影帝終於破例了，說他對明薇沒有特殊感情，誰信？

女粉絲對喜歡的男明星都有一定的占有欲，如果男明星空降戀愛消息，粉絲們吃驚比高興多，要是再覺得另一半配不上自家男明星，那這段戀情引發的評論可能就不太好聽了。可現在的情況是，大多數粉絲都通過明華公主的角色喜歡上了明薇，都在盼望粉紅泡泡，這時總算看到曙光了，粉絲們自然越發起勁。

於是之前勸穆廷州開竅的，現在都跑來勸明薇快答應。

明薇哭笑不得，穆廷州發文只是普通的演員互動，《大明》開播時他發了一個，結局再發一個，多正常的事，她要按照粉絲希望的主動貼上去，還不讓圈內人笑掉大牙。

醞釀兩分鐘，明薇回覆穆廷州：『太傅快來，駙馬這還有空位，咱們一起走。』

玩笑著糊弄了過去。

粉絲們不滿意，哭喊著要粉紅泡泡，穆廷州沒再回應，明薇看了一陣子留言後洗澡睡覺。

四月十二號，《大明》劇組聚餐慶功，明薇作為女主角自然受到了邀請。

下午四點半，明薇提前半小時抵達酒店，直接去了宴會廳。劇組大部分成員都到了，全是熟人，明薇人緣好，一路打招呼，然後笑盈盈坐在了導演這一桌。

四點五十分，穆廷州、肖照同時到場，並肩而行，跨進宴會廳的那一刻，兩人最先看見的都是明薇。她側對入口這邊坐著，穿了一件白襯衫，搭配黑色包臀短裙，桌底下露出一雙修長美腿，白皙動人。

大方俐落的打扮，瞬間讓人將她與明華公主那個古代角色分了開來。

肖照暗暗贊許，明薇今天這身穿對了，對她來說公主已成為歷史，她要繼續向前看，儘量展現不同的一面，保持粉絲對她的期待。

兩個男人打量明薇時明薇也發現了他們。肖照還是老樣子，溫雅知性，像深藏不露的老狐狸，穆廷州……五官依舊俊美，他在失憶期間瘦下去的臉龐又恢復了去年初遇時的狀態，偏瘦，但瘦得精神，如一塊上品美玉，流動著端方清貴的光彩。

最近應該也在健身吧？

明薇心中思忖，人與導演等人同時站了起來，與穆廷州寒暄。

「廷州氣色好多了。」張導演欣慰地說。

穆廷州客氣地笑，掃一眼桌子上的名牌，朝明薇點點頭，在明薇旁坐了。

明薇早有準備，每次劇組活動，她都會坐穆廷州與陳璋中間。

五點慶功會準時開始，先是張導演上臺講話，跟著主演們一一發表感言，都是套路，官方場面走完了，接下來才是吃吃喝喝。宴會廳氣氛輕鬆，演員們四處走動敬酒，明薇是晚輩，幾乎輪著敬了一圈。

明薇有酒量，每次敬酒喝得也不多，一圈下來，人很清醒，只是那小臉蛋紅撲撲的，看起來像不勝酒力。

回到主桌，明薇大大方方夾菜下酒，剛吃了一塊龍蝦，旁邊有人落座。

明薇淺笑，放下筷子。

「喝多了？」穆廷州與她對視一眼，目光挪到了她的臉上。

明薇笑著搖頭：「沒有，就是有點熱。」說著輕輕拍了拍臉。

她的手纖細小巧，白白淨淨的指頭拍在紅潤潤細嫩嫩的臉蛋上，莫名地誘人。穆廷州及時垂下眼簾，端起酒杯，默默抿了一口。

「對了穆老師，我再敬你一杯。」

耳邊響起她甜糯的聲音，穆廷州心中一動，自從他解釋了那次激將法，後來幾次通話問她拍攝情況，明薇對他的稱呼就變成了穆老師。穆先生是客氣疏離，穆老師是恭敬尊重，不過對穆廷州來說，兩種叫法都一樣，都不順耳。

「不是敬過了？」他探究地問。

明薇粲然一笑：「剛剛不好意思說太多，謝謝穆老師指點我演戲，如果不是你換著方法督促我，我可能演不出正片中的效果。」誤會解除，雖然影帝還是高傲的影帝，但少了一樁私人恩怨，明薇不那麼反感他了。

穆廷州接受了這個理由，端起酒杯舉高。

兩人碰杯，不遠處一個特邀記者迅速按鍵，完美地拍下了這一幕。

當晚這張照片被各大媒體瘋狂轉載，燈光璀璨的宴會大廳，現代裝的太傅、公主碰杯飲酒，男俊女美，臨時抓拍的鏡頭絲毫沒有影響美感。明薇回到家才看到新聞，但正如沈素所說，如今她與穆廷州的CP呼聲，多一張照片少一張照片，根本沒什麼影響。

沐浴出來，手機在響，明薇一邊揉頭髮一邊去拿手機，看到來電顯示明薇再次詫異。

「穆老師？」

『睡了？』穆廷州低聲問。

明薇坐下來道：「還沒，您有事？」

穆廷州看看面前的電腦，良久才道：『沒什麼，月底雲南見。』

說完掛了電話。

明薇覺得莫名其妙，對著手機出一會兒神，明薇先吹頭髮，吹完看劇本，睡覺前，明薇習慣地走到窗臺前。乾淨雅致的窗臺上，擺了好幾盆林暖養的寶貝多肉，此時此刻，多肉植物旁邊多了一盆牡丹盆栽，綠生生的葉片間結了幾朵花苞，應該很快就要開了。

「公主金枝玉葉，只有牡丹才配得上公主。」

「我怕養不活……」

「臣幫公主照料。」

明薇閉上眼睛，彎腰聞牡丹。太傅又如何，終究也只是個男人，男人都喜歡說甜言蜜語，說了卻不做，最後還是她自己養的花，精心澆水照料，當寶似的養著，白白多了一件差事，幸好她有天分，養活了，要開了。

三天後，第一朵花苞悄然綻放，粉嫩嫩的。

明薇拍了好幾張，自己看，沒有上傳，怕知道這盆牡丹來歷的肖照誤會。

然而不知怎麼那麼巧，明薇沒秀花，當天上午，穆廷州竟然上傳了一張牡丹盆栽圖，配字：『天下真花獨牡丹——歐陽修』。

明薇盯著這則新的發文，心中不太平靜，他怎麼會想要養牡丹？還是以前便養了？

明薇點開留言。

公主是太傅的：『好了好了，你不就是想說你家公主才是花，別的女人都是草，對吧？』

光棍節丟了一個蛋蛋的光棍：『甜言蜜語來了，公主快接招！@明薇。』

明薇過濾了粉絲的@，不可能收到，可就在她看到這則留言時，居然真來了一則@！

明薇莫名緊張，點開……

卻是《龍王》官方，公布男主角了。

第二十七章　穆老師

明薇、穆廷州即將合作的《龍王》，是一部基於中國神話傳說改編的科幻電影。

西元二二一七年，由於人類的過度開發利用，地球資源枯竭不堪負荷，各種地質災害頻頻發生，已經不再適合人類居住，故地球五大國分別派出精英，組成一支百艘太空飛船探索隊伍，去茫茫宇宙中尋找適合人類居住的替代星球。

皇天不負苦心人，指揮官周昊帶隊的「探索五十六號」歷經三十年極速飛行，發現一顆與地球幾乎一模一樣的星球，地球有的七大洲四大洋，該星球同樣存在，空氣成分也與地球一致，簡直就是地球的翻版。周昊先將新星位置傳送回地球，然後著陸探索，每天都會將最新發現傳送回去，直到最後一人意外慘死。

有了第一手資料，地球繼續派遣飛船去考察新星情況，最終得到三個主要資訊：

第一：新星是第二顆地球，非常適宜人類移民。

第二：新星上還未進化出人類，但存在大量有攻擊性的猛獸。

第三：想要移民，必須清理新星上兇殘的「原住民」。

五國領袖召開會議，經過縝密的計畫後，提前按照地球版圖劃分了新星勢力，然後五國分別派出先遣軍隊去新星消滅各自勢力範圍的猛獸，約定彼此互不侵犯領土。

主角國一共派出了五萬武裝力量，分成東北、西北、東南、西南、中央五大戰區，人數雖少，憑藉高科技武裝設備，這五萬人很快便以摧枯拉朽的勢頭席捲全域，但各個戰區都有超級凶獸，一旦遇上即便是勝利，軍方亦死傷嚴重。三年之後，五萬人只剩八千，而大陸只剩西南戰區的一片雨林尚未探查。

以上全是背景，《龍王》電影開頭，便是從這片雨林開始。

元帥命周剛帶隊清查雨林，在這裡，隊伍遇到兩條粗三公尺、長數十公尺的巨蟒，周剛慘死，其女兒周靜聯合隊友擊斃巨蟒，升為西南區新任指揮官。短暫休整後，周靜奉命帶隊探索南海，並將於浩瀚南海遇見電影的主人公，一條在地球上只存在於神話中的青龍，能化為人形，能翻江倒海。

《龍王》官方早已公開明薇女主角的身分，男主角一直保密，現在距離開拍半個多月才公布，男主角竟然還是明薇的國民ＣＰ穆廷州，免不了又引發一波娛樂狂潮。粉絲們個個伸著脖子期待閃光，主角們卻陸續啟程，先後抵達劇組拍攝第一站：雲南某片雨林。

不過演員們最先要做的是拍攝定妝照。

明薇要拍兩套，一套是女指揮官的形象，一套是便裝女孩形象，服飾都很保守，不需要暴露。穆廷州就不一樣了，作為一條數千年蝸居在南海的青龍，一條沒有與人類打過交道的龍，穆廷州第一次現出人身時是全裸的，當然鏡頭不會拍那麼全，但穆廷州全程都會露出胸膛，所以穆廷州的定妝照……

綠幕背景前，明薇身穿指揮官官服，正按照攝影師的口令擺造型，視野裡突然闖入幾道人影，明薇隨意看去，最先看到的就是裸著胸膛的穆廷州。意識到那是穆廷州的瞬間，明薇馬上移開視線，根本沒時間數穆廷州到底有幾塊腹肌，她也不想數。

「明薇，看這裡！」

攝影師突然大聲說。

明薇血氣上湧，尷尬地想找個地洞鑽進去。為了避開穆廷州胸口，她視線瞄地面了，忘了看鏡頭，攝影師態度很專業，還沒察覺穆廷州來了，所以明薇知道，攝影師是叫她看鏡頭，可攝影師喊話的時機太巧，別人會不會以為她因為看穆廷州而走了神？

大大方方拍照的年輕女孩突然成了番茄臉，攝影師納罕地抬起頭，這才發現穆廷州來了。

攝影師露出一個他什麼都知道的善意笑容，對明薇道：「先休息三分鐘。」

這下明薇更洗不清了，硬著頭皮朝廖導、穆廷州打聲招呼，然後走到助理小櫻那邊坐下，特別認真地喝水。

「薇薇，八塊，真的有八塊！」小櫻彎腰，興奮的在明薇耳邊說。

明薇差點嗆到，沒好氣瞪她：「又不是沒見過，陳璋也有八塊。」

小櫻吐吐舌頭，繼續偷偷看穆廷州，穆廷州也馬上要拍了，現在男化妝師正幫他抹精油。前胸、後背、手臂、小腹……小櫻看得臉紅心跳，又低下來跟明薇耳語：「啊，早知道我該學化妝護膚的，好羨慕他。」

明薇被她嘀咕到越來越好奇，假裝喝水，偷偷往那邊瞄了一眼。

穆廷州側對她站著，恰好被男化妝師擋住，害她什麼也沒看到，只瞧見男化妝師好像在拍穆廷州手臂。

好奇過了，明薇收回心思，想著等等拍完就走。

重新拍攝，明薇一眼都沒往穆廷州那邊看，拍完就想走，攝像師卻叫住她：「明薇等等，妳跟廷州還要擺幾張海報造型，今天一起拍了。」

海報……

明薇傻了眼，她怎麼把這事忘了？

十五分鐘後，穆廷州拍完了他的定妝照，明薇也重新化了妝，穿著一件黑色寬鬆長褲、一件白襯衫登場。既然是拍合照，明薇不可能不看穆廷州，幸好她已經做好了心理準備。走到穆廷州面前，明薇笑著聊天：「穆老師怎麼來這邊了？我還以為你會直接去深圳。」

雲南這邊只是開篇一場炫酷打戲，沒有穆廷州的戲份。

「看廖導拍戲能學到很多。」穆廷州低頭看她。

明薇笑笑，下意識垂眸，這一垂，目光正好撞上穆廷州的胸膛。一條常年泡在水裡的龍，皮膚該白還是黑？其實黑白都可，但穆廷州故意曬黑了一點，看來他有自己的理解。抹了精油的偏黑胸膛，勁瘦結實，整整齊齊的八塊腹肌，盡顯男人陽剛之氣。

明薇有點口渴。

《南城》中陳璋扮演的高長勝是個糙漢，經常露腹肌，可感覺完全不一樣，明薇敢看陳璋，甚至光明正大的欣賞，輪到穆廷州赤裸胸膛站在她兩步之遙，彷彿有高純度的男性荷爾蒙迎面撲來，喚醒了她體內的雌激素。

這完全是生理反應。

明薇敷衍地「哦」了聲，先去綠幕前準備了。

攝影師讓他們並排站著，面朝前方，要的是兩人在同一個鏡頭裡，但彼此又不知道對方存在的效果。這個簡單，明薇不看穆廷州就行，然而下一個姿勢，攝影師示意穆廷州走到明薇身後，從後面抱住她。

明薇給自己打氣，不就是親密戲嗎，她還親過穆廷州呢，雖然隔了一層安全膜。

「你們先試試姿勢，找找感覺。」攝影師專業地說，並體貼地轉身，其他工作人員也散開了。

明薇面帶微笑，其實渾身僵硬。

穆廷州走到她背後，看看那泛紅的側臉，微微低頭，輕聲詢問：「準備好了？」

四月底雲南雨林邊緣的上午還不是很熱，可穆廷州的呼吸是熱的，從耳後吹過來，吹得她臉頰發燙。察覺男人打量的目光，明薇深深呼吸，故作平靜道：「沒問題。」

聲音剛落，男人突然靠近，結實手臂自然無比地壓住她的胳膊，而那雙寬大的手掌，也從兩邊包抄過來，握住了她的手。明薇沒料到他會一下子演到底，男人發熱的胸膛，溫熱的手心，兩種刺激同時襲來，明薇情不自禁地顫抖。

「跟陳璋合作時沒拍過這種戲？」他就那麼抱著她，在她耳邊說。

明薇大腦都快充血了，不得不承認，穆廷州的氣勢比陳璋強，帶來的壓力也強了百倍。

「拍過，就是跟穆老師合作，有點緊張。」臉紅掩飾不住，明薇連忙找了個理由。

「拍海報也是演戲的一部分，代入角色試試。」穆廷州鬆開手，留下一句叮囑，他去臺下喝水。

明薇怔怔地望著他的背影。

就在剛剛，在他抱上來的時候，她有一瞬間的恍惚，覺得穆廷州好像是故意的，包括他貼著她耳朵說話的舉動，可下一秒穆廷州就放手了，並用一種前輩的口吻提點她拍照技巧。眼看穆廷州接過礦泉水，側身過來喝，明薇及時別開眼，暗暗自嘲。

太傅親吻她時確實熱情，熱情到出乎意料，但影帝穆廷州三十來年不近女色，怎麼會突然占她一個小新人的便宜？明明是她不敢直視他的男色，是自己因為太傅那段回憶，無法自然適應穆廷州的裸身接近，幻想太多。

代入角色嗎？

明薇靜心回想劇本，等穆廷州再次走過來時，明薇自我感覺可以了。

攝影師做了一個開始的手勢。

明薇朝穆廷州點點頭。

穆廷州跨過來，像剛剛那樣抱住她，此時此刻，他不是影帝，他是南海那條青龍。

只是當懷裡的女孩撒嬌地往後靠，腦袋親暱地貼上胸口，穆廷州突然出了戲，意外地看向明薇。

他個子高，按照海報要求，本來就要看明薇，可明薇卻謹記攝影師的指導，目視前方，依賴地靠著男人，眼神複雜，力求表現出女主角的沉重內心。

攝影師抓住了明薇的狀態，穆廷州卻只看見她白皙甜美的臉龐，睫毛濃密卷翹。

第二回合，他落了下風。

與穆廷州搭檔拍了一上午的海報照，姿勢涵蓋背後擁抱、面對面擁抱、背對背相貼等親密姿勢，終於收工時明薇身上不知道出了幾遍汗，熱累交加，臉蛋紅撲撲的，像熟透的水蜜桃，水嫩嫩誘人。

雨林邊緣，條件簡陋，明薇回保姆車上休息，上車前瞥見遠處肖照遞給穆廷州一條毛巾，穆廷州拿毛巾擦擦身上，再抽走肖照手中的黑色短袖，直接套到腦袋上，一拉一扯，便遮住了那身結實又不失俊雅的胸肌、腹肌。

明薇默默羨慕，當男人真好，哪像女人，還要找隱密的地方換衣服。

在車裡休息一會兒，到飯點了，後勤王哥大聲吆喝眾人過去吃飯。

「我去拿？」小櫻放下手機問明薇。這時日頭高了，外面又潮又熱，陽光刺眼。

「一起去吧。」明薇揉揉眼睛，睏倦地打了個哈欠。

下了車，看到一眾演員、工作人員分別圍坐在幾棵樹下，後勤正在逐一發放便當。明薇前天到雲南，今天也是第一次拍外景場地，此時放眼望去，那些配角演員她都不熟悉，不像前面兩次拍攝，陳璋總會熱絡地叫她一起吃飯。

不著痕跡地打量一圈，明薇目光鎖定了武術指導郝老師，兩人好歹有一個多月的師徒情。可就在明薇露出笑容準備走過去時，忽然有人叫她：「明公主。」

清朗的聲音不高不低，帶著善意的笑，遠遠地傳入碧綠叢林。

而這聲高調的稱呼，立即讓所有人的視線都集中在了明薇身上。

明薇咬牙，不得不朝獨占一棵樹的影帝二人組走去，肖照的面子她能不給嗎？

「坐，我們這邊空氣好。」指指穆廷州旁邊的小板凳，肖照笑著說。

「下午我們熟悉場地，你們怎麼不回鎮上？」明薇彎腰，一邊說話一邊不著痕跡地將板凳挪到靠近肖照的位置才坐下。

肖照拎出塑膠袋，裡面是他們三個的便當，分好了才道：「廷州要留，我聽他的。」

明薇就不問了，低頭吃飯。

林間不時傳來幾聲清脆鳥叫，身後其他工作人員低聲聊天，只有他們這邊，安安靜靜的。明薇慢條斯理地挑揀飯菜，餘光掃過優雅吃便當的兩大男神，忍不住懷念與陳璋合作的時光，輕鬆自在。

「你們兩個都沒話說？」吃到一半，肖照率先挑起話題。

明薇停下筷子，假裝疑惑地看他。

肖照朝穆廷州揚揚下巴：「我看過劇本，後面你們有好幾場親密戲，現在不培養默契，拍攝時才臨時抱佛腳肯定耽誤進度。明薇，如果妳跟廷州有妳對陳璋那樣的熟稔度，到時候會輕鬆不少。」

明薇垂眸，道理她懂，但熟稔度又不是她一個人能培養出來的，穆廷州……

「以後一起吃飯吧。」穆廷州放低便當，看著明薇說。

他的眼睛幽深平靜，如深山老林中的兩潭湖水，幽幽的，誰也看不清底下有什麼，偏偏那清冷的眼卻有洞察人心的銳利。撞進這樣的眼，明薇本能地想要逃避，垂著眼簾點點頭，客氣道：「打擾穆老師了。」

穆廷州沒應聲，神色淡淡。

下午廖導帶著一眾演員熟悉環境，在林中逛了兩個小時，技術人員留下來做準備工作，演員們先回十幾里外的小鎮上。鎮子不大也不繁華，只有一家旅館，是座四層樓的房子，沒有電梯，一樓主人自用，上面三個樓層已經被劇組包下，禁止無關人員進出。

頂樓有兩間「奢華的套房」，明薇占了一間，另一間自然留給了穆廷州。

眾人一起回來，到了三樓，肖照等人相繼回房，樓梯前只剩還需繼續攀登的男女主角。

黃褐色的樓梯有些掉漆了，但打掃得很乾淨，踩上去發出輕微的吱嘎聲。前面女孩的腳步輕，後面男人腳步穩重，她的聲音才落，他的緊跟著而起，無端端生出了一種追逐的異樣感。沉默加重了緊張，明薇試著搭話：「穆老師住過這種旅館嗎？」

「住過。」穆廷州低聲回答，眼睛看著她的白球鞋，每當她抬腳，就會露出鞋底沾著的碎草葉。

回答完了，意識到什麼，穆廷州繼續補充道：「十年前去漠河拍戲，地點比較偏，住的是老式旅館，房間沒有浴室，整個樓層共用一個。」環境很差，她這種嬌生慣養的大城市小姐，多半適應不了。

十年前的穆廷州？

明薇試著回憶網路上的穆廷州的介紹，他二十歲時好像拍過一部邊防兵文藝片，應該就是那時候了。跨上最後一層臺階，明薇回頭，猜測著說出電影名：「是這部嗎？」

穆廷州詫異：「妳看過？」那種題材的小眾電影很少有女孩子喜歡看。

明薇尷尬笑：「聽別人說的。」

穆廷州「嗯」了聲。

「那穆老師先休息。」走到自己的房間前，明薇跟他道別。

穆廷州點點頭。

明薇推門，剛要進去，前面傳來男人低沉的提醒：「晚上一起吃飯。」

為了培養默契是吧？明薇乖乖應了聲。

不過連續吃了幾天，明薇覺得這個辦法並沒什麼用，因為每次與穆廷州一起上樓，她還是得絞盡腦汁才能找到話說。

「Action！」

平靜了漫長歲月的雨林深處，忽如平地驚雷，響起一陣陣刺激耳膜的槍戰聲，夾雜著巨蟒蜿蜒而行身體傾軋樹幹的碎響。

原本以為只有一條巨蟒，周剛便安排屬下組織圍剿，沒想到竟然還有一條巨蟒躲開了高科技探測，從背後偷襲，一下子打亂了隊伍攻擊節奏。兩條巨蟒湊在一起殺傷力太大，周剛、周靜父女倆分別帶人朝兩個方向跑，準備單獨擊斃。

巨蟒越逼越近，狂奔中的周靜卻沉著冷靜，白皙冷豔的臉龐不見任何慌亂。跑著跑著，前面突然出現幾棵參天巨樹，周靜眼神陡然鋒利起來，一邊厲聲發號口令，一邊按下手腕上的黑色機關。

「Good！」連續跑了五次後，廖導終於滿意了。

明薇氣喘吁吁，軍裝下胸口起伏，小腿肚直打哆嗦。曾經她以為學校的八百公尺就夠折磨人了，但現在，廖導硬是逼她跑出了百米衝刺的速度，連跑五次，五次都要全力以赴，不容許有半分馬虎。

簡單休息補妝，明薇重新走到樹下，讓工作人員為她吊鋼索，接下來的劇情周靜幾人會利用飛索升到高空樹幹上，同時瞄準巨蟒要害進行射擊。這是一個非常耍帥的鏡頭，要拍特寫，明薇必須親自上陣。

廖導、武術指導圍過來給幾人講戲，再單個指導。

明薇是唯一的女性，也是唯一沒有吊鋼索經驗的演員。

這裡沒有參天巨樹，劇組搭了一個高臺，演員們要跳到上面，再完成一個漂亮轉身的射擊動作，後期特效再將高臺弄成樹幹。武術指導給明薇做了幾次示範，明薇高度集中精神，並在下面練習轉身的姿勢。

身高一百六十五的明薇，個頭並不出挑，但她身材纖細，換上緊身軍裝，那種俐落幹練的味道就出來了，一轉身一射擊，還真有幾分指揮官的英武瀟灑。

「眼神還差了一點。」彎腰站在明薇對面，廖導密切觀察明薇，身體動作到位了，他老辣地糾正明薇的情緒：「不要想著自己的姿勢標準不標準，從妳發出號令的那一刻開始，妳心裡就只裝著殺蟒這一件事，所以眼神要冷，要充滿殺氣，冰冷無情，直到重新落地。」

一字一句，全是壓力。

明薇繼續在地面練習。

穆廷州抱臂站在監視器這邊，黑眸定定地看著明薇的一舉一動。

半個小時後，廖導安排明薇先體驗一次鋼索，不用考慮表演。

明薇很興奮，只是身體被牽引著升空的那一刻，明薇忍不住叫了出來，才發出聲音便馬上捂住嘴，然後以一個非常不漂亮的姿勢落在了高臺上。當然，她自己是看不到的，只知道兩腿抖個不停，眼睛也不敢往下看。

上去，下來，明薇飛了三次，終於適應了這種感覺，接下來才是正常拍攝。

這一拍，明薇又飛了好幾次。

腰痠到不行，可該拍還是要拍。

「Good！」兩個小時後，廖導從監視器後抬起頭，聲音透過擴音器傳出老遠。

高臺上，明薇一口氣鬆懈下來，差點跪下。

落地的鏡頭比較簡單，前面已經過了，所以明薇放鬆身體，等著鋼索將她送下去。地面越來越近，明薇剛要準備落地，可念頭剛起，雙腳竟然提前撞到了地面。下降慣性帶來的衝勁太強，明薇腳踝一疼，整個人便不受控制地朝前面倒了下去。

眾人皆驚，只有一人敏銳地注意到鋼索減速慢了，並提前衝了出去，身形如風，趕在明薇落地的前幾秒摟住她的腰，穩穩將人帶到懷裡。

明薇疼得吸氣。

穆廷州往下看，見她右腳虛抬，立即猜到了情況：「扭到腳了？」

明薇點頭，點完了，她後知後覺地意識到了不對，錯愕地看著對面的男人胸膛。

他什麼時候過來的？

正震驚著，眼前突然一片天旋地轉，明薇慌忙抬手，抓到他胸前一片衣服。

第二十八章　公主抱

當著在場所有劇組成員的面，穆廷州送給明薇一個公主抱。

視野重新穩定，明薇漲紅了臉，腦袋往他那邊偏：「我沒事，你放我下來。」

他這樣是嫌兩人的緋聞還不夠多嗎？

「右腳抬高。」穆廷州置若罔聞，反而冷靜指點扭到腳的急救措施。

明薇抿抿嘴，聽話地抬高右腳。

劇組成員都在靠近，穆廷州直接抱著明薇走向保姆車，只高聲提醒隨行醫護人員準備冷敷袋。作為一個從業十幾年的影帝，穆廷州在片場受過大大小小無數的傷，經驗累積至今，一些簡單的傷勢穆廷州知道該如何處理。

大步跨進保姆車，穆廷州彎腰，輕輕將明薇放到座椅上。

明薇囁嚅著道：「謝謝穆老師。」

「不用。」才放她坐穩，穆廷州馬上單膝蹲下來，一聲招呼都沒打，直接托起明薇右小腿。明薇腳上穿著軍靴，鞋帶穿了兩排整整齊齊的孔，穆廷州皺眉，示意明薇將右腿搭到外側座椅上，他依然單膝蹲著，雙手敏捷地解鞋帶。

男人側臉俊美清冷，向來拒人於千里之外，但此時此刻，他居然在幫她解鞋帶。

有那麼一瞬間，明薇想到了太傅，只有打從心底把她當公主珍視的太傅，才會什麼顏面都不顧。

可他是恢復現實記憶，忘了太傅的影帝。

明薇不知道穆廷州為何要這麼對自己，她受寵若驚，伸手想搶回鞋帶：「我自己來吧……」

「疼得厲害嗎？」穆廷州看著鞋帶問。

明薇一呆，感受感受，遲疑道：「不是特別疼……」其實挺疼的。

穆廷州只相信自己的判斷，鞋帶解得差不多了，他儘量輕柔地脫下她的軍靴。

明薇平時的腳真的不臭，可拍了一天戲，還都是跑來跑去的體力勞動，又是在這樣悶熱的環境，就算是仙女，穿著密不透風的軍靴跑下來，腳上都會有點味道。明薇不是仙女，所以軍靴離腳的那一瞬，空氣中突然多了一點異味。

明薇臉紅得都無法看了，話都不知道該怎麼說，腦袋垂得低低的。狹窄的視野裡，男人身體巋然不動，手卻熟練無比地脫了她的襪子，緊跟著用溫熱手指捏住她腳踝，試探著用力。明薇悶哼一聲，疼得忘了尷尬，抬頭去看。

「只是輕微扭傷，冰敷幾次，塗點紅花油，休息兩天就好。」

檢查完傷勢，確定她沒有大礙，穆廷州鬆開她的腳，挪到對面沙發上坐了，關心來得毫無預兆，收走的也不拖泥帶水。

明薇點點頭。

醫護人員已經過來了，穆廷州讓開空間，女護士便拎著醫藥箱跨上來，檢查之後得出與穆廷州一致的結論，然後幫明薇敷冰袋。明薇打了個哆嗦，見廖導也在外面，她苦惱了，擔心自己休息兩天會影響拍攝進度。

廖導倒不急，和藹地安慰明薇：「妳在這邊的武戲基本上拍完了，我們先拍另一條巨蟒，等妳的腳好了再拍文戲。」

明薇放心了，另一條巨蟒戰鬥力更強，還要引出女主角父親的死因，乃是一個劇情矛盾點，確實需要兩、三天的時間才能拍完。

既然明薇需要休養，廖導讓她先回鎮上。

劇組成員們紛紛上前慰問明薇，負責鋼索的技術人員更是連連抱歉，明薇笑笑就過去了。表達了關心，眾人返回片場繼續忙碌拍攝，只有穆廷州還一動也不動坐在她對面，氣場強大，嚇得小櫻都不敢冒然上車。

明薇別了別耳邊的頭髮，儘量自然地問他：「穆老師還有事嗎？剛剛謝謝你了。」

穆廷州閉著眼睛道：「我也回去了，搭個車。」

雲南沒有他的戲份，穆廷州便沒把保姆車開過來。

明薇知道這點，再看看劇組為她安排的這輛豪華保姆車，穆廷州搭車也就順理成章了。

「要不要叫肖照？」明薇望向車外，找了一圈，發現肖照跟廖導他們在一起。

「不用。」穆廷州不假思索。

明薇懂了，叫小櫻上來，他們先回去。

十幾分鐘後，保姆車停在了旅館外。

小櫻偷瞄穆廷州，穆廷州剛好結束小憩，睜開了眼睛，深潭一樣的黑眸，不見一絲睏倦。

「妳現在不便走動，我抱妳上去。」當著小櫻的面，他就這麼理所當然地看著明薇說。

明薇傻了眼。

小櫻也傻了，緊接著心花怒放，她就知道，太傅肯定還喜歡公主的，平時冷冰冰的藏著，公主一出事就忍不住關心了，典型的冰山型戀人。為了不礙手礙腳，小櫻識趣地跳下車，拎著醫藥箱先回自己房間了。

司機緊隨其後，去車外等著。

穆廷州起身，彎腰要抱明薇。

「其實我的腳好多了，可以自己走。」他居然真打算抱，明薇連忙婉拒，說著還想起來搶著下車。

但她剛挺直腰杆，肩膀就被一隻大手給按下去了，緊跟著，穆廷州俯身，準備撈她的腿。

「穆老師，我怕被人拍到。」他一意孤行，明薇既不懂他的心思，也不想接受無緣無故的好，索性點明了。

「不想儘快拍戲了？」單手撐著她椅背，穆廷州平靜地問。

明薇噎住。

穆廷州又道：「腳傷看起來問題不大，但不好好休息，以後可能落下病根。」

明薇咬唇。

「妳不用有心理負擔，妳幫過我，我現在只是還人情，萬一傳出去，只要妳願意，我會配合澄清。」看出她有顧慮，穆廷州站直身體，彷彿明薇繼續拒絕，他便尊重她的意見。

明薇低頭，心頭縈繞著「還人情」這三個字。原來他最先衝過來扶她，原來他任勞任怨地幫她解鞋帶，只是為了還人情，可笑她居然還冒出一點點希望，以為穆廷州雖然忘了太傅，卻還不自覺地被太傅影響。

她沉默，穆廷州再次皺眉，這是不願意還是默認？

看眼她敷著冰袋的小腳，穆廷州猶豫幾秒，重新俯身。

明薇眼簾動了下，卻沒再拒絕。

她嬌小纖細，穆廷州輕輕鬆鬆將人抱了起來，一邊留意車頂一邊下了車。偏遠的雲南小鎮，寧靜安樂，並沒有大都市裡聞風而至的狗仔，就連旅館老闆娘，對穆廷州與明薇的公主抱都沒有太上心，只是好奇瞧了兩眼。

四層樓，穆廷州始終保持同個步調，呼吸也沒什麼變化。

明薇閉著眼睛，只能聽到他穩重的腳步聲，有了年代的小旅館，蹬蹬蹬的木板踩踏聲古樸悅耳，彷彿沉浸了歲月。

好像沒過多久就到了四樓。

明薇提前拿出房卡，從他懷裡伸手，推開門。

兩人的房間陳設相仿，穆廷州簡單掃視一圈，然後將明薇放到了床上。

他進來時用肩膀關了門，房間隔音效果還好，眼看男人準備走了，明薇鼓起勇氣，抬頭喊他：「穆老師。」

穆廷州轉身，目光平靜地落在她臉上。

明薇淺笑：「穆老師，其實你失憶期間，我沒幫上多少忙，反而因為你一夜成名，少奮鬥好幾年。就算穆老師覺得欠我一份人情，今天幫了我那麼多也能抵清了，以後穆老師真不用特別關心我，你這樣我受之有愧，反而覺得自己欠了你。」

「我想妳誤會了，我沒有特別關心妳。」穆廷州雙手插進口袋，不冷不熱地說。

明薇臉白了，這話可真不留情面。

但就在她準備為自己用錯詞道歉時，男人搶先開口了：「我只是把妳當朋友關心。」

明薇錯愕地看他，兩人什麼時候成朋友了？見面基本無話可談的朋友？

她呆呆的，穆廷州淡淡笑了下，略顯無奈地道：「明小姐，難道妳真的覺得，在經歷過車禍失憶，在得知妳我曾經相戀，在看過網路上妳我之間的大量影片，在被輿論瘋狂催促去追求妳之後，我還能把妳當陌生人看待？」

明薇無言以對。

「看得出來，明小姐似乎非常抗拒與我相處，只是我已經將妳視為朋友，朋友出事，我無法袖手旁觀。」穆廷州不無自嘲地道。

明薇又尷尬了，結結巴巴地解釋：「沒有，我……我沒那麼想，就是覺得，你是影帝，我們、我們不是同一個等級的，有種距離感。」

「這麼說，明小姐願意跟我交朋友？」穆廷州低低地問，聲音透露出幾分愉悅。

影帝都這麼問了，明薇能說不願意嗎？

「榮幸之至。」明薇強迫自己露出一個非常驚喜的笑容。

穆廷州與她對視幾眼，然後在心裡給明薇剛剛的演技打了一個不及格。

但他沒有拆穿，叮囑明薇好好休息，他先回房了。

人走了，明薇呆坐在床上，思緒有點跟不上來。

一會兒說要還她的人情，一會兒又說把她當朋友，她腦袋怎麼有點亂？越來越看不透穆廷州了。

渾身黏糊糊的，明薇搖搖頭，打電話給小櫻，她要洗澡，需要小櫻幫忙。

腿腳不便，明薇洗了半個多小時，換好衣服，小櫻幫她吹頭髮。

有人敲門。

明薇沒聽見，小櫻耳朵尖，關掉吹風機，問是誰。

「送外賣的。」門外傳來肖照一本正經的聲音。

小櫻笑了，在明薇的默許下去開門，卻見除了肖照，穆廷州也來了，兩大男神手中都拎著食物。

小櫻請他們進去，她遠遠與明薇打聲招呼，笑嘻嘻下了樓。

明薇的頭髮還沒完全吹乾，穆廷州、肖照來的突然，明薇簡單梳梳頭髮，披散在肩頭。

小櫻走了，兩大男神先後走了過來，明薇看看他們手裡的食物，笑道：「這麼好？」

「偏遠小鎮粗茶淡飯，公主別嫌棄。」肖照熟稔地開玩笑。

明薇就喜歡肖照這樣的朋友，飯香飄過來，明薇餓了。右腳不能動，她顧不了形象也不想顧，穆廷州算是外人，但腳臭都被他聞過了，她還有什麼形象？破罐子破摔，明薇僵著右腿從床側挪到床尾，乖乖等著吃飯。

穆廷州與肖照合作，將桌子抬到床前。

旅館斜對面有家餐廳，肖照從那邊點的菜，四菜一湯，比便當豐盛多了。明薇準備吃飯，一低頭，長髮從兩側掉到前面，礙事。明薇想勉強吃一下，不停往耳後別，別一次掉一次，穆廷州皺眉：「沒綁頭髮的？」

「有簪子……」明薇不太好意思地看向床頭櫃，她不方便動，也不好意思請他們幫忙。

肖照沒動，若無其事地夾菜。

穆廷州放下筷子，走到床頭櫃前。桌子上擺著兩根髮簪，樣式極簡，只有簪頭嵌著一顆水潤珍珠。穆廷州沒有姐妹，但他讀過書，印象中女孩子們不是散著頭髮就是用橡皮筋綁著，很少有人戴簪子。

那麼，是太傅知道她喜歡簪子，所以送簪，還是因為太傅送過簪，她才改用簪？

沒有答案。

撿起一根簪子，穆廷州回到飯桌前，隨手將髮簪遞給她。

「謝謝。」明薇低著頭說，雙手靈活動了幾下，一頭烏黑長髮便被她綰到腦後。

兩個男人都在看她，最初都是單純好奇髮簪用法。不過明薇戴好後，滿足好奇心的肖照馬上垂眸，不再多看，穆廷州的目光卻在明薇那邊多停留了幾秒。二十出頭的她，正處在女人最好的年華，既有少女般嬌嫩的肌膚，又有成熟女人散發的嫵媚。披著頭髮時不明顯，現在頭髮都撩起了，修長脖頸一覽無餘，她低頭吃飯，身體微微前傾，短袖領口跟著……

穆廷州及時收回視線，又隱晦地掃了肖照幾眼。

肖照不是木頭，被人防賊似的盯著，胃口都快沒了，起身去找遙控器：「看電視吧。」

電視打開，肖照按照順序轉臺，最後定在體育頻道。

有電視看，肖照自然而然地轉過去，背對明薇吃。

明薇也邊吃邊看電視，只有穆廷州依然維持原來的姿勢。

飯後，肖照收拾垃圾，囑咐明薇好好休息，然後領著穆廷州走了。他房間在樓下，但肖照拎著垃圾先去了隔壁穆廷州那邊，一進門，肖照便冷聲道：「明天開始，我跟著劇組行動，你想陪她就自己去，別再拉我當幌子。」

以為他很願意當電燈泡是不是？又要他配合，又質疑他的人品，簡直有病。

穆廷州面無表情，又好像聽不懂肖照在說什麼。

肖照冷笑，垃圾放到地上，轉身跨出客房，門也沒關。

穆廷州只好自己去樓下丟垃圾，重回四樓，路過明薇門前，腳步放慢，腦海浮現她熟練戴簪子的動作，簡單秀氣，優雅溫柔。

不可否認，他喜歡看她的一舉一動。

正要離開，門內忽然傳來說話聲，是她在跟家人通電話，甜滋滋地報喜不報憂。

那聲音也很動聽。

有人上樓，應該是她的助理，穆廷州繼續前行，不緩不急，卻趕在小櫻上來前，從容進了房間。

不用早起拍戲，明薇睡了一個懶覺，八點多才自然醒。

腳踝舒服多了，謹慎起見還不能用力，明薇打電話叫小櫻上來，由小櫻攙著去浴室洗漱。

「早飯吃米線？」扶明薇坐到床上，小櫻開始安排吃的。

明薇點點頭。

小櫻這就走了，剛出門，門板還沒帶上，意外看見隔壁影帝推門而出。小櫻又緊張又興奮，努力鎮定地打招呼：「穆先生早上好，您要去片場了嗎？」

床上，明薇豎起耳朵，聽到熟悉的淡漠聲音：「去買早飯。」

男人語氣淡淡，她的助理卻熱情無比：「真巧，我也去買早飯，穆先生想吃什麼？我幫您帶，外面熱，您別下樓了。」

幾秒鐘的沉默後，男人再次開口：「謝謝，我要一份米線，兩個包子，明小姐醒了？」

「醒了醒了！」小櫻想也不想推開門，雀躍地通知明薇：「薇薇，穆先生找妳！」

明薇一個頭兩個大，穆廷州只是隨便客氣一句，哪裡就是找她了？

瞥見穆廷州挺拔的身影，明薇只能微笑寒暄：「早，穆老師。」

穆廷州點點頭，彷彿兩人很熟一般直接走到明薇身邊，低頭看她的腳：「還疼不疼？」

明薇沒穿襪子，聞言垂下腦袋，小聲道：「好多了。」說話時，兩隻白白淨淨的小腳害羞般鑽進她自己帶來的淺藍色拖鞋，腦袋裡鬼使神差的記起那次在車中，眼前這個男人，曾經隔著毯子，一根一根地幫她擦腳指。

腳還是那雙腳，人還是那個人，變的只有心。

「你怎麼沒去片場？」短暫的悵然後，明薇奇怪道。

穆廷州坐到對面沙發上，簡單解釋：「十點有個視訊會議。」

明薇懂了，瞅瞅門外，又問：「肖照呢？」

穆廷州看一眼腕錶，道：「應該到片場了。」

明薇就不知道該說什麼了，撈起遙控器看電視，轉著轉著，螢幕上突然出現了一張她再熟悉不過的臉，好巧不巧的，擁有那張臉的人還在說話：「你怎麼說我都不信，除非讓我親一下……」

正是《大明首輔》中，明華公主與太傅的唯一一場吻戲。

什麼叫尷尬？

那就是跟男主角一起看兩人的吻戲。

明薇趕緊換臺。

她臉頰泛紅，穆廷州全部看在眼裡，想了想，道：「《龍王》中的吻戲不適合用安全膜，妳能接受嗎？」太傅與公主的是蜻蜓點水，《龍王》裡面是熾熱纏綿，只能真拍。

這話題挑的……明薇臉更紅了，低頭道：「還行，跟陳璋也拍過。」

穆廷州目光微變，低沉尾音意外上挑：「《南城》？」

明薇「嗯」了聲。

穆廷州掃一眼她紅潤的嘴唇，突然不想說話。

明薇卻想到一件事，偷偷瞄了瞄男人，斟酌著問：「其實，去年看到劇本時我以為穆老師不會參演，《龍王》裡親密戲有點多，據我觀察，穆老師似乎不喜歡拍親密戲……」

穆廷州靠著椅背，氣度孤傲：「我確實反感某些肢體接觸，不過好劇本總能讓人破例。」

明薇笑，真不好意思，拍攝時註定要讓他反感了。

可當初，失憶的他明明親得那麼開心。

心裡不舒服，明薇懶得再挖空心思陪他聊天，假裝被電視節目吸引。

很快，小櫻買了早飯回來，明薇用眼神示意她留下，三人一起吃。

「蹭了妳們的早飯，中午我請客。」吃完了，穆廷州看著小櫻說。

小櫻激動到滿臉通紅。

明薇不想折磨自己，笑盈盈鼓勵小櫻：「早飯是妳買的，穆老師是要謝妳呢，千載難逢的好機會，中午妳們去外面吃吧，幫我打包一份就行。」

小櫻為難，她哪敢單獨跟影帝吃飯啊？

穆廷州斜了一眼明薇，情商再低他也看出來了，明薇不想跟他吃飯。

他就知道，所以雖然理清了自己的心，卻遲遲沒有行動，免得她像拒絕加他好友那樣，像拒絕那根翡翠簪子一樣，再禮貌虛偽地拒絕他一次。已經嚐過兩次教訓，這次沒有十足的把握前，穆廷州絕不會露出痕跡。

他不喜歡被拒絕。

「明天我跟肖照會去周圍逛逛，在外野炊，妳想不想去？」穆廷州問小櫻，只問小櫻。

小櫻的心跳都要停了，影帝、影帝居然真要還她一頓飯！

小櫻很高興，但她有自知之明，真的去了，她不自在，穆廷州、肖照可能也會嫌棄她這個包袱。受寵若驚地站起來，小櫻紅著臉道：「不用了不用了，一頓早飯而已，穆老師太客氣了，其實、其實我更想要穆老師的簽名。」

穆廷州淡笑：「可以。」

「我去房間拿筆記本，您稍等！」小櫻欣喜若狂，飛奔離去。

明薇默默收拾飯桌，眼簾低垂，置身事外。

她內心毫無波瀾，穆廷州卻覺得她不太高興，唇紅嘟嘟的，似乎有點撅。

「這邊景色不錯，明天一起去？」邀請小櫻是假意，請她才是真心，但穆廷州的情緒控制得很好，兩番詢問，聽起來是一樣的不真誠。

明薇頭也不抬：「謝謝穆老師，如果我的腳沒受傷，確實挺想去的。」委婉地拒絕。

穆廷州看一眼她的腳，沒說什麼。

回到自己房間，穆廷州打電話給肖照。

肖照有點懷疑自己的耳朵：「野炊？你會弄？」經紀人最怕什麼？最怕藝人臨時找事幹！

「我會，你去縣城買食材。」穆廷州打開筆記本，單手敲鍵盤，搜尋野炊指南。

肖照不願開車去幾十里外的縣城：「鎮上就有賣的。」

穆廷州：「她也去，你買把輪椅。」

肖照：「……」

第二十九章　別對著我吹氣

明薇在床上當了一天米蟲，老老實實躺著，儘量不動右腳。下午四點多，她抱著筆電觀摩那些大製作中的特效鏡頭是如何拍攝的，準備多吸取一些經驗，走廊裡突然傳來一陣沉重的腳步聲，好像有人在搬動重物。

小櫻也聽見了，小聲問明薇：「我去看看？」

明薇謹慎搖頭，誰知道是什麼人，在這種偏遠小鎮，小心為妙。

兩人屏氣凝神地聽著。

那腳步聲越來越近，最後停在她們門外，「明薇，在嗎？」是肖照的聲音，氣喘吁吁的。

明薇將筆電放到床頭櫃上，飛快整理頭髮衣服，小櫻見她收拾好了才去開門。看到肖照，小櫻剛要笑，下一秒卻被肖照身後的東西驚到了，呆呆地愣在門口。

肖照咳了咳。

小櫻反應過來，連忙讓開位置。

肖照推著他從幾十里外辛辛苦苦運回來的粉紅輪椅進門，一直推到明薇面前，看著明薇瞪大眼睛的模樣，心裡總算舒服了一點，推推眼鏡，黑眸透過鏡片盯著明薇：「公主，這禮物您還喜歡嗎？」

明薇只覺得……像被雷劈了一樣！

「你買輪椅做什麼啊？」看著那嶄新的還是粉紅色的輪椅，明薇真心哭笑不得：「我後天就能走路了，你、你怎麼會想到要買輪椅了？」

肖照買完輪椅才接到穆廷州的電話，高冷的讓他以自己的名義送明薇輪椅並邀請明薇一起野炊，說完就掛了。肖照氣到快發瘋，食材、輪椅都是他買的，女人也讓他邀請，什麼都是他做，到底是誰想求偶？

生氣歸生氣，想到穆廷州那慘烈的情商，現在好歹開竅知道喜歡人了，肖照只能認了，但求能早點幫穆廷州追到明薇，早點促成這一對，才好一心一意地只當經紀人，而非四處跑腿、任勞任怨的末流助理。

「明天我們出門兜風，剛剛我去城裡採購，看到有賣輪椅的就想到妳了。在房間悶著沒意思，妳跟我們一起去吧。」接過小櫻遞過來的水杯，肖照一邊喝水一邊邀請道，「妳們倆一起，我們開妳的保姆車，人多熱鬧。」

明薇早上剛拒絕穆廷州，現在又接受肖照的，好像不太妥。

她抱歉地道：「坐輪椅出門也麻煩，我還是不去了，你……」

話沒說完，輪椅後的男人突然笑了，鏡片折射幽幽燈光，金絲鏡框下，他笑得露出牙齒，一改平時的溫潤儒雅，怎麼看怎麼嚇人，冷颼颼的。明薇心裡咯噔一下，剛想緩和氣氛，肖照卻用一種非常平和的語氣道：「明小姐，妳知道外面氣溫有多高嗎？妳知道我費了多大力氣才把輪椅搬到四樓的？需不需要我轉身讓妳看看我背上的汗？」

明薇羞愧地低下頭，悶悶道：「我去，行了吧？」

肖照不依不饒：「明小姐不用勉強，不喜歡就算了。」

明薇「噗哧」笑了，無奈地瞪他：「行了，我很喜歡，我求之不得，需不需要我發個大紅包給你……這輪椅多少錢？」提到紅包，明薇想到了正事，肖照請她吃飯，她吃也就吃了，沒幾個錢，輪椅可要另外說。

肖照嗆她：「送妳輪椅，再跟妳要錢，我閒著沒事？」

明薇舉手投降。

「明早八點出發。」渾身是汗，肖照通知完時間就走了，去隔壁找穆廷州。

「多謝。」打開門，對上肖照來者不善的目光，穆廷州難得主動。

「不用。」肖照沒進門，也拒絕穆廷州用輕飄飄兩個字糊弄過去，「今天這筆賬我記下了，你記住，你欠我一次，以後我讓你做什麼，你再不高興也要出面配合。」穆廷州不喜歡人際交往，很多活動宣傳都不參加，肖照經常為此頭疼。

穆廷州明白他的暗示，痛快道：「好。」

談判達成，肖照轉身下樓，回房洗澡。

穆廷州看眼明薇那邊，面無表情關了房門。

第二天一早，明薇還在睡覺，穆廷州早早起床，借用旅館主人的廚房，現學現賣製作壽司。肖照知道他要做飯跟下來想旁觀，被穆廷州無情拒之門外。

既然看不到，肖照回房補覺去了，睡了半小時再起來，穆廷州已經回了樓上。

廚房什麼都沒有，肖照想了想，去保姆車上看，打開冰箱，好傢伙，裡面擺了滿滿幾盒壽司，一共四樣，每樣裝一盒，旁邊居然還點綴著切好的水果。第一次見識穆廷州做飯的天分，肖照佩服得五體投地，然後抽張紙巾擦擦手，偷偷捏了一顆草莓，邊吃邊關上冰箱。

付出勞動，也有了美味回報，肖照一掃昨天的鬱氣，買好早飯再陪穆廷州一起去明薇那。

再見到穆廷州，明薇有點尷尬，儘量避免眼神接觸。

穆廷州向來話少，只管吃飯。

飯後休息一會兒就要出發了，小櫻揹好登山包，明薇試圖站起來。

「我抱妳下樓。」左側忽然有人說，是通知，而非詢問。

明薇垂著眼簾，沒反對，已經讓穆廷州抱過一次了，這次是他主動，她拒絕有什麼意思？難道還要肖照抱她？肖照未必願意。

「明薇妳多重？」肖照另有活計，站在輪椅旁，視線在明薇與輪椅之間逡巡。

明薇笑：「肯定比輪椅重，放心吧。」

肖照扯一下嘴角，小櫻去開門，他推著輪椅緊隨其後。

房間突然安靜下來，明薇緊張地輕抓床單，餘光中有黑影靠近，明薇下意識偏頭。男人的氣息靠近，俊臉也闖入眼簾，只有幾寸之遙。結實溫熱的手臂抱住她的肩膀，另一條托起她小腿，略微用力，整個人就落到了他懷裡。

明薇控制不住臉紅了。

他什麼都沒說，抱著她往外走，轉彎拾級而下，走到二樓明薇臉上的溫度才降下來。

司機開車，小櫻、肖照坐前面，明薇、穆廷州並排而坐。

廖導選的這座小鎮名不見經傳，周邊的風景卻秀麗怡人，明薇漸漸被窗外山水吸引，看得目不轉睛。水泥路並不寬敞，司機開得很慢，兩側翠綠枝丫間鳥雀啁啾，明薇仰頭，忽然注意到幾隻鳥雀，寶藍色的尾羽，漂亮極了。

「這鳥好漂亮。」明薇自言自語地讚嘆。

肖照、小櫻都往外望，只有穆廷州看了一眼便收回視線，淡淡道：「那是藍翅希鶥。」

小櫻崇拜臉：「穆老師好厲害，簡直是移動的百科全書。」

穆廷州無動於衷，餘光掃向旁邊。

明薇聽到了，但假裝沒聽見，額頭繼續貼著車窗，看那些漂亮的鳥，拿出手機拍照。後來低頭看照片時明薇偷偷搜尋藍翅希鶥，對比圖片，居然真被穆廷州說對了，想不佩服都不行。

保姆車轉了幾個彎，視野突然開闊，迎面是一片綠汪汪的湖水，湖邊居然稀稀落落散布著幾座涼亭，竹子搭成的小亭與四周山水和諧相融，別有一番意境。

「就這裡吧。」肖照讓司機停車。

他搬輪椅下去，穆廷州繼續抱明薇，小心翼翼將明薇放到輪椅上，並細心幫她調整輪椅靠背。明薇努力不看他，但他彎腰搗鼓，俊臉不時在她眼前晃過，那麼冷那麼淡，動作卻熟練細緻，專業得像醫護人員。

「謝謝穆老師。」除了謝謝，明薇不知道還能說什麼。

「客氣。」穆廷州直起身，自然無比地站在她後面推她。

明薇覺得哪裡不太對勁，可是回想穆廷州那些話，還人情、交朋友……

明薇放棄了，他想助人為樂，她接受就是。

行了一段路，問題來了，水泥路與湖邊的涼亭中間只有一條僅容單人同行的土路，坑坑窪窪高低起伏，輪椅就算能通過也會特別顛簸。明薇暗暗叫苦，她不想來還非要她來，現在好了，白白淪為負擔。

「要不……」

「我揹妳。」

明薇剛說兩個字，就被人打斷了，隨即那人轉到她面前，背對她蹲下。

接收到助理雀躍的粉紅視線，明薇渾身上下都寫滿了尷尬與無奈，可沒辦法，除了司機，身邊只有兩個男人，肖照好心提供輪椅，卻根本沒露出貼身照顧她的意思，她只能接受穆廷州的好意。

在肖照的幫助下，明薇成功趴到了穆廷州的背上。

司機推著輪椅回車上了，小櫻、肖照拎著釣魚工具打頭陣，穆廷州走後面。

明薇歪著腦袋，入眼是一片澄澈湖水，可她心裡卻亂糟糟的。

胡思亂想間，男人突然跨了一大步，明薇嚇了一跳，本能地抱緊他肩膀。

「剛剛有個坑。」穆廷州低聲解釋。

明薇冒了一身冷汗，默默放鬆抱他的力道。心有餘悸，長呼一口氣，帶著薄荷味的清新氣息意外拂在他臉上。有點癢，越來越癢，癢在臉上，也撩在心頭，穆廷州不得不停下腳步，垂眸提醒她：「別對著我吹氣。」

明薇的臉刷地紅了，她怕前面還有坑，所以緊張地盯著路面，忘了跟他的臉保持距離。

可，呼吸就呼吸，什麼叫吹氣？好像她故意吹他似的。

心裡委屈，嘴上還是要誠懇地道歉：「對不起。」說完歪頭，繃著臉朝外側「吹氣」。

穆廷州視線偏轉，只看到她的後腦。回味著那股癢，喉頭滾動，雙手握緊她的腿，往上顛了顛。

青山綠水，風景如畫，民風淳樸的滇西小鎮，不知何人在湖邊搭了涼亭，供人避暑休憩。

「裡面還挺乾淨的。」掃視一圈，小櫻驚喜道，但還是拿出提前準備好的抹布，將三面廊椅仔仔細細擦了一遍。她低頭忙碌，肖照走出亭子尋找適合釣魚的地方，穆廷州就揹著明薇站在亭中，紋絲不動，宛如雕塑。

夏天的衣服薄，明薇的前胸貼著他的後背，路上不知道摩擦了多少次，雌性激素都要被激出來了……

「我坐那邊吧。」東邊的廊椅收拾出來了，明薇歪頭說，保證一絲氣也吹不到他。

穆廷州放她坐好。

明薇不著痕跡地拽了拽身上的淺色格子短袖。

才九點多，四人在亭中聊了聊，然後肖照、穆廷州去釣魚，一個離得遠，一個就在亭邊，小櫻取出相機拍風景，當然也幫明薇拍了好幾張。明薇只能坐著，但看得出小櫻渴望自由的心情，笑道：「妳去外面拍吧，小心別掉到湖裡。」

小櫻開心地去了。

明薇笑著目送她。

湖邊涼爽，空氣清新，路上明薇一直想著如何行動，此時置身青山綠水，吹著絲絲涼涼的風，只覺得神清氣爽，比悶在旅館好多了。看著看著，旁邊忽然傳來破水聲，明薇低頭，就見穆廷州高高站著，釣到魚了，巴掌大小，他很嫌棄，取下魚又扔了回去。

明薇好笑，扭頭看肖照。

肖照坐得特別遠，看不清情況。

明薇閉上眼睛，遠近都有鳥叫，此起彼伏，聽得心也跟著靜了下來。

身心舒暢，沒有娛樂緋聞、沒有拍戲壓力，明薇不知不覺睡著了，腦袋靠著亭柱，一縷長髮垂落，隨風輕輕拂動女孩白皙細嫩的臉頰。穆廷州進來喝水，看到的就是這一幕，美人倚欄小憩，嫺靜如花。

穆廷州在她對面坐下，放下保溫杯，取出手機。

擔心明薇無聊，小櫻準備回來，遠遠望見亭中情形，嘿嘿一笑，又去別處閒逛了。

有魚咬鉤，釣魚的人看到了，卻靜坐亭中，心思不知放在了何處。

明薇打了半小時的盹，睏倦地打個哈欠，睜開眼睛，迷迷糊糊看到一道身影，她嚇了一跳，再看，穆廷州已經跨下最後一層臺階去釣魚了。明薇怔怔的，有點摸不清情況，穆廷州什麼時候進來的？

穆廷州離開不久後小櫻回來了，湊到明薇耳邊說悄悄話：「薇薇，剛剛你們聊了什麼？」

明薇茫然地看她。

小櫻親昵地蹭她肩膀：「我都看見了，你們獨處了半個小時呢。」

明薇心中震驚，下意識解釋道：「我一直在睡覺啊，根本不知道他在……」

小櫻愕然。

明薇垂眸。也就是說，她睡著時穆廷州進來了，發現她要醒了馬上又走了？是不想跟她寒暄，還是……

「影帝好悶騷啊，不好意思光明正大看妳，就偷偷看。」小櫻與網路上那些粉絲一樣，是堅定的太傅、公主派，而且親眼目睹穆廷州對明薇各種照顧，又是第一個衝過去扶住明薇，又是抱明薇上下樓，要說穆廷州不喜歡明薇，打死她她都不相信。

明薇沉默。

男女相處，確實容易微妙，她也曾懷疑過，只是每次都被穆廷州三言兩語掰回來了，更何況，穆廷州根本不記得太傅那段記憶，他為什麼要喜歡她？明薇不覺得自己哪裡能吸引穆廷州，最明顯的證據是，哪個男人會對暗暗喜歡的女孩說，「別對著我吹氣？」

別想了，一想起那事，明薇就氣，不知道的還以為她有口臭呢！

甩開那絲粉紅臆想，明薇接過相機，看小櫻拍的照片。

日頭越來越高，肖照拎著戰利品回來了，桶裡大大小小竟然有十來條魚苗。

穆廷州桶裡只有兩條，但隨便一條放到肖照那邊都是王。

「我還以為你一條也釣不到。」肖照意味深長地說，穆廷州在涼亭坐了半天他也看見了。

穆廷州看腕錶：「現在吃飯？」

肖照點頭。兩個女人休息，他跟穆廷州去車上拿東西。

明薇餓了，伸著脖子等著。

肖照先拎著折疊桌回來，穆廷州緊隨其後，肖照調整好桌子，他面無表情將幾樣壽司擺上來。金針培根卷、鮭魚刺身、蝦仁蟹肉、北極貝鰻魚，配以草莓、櫻桃、瓜皮等水果，色香味俱全，穆廷州還拎了一瓶紅酒。

明薇大開眼界，吸吸口水，抬頭問肖照：「從城裡打包帶回來的？」

肖照笑著點頭。

穆廷州抿了下嘴。

肖照馬上又道：「打包了食材，壽司是我們穆大廚早起準備的。」

明薇驚呆，忍不住看向穆廷州。

穆廷州表情淡淡的，一邊坐她旁邊一邊道：「第一次做，妳們隨便吃。」

「居然是第一次？」看看眼前的幾樣壽司，小櫻不敢相信自己的眼睛，跟著興奮地低叫：「穆老師你太厲害了，顏值高、演技好，居然還能做出一手好菜，啊，我好羨慕未來的穆太太啊。」悄悄看了明薇一眼。

明薇瞪她。

小櫻乖乖收斂。

肖照陰陽怪氣道：「穆太太確實有福氣，我跟廷州這麼多年，還從沒嚐過他的手藝。」

明薇乾笑附和：「是啊，這張照片若是傳出去，肯定有更多的人喊穆老師老公了。」

穆廷州置若罔聞，夾起一個壽司，毫不客氣。

四人開吃，鮮美的壽司入口，明薇口水直流，這味道真的是新手做出來的？

偷偷掃一眼身旁的男人，明薇忽然覺得，穆廷州傲慢是應該的，這樣幾乎完美的全能男人，演技、武術、手藝，無論什麼都是一學就會，如果性格也完美，那全世界的女人恐怕都要被他迷住，再也看不上別的男人了。給他一個缺點，也算是老天爺對他身邊女人的眷顧吧？畢竟看上穆廷州的人，大多數都會敗給他的高傲毒舌。

「謝謝穆老師。」吃人嘴軟，飯後，明薇真誠道謝。

「今天妳好像一直在謝我。」穆廷州偏頭，意有所指地看著她。

明薇在人情世故上還是很通透的，馬上道：「這邊沒有好餐廳，到了深圳我請大家吃飯。」

肖照推推眼鏡，推波助瀾：「廷州親自下廚，妳卻要下館子，誠意似乎不太足，我怎麼記得情人節那天，妳跟妳閨密曬了一桌大餐？」

明薇廚藝不錯，大方道：「也行，只是我們住飯店……」

「我在那邊有房，有機會去吧，帳先記下。」肖照充分發揮他助攻的職責。

明薇笑：「好吧，不過我的廚藝普通，你們別抱太大希望。」

穆廷州看看她，腦海中漸漸浮現一幕畫面，年輕女孩繫著圍裙在廚房準備飯菜，烏黑的頭髮用根簪子簡單綰起，露出白皙修長的脖頸，背影纖細優雅。

真是令人期待。

明薇腳傷恢復得不錯，廖導先安排她拍文戲，儘量避免腳上用力，最後才補拍幾段武戲。

一週後，雲南雨林戲份結束，劇組成員陸續飛往深圳。

深圳這邊有大量的水中戲份，明薇會游泳，需要培訓的是潛水，連續三天緊鑼密鼓排練下來，明薇很累，但也很興奮。演戲最吸引她的地方便是能以角色的角度體驗各種人生經歷，累並快樂著。

化妝換裝，又一場拍攝開始了。

軍用巡邏艇上，新任指揮官周靜一個人站在船舷前，一身軍裝襯得她英姿颯爽，但那雙平時冷靜沉穩的眼中，此刻卻浮動著喪父的悲痛，沒有眼淚，眼眶甚至沒有一點紅，只有山嶽般內斂的悼念。

「人死不能復生，別多想了。」指揮官近衛李航從後面靠近，忠心勸說。

周靜瞬間收起那點軟弱，點點頭，頭也沒回，朝旁邊走去。

走著走著，前面突然傳來幾聲悶響，像是有人在搏鬥。

周靜反應迅速，一邊拔槍，一邊悄無聲息地貼到船側。

「我是打不過你，但你也不敢殺我，殺了我，她第一個懷疑的就是你。」

是特種兵王大川的聲音。

「你想要什麼？」副指揮官孟起壓低聲音問，語氣充滿危險。

王大川淡笑著說出一個數字。

他獅子大開口，孟起皺眉。

王大川有恃無恐：「錢給我，我保證守口如瓶絕不告訴她，她父親是被你親手送入蛇口……」

話沒說完便被人堵住了。

周靜眼簾動了動，下一秒鬼魅般後退，無聲無息離開，奈何因為角度關係，當她轉彎時，恰好暴露在陽光中。初聞父親慘死真相，周靜滿心憤恨全是復仇，並未注意到自己的影子。那邊副指揮官孟起剛鬆了王大川，轉身恰好撞見海面上一閃而過的身影，是個女人。

孟起攥緊欄杆，動了殺機。

五日後，海面陰沉沉的，恐有暴風雨，隊員建議返航，孟起卻稱他探測到海底有異樣，請求下海查看。周靜這幾日已經察覺到了不對，她很清楚，孟起是想在水中動手，但周靜還是答應了，因為她也一直在尋找除掉孟起的機會。

兩人分別帶著一個親信下了船。

海面上波濤湧動，如巨獸血盆大口，海下光線昏暗，一場狩獵廝殺，也悄悄拉開了序幕。

第三十章 初見青龍

指揮官周靜的父親因孟起而死，她要為父親報仇。

事蹟敗露，孟起知道周靜肯定要殺他，便想先出手。

但為了事後不被上層追究，兩人都計畫讓對方死於「意外」。

昏暗的海底，周靜與孟起展開了生死較量，最終周靜技勝一籌，成功溺死孟起，但孟起臨終前拼命一搏，也扯掉了周靜的氧氣設備。呼吸困難，視野模糊，周靜找不到護衛李航的位置，選擇先往上游，然而就在她衝出水面時，孟起的心腹卻突然出現，反剪她的手，重新潛入水中。

長髮披散，水藻般擋住眼睛，周靜幾乎無法視物，雙手被困，雙腳又無處借力，沒多久便出現了缺氧反應。

男人露出了勝利的笑容，他看向水下，試著尋找孟起的蹤跡，卻驚駭地瞥見一道巨大黑影鬼魅般朝這邊逼近。男人雙眼瞪大，意識到海底有不明生物，立即丟下必死無疑的女指揮官，奮力朝潛水艇遊去。

海水突然湧動，男人不受控制地在浪濤中翻滾，他試著看清那龐然大物是什麼，卻有布滿鱗片的巨大不明物體迎面拍來，頃刻間，男人便如同身旁那些巴掌大小的遊魚一樣，被高高拍出水面，良久才重新跌入水中。

但此時的海底，是一片詭異的平靜，巨大怪物不見了，女指揮官的身影也不知所蹤。

這一段戲，明薇連續拍了五天，最後一幕拍完，被人撈上來時她已經成了一條鹹魚，連吐好幾口水。

「明薇辛苦了，今晚好好休息，明天就輕鬆了！」看完重播，廖導贊許地對明薇道。

明薇裹著毯子坐在椅子上，還在大口大口喘氣，聽廖導這麼說，明薇忍不住偷瞄站在廖導旁邊的影帝。剛剛龍王真身的鏡頭肯定要留到後期做特效，明天才開始她與穆廷州在島上的戲份，但就像在雲南一樣，穆廷州始終待在片場，非一般的敬業。

下午三點多，眾人回了酒店。

明薇渾身痠痛，沖完澡就倒床上了，睡了兩小時，勉強恢復了點精神，跟小櫻下樓吃晚飯，飯後靠在床頭看劇本，複習明天的臺詞。其實臺詞不多，難點在要跟穆廷州拍對手戲了，還是全身只繫著一件「魚皮裙」的穆廷州。

上次拍海報照片都那麼困難，這次穆廷州裸得更多了……

光是想想，臉都發燙。

明薇嘆氣，雙手拍拍臉，內心十分鄙夷自己，可這真的不能怪她，穆廷州那顏值、身材、氣場，有幾個女人能無動於衷？心理上的問題容易克服，譬如時時刻刻提醒自己影帝與太傅的區別，但看到完美雄性身體引起的雌激素分泌過多，明薇真的控制不了。

手機叮叮兩聲，是訊息提示音。

明薇拿起手機。

穆廷州：『明天拍攝，有把握？』

明薇咬唇：『應該沒問題。』

穆廷州：『應該？』

明薇垮了肩膀：『我第一次拍這種戲份，只能努力拍好，不敢保證一定順利。』

穆廷州：『是哪個部分沒信心？』

明薇哀嚎出聲。兩人現在是合作關係，穆廷州提點她拍戲，拍攝順利了，也能節省他的時間精力，所以穆廷州詢問她的情況合情合理。只是，明薇不好意思說啊。

她正煩惱怎麼回答，「叮」的一聲，穆廷州的訊息又來了：『需要對戲嗎？』

明薇的心砰砰跳，腦海裡飛快掠過幾個熱門八卦標題字眼：深夜、酒店、男女主角對戲……

『不用不用，穆老師早點休息吧，晚安。』明薇立即掐斷穆廷州過來的可能。

隔壁套房，穆廷州靠在沙發上，看到明薇的回覆，意料之中。

『晚安。』他簡單回。

明薇鬆了口氣，但經過這番對話，明薇心裡更沒底了，嗖地跳下床，打開筆電搜尋「穆廷州裸戲」。穆廷州當然沒拍過全裸的影視劇，但這個關鍵字推薦了粉絲整理的穆廷州露肉戲剪輯，明薇戴好耳機，懷著純專業的目的點開。

十幾分鐘看下來，明薇失望地發現，在《龍王》之前，影帝穆廷州拍過的最露的戲份便是露出上半身，根本沒有全身可參考的。而且，真人與影片還是不一樣的，看穆廷州的影片，那種荷爾蒙的衝擊力弱了無數倍，因此這段剪輯對明薇訓練穆廷州肉身抵抗技能用處不大。

「唉……」

仰面躺著，明薇長長嘆氣，要是穆廷州長得再醜一點該多好，醜男身材再好她都不會受影響。

第二天要拍日出戲，明薇淩晨三點多就起來了，隨穆廷州、廖導等人一起登船，前往附近一個海島，也就是「龍王的棲息地」。海面一片黑暗，明薇睏得不行，導演讓她先睡她就睡了，沒管別人在做什麼。

半個小時後，輪船靠岸，劇組工作人員先去準備，明薇開始化妝。

五點左右，明薇簡單吃點東西，出了船艙。

天很亮了，但紅日未出，廖導等人都不在，明薇披著外套跟在工作人員後面，爬了十幾分鐘終於抵達「龍洞」。上面有人說話，明薇抬頭，一眼就看到了穆廷州，或者更準確的說，看到了他那兩條裸著的大長腿！雖然他也穿了外套，但從下往上看，還是隱約能看到那黑色「魚皮裙」裡面的……

明薇心跳加快，匆匆垂下眼簾。

「明薇，妳先躺過來。」瞧見女主角，廖導馬上部署。

明薇點頭，脫下外套交給小櫻，她穿著指揮官軍裝走進龍洞，按照廖導的指示直接席地而躺，換了幾個姿勢，終於躺得像個昏迷一晚的人了。然後明薇就維持這個姿勢一動也不動，只轉動眼珠看廖導安排穆廷州的站位。

一切準備就緒，廖導走到監視器後，倒數三聲，「Action！」

周靜做噩夢了，夢見父親被巨蟒吞入腹中，夢見她在海中與人搏殺，周圍全是水，她無法呼吸……

臉色蒼白的女人陡然睜開眼睛，呼吸急促。光線昏暗，入眼是一片灰濛濛的山洞石壁，周靜面露茫然，掃視一圈，環境陌生。周靜低頭，努力回憶昨晚，就在此時，外面突然傳來不輕不重的腳步聲。周靜目光一寒，全身戒備一躍而起，抬頭，卻見……

「卡！」

明薇垂下腦袋，其實不用廖導喊卡，她自己已經意識到不對了，指揮官周靜是高冷人設，男人赤身裸體站在她面前她都不會眨下眼睛，可剛剛穆廷州走過來，肩寬腿長，微微曬黑的皮膚彷彿帶著清晨的水汽，讓那胸肌、腹肌更加……誘人。

明薇如昨晚預料的那樣，沒抗住，臉紅了，廖導看見了，所以喊卡。

女孩臉紅紅的，那是害羞了，廖導從業幾十年，一眼便抓住問題關鍵，掃一眼神色如常的影帝，廖導走過去，低聲對穆廷州道：「明薇經驗少，臉皮薄，你陪她練練默契，準備好了叫我們。」這種事情，只能演員自己培養親昵度，克服羞澀。

穆廷州頷首。

廖導示意其他劇組人員先下去。

明薇低著腦袋，臉更紅了，一開始是緊張，現在是覺得丟人，眾目睽睽的。

「不用難為情，除了性格特別開放的，演員都會經歷妳現在的階段，無論男女。」穆廷州停在她面前，看著她緊抿的唇，他低聲道，語氣專業。

明薇稍微好受了點，悶聲道歉：「浪費穆老師時間了。」

「既然不想浪費，那就開始吧。」該安慰的安慰了，穆廷州聲音忽的嚴厲起來，如同師長，「抬頭，看我，儘快習慣。」

被他的聲音感染，加上骨子裡有股不服輸的倔，明薇強迫自己別想太多，抿唇抬起腦袋。他身高一百九十公分，她保持平視，只能看到他的胸口，那胸肌輪廓明顯卻不突出，很符合東方內斂的美感。胸肌下面是腹肌，不多不少八塊，整整齊齊，再往下……

明薇目光閃了下，但還是堅持繼續，繼續看他的人魚線。

來來回回幾遍，她的臉龐越來越紅，但在習慣之後，熱度減退，又恢復了白皙。

「可以了。」明薇小聲說。

「不夠。」她睫毛亂顫，穆廷州自有判斷。她不解地抬頭，他直視那雙黑白分明的美麗眼睛，一字一句道：「摸一遍，如果妳能保證臉色不變才算過關，否則仍有隱患，浪費整個劇組的精力。」

明薇哪想到他會說這種話，才恢復白淨的小臉又紅了。

日出時間有限，穆廷州不給她考慮機會，直接抓起她的手，按在自己胸口。

明薇本能地想收回來，瞥見那邊的監視器，明薇心一橫，豁出去了，一邊摸，一邊硬著頭皮開玩笑：「穆老師真敬業，為了拍戲做這麼大的犧牲，回頭應該讓廖導搬個劇組最敬業獎給你。」

穆廷州保持沉默，注意力卻都在那緩緩往下走的小手上。她的臉蛋很嫩，小手也軟軟嫩嫩柔若無骨，微微發燙，一貼上來便像自動通了電，電得他心頭一顫。但他不能表現出來，小心翼翼地控制呼吸與心跳，包括吞咽的本能。

明薇雖然敢摸他，卻不敢抬頭看穆廷州的神色，只是當她碰到第一排腹肌時，掌心下的肌肉突然繃緊，力量感十足。明薇嚇了一跳，下意識縮回手，穆廷州則迅速轉身，一邊往外走一邊低聲道：「可以了，妳準備準備，別再出錯。」

頂著拍攝壓力，明薇沒有閒心思索穆廷州的腹肌為何會收縮，她重新躺好，默默醞釀狀態。

調整好情緒，明薇重新入戲。

「Action！」

陌生的山洞，詭異出現的男人，周靜滿身戒備，冷聲道：「你是誰？」

心裡一片驚濤駭浪。百年間，地球一共有兩批人抵達新星，曾祖父周昊率領的探索小隊全軍覆沒，第二波探測隊奉命繪製新星地貌，主要是科學研究，損傷不多，且已經全部返回地球。那麼這座明明還未進化出人類的星球，為什麼會出現人類？是前輩們報告有誤，還是曾祖父那代有倖存者，男女共存，在這座島上留下了血脈？

「我是這片海的主人。」

男人身上只穿著一件簡陋的魚皮「裙」，一般人這樣打扮，很難彰顯氣度，但他不一樣，逆著朝陽走來，渾身自帶令人不可直視的光芒。山洞幽深，瑰麗朝陽被擋在外面，而男人也終於露出了真面目。

周靜最先注意到的是他的眼睛，平靜深邃，如廣袤海洋，深不可測。

他穿得少，身上卻有一種久居高位者的威嚴霸氣，令人意外的是他周身的王者氣息非常平和，也似海洋一般，包容萬物，容納百川。是包容，也是無視，因為萬物在他眼裡都渺小如魚蝦草芥，不值得為之動任何情緒。

那是一種令人仰望卻不懼怕的尊貴平和。

其實沒有任何證據能證明他是這片海的主人，但鬼使神差的，周靜生不出任何質疑之心。

「這裡只有你一人？」男人靠近，周靜警惕後退。

但男人只是從她身邊經過，一眼都沒看她。這個山洞異常廣闊，地面巨石不知經歷過什麼自然現象，中間竟然出現一片平坦光滑的圓形區域，像地球上的現代廣場。山洞中央，聳立著九根筆直的石柱，連接地面與洞頂，造型奇特，勝過周靜在地球上見過的所有奇觀。

男人走到中間後，背靠一根石柱坐了下去，一腿平伸，一腿支起，姿態慵懶愜意。

周靜擔心他會走光，皺眉轉身，側臉清冷。

男人掃她一眼，睏倦般閉上眼睛，低沉的聲音在山洞中迴盪：「只有我一個，但我不是人。」

周靜皺眉，再環視一圈山洞，神色凝重起來：「那你是？」

男人嘴角輕揚，慵懶閉著的眼睛緩緩睜開，意味深長地看著遠處弱小的女人：「在你們眼中，我應該是狩獵目標，與你們在陸地上殺過的那些猛獸沒有區別。」

周靜臉色大變。

男人近似溫和的目光也漸漸轉冷，聲如警鐘：「幾十年前，人類擅闖我領地，遇到海獸攻擊，我留下一個，每日餵食飼養，他感激我，教我說你們的話，跟我講地球上的事，直到他死……這三年，你們在陸上殘殺各地領主掠奪地盤，我袖手旁觀，是因為那些與我無關，但這片海是我的。今晚我會送妳回去，妳帶著妳的船馬上返回陸地，若再下海，將視為宣戰。」

周靜沉默，許久才試探道：「海洋有我們需要的資源，如果我們保證不攻擊你，你能……」

男人冷聲打斷：「不能，人類貪婪兇殘，海洋不歡迎，有人來犯，必有去無回。」

周靜懂了，見男人閉上眼睛，不願意繼續交談，她道聲謝，轉身出了山洞。朝陽燦爛，附近海域呈現浪漫壯觀的顏色，周靜一直攀爬到海島最高處，放目遠眺，不見一島一土，除了海，還是海。

周靜打開身上的探測裝備，居然探測不到她的巡邏艇，可見距離之遠。

海風吹來，周靜心事重重。山洞裡的那個人到底是什麼？

「Good！」

這一幕拍完，廖導讓明薇、穆廷州休息，工作人員準備下一場戲的道具。

小櫻舉著遮陽傘跑過來，怕明薇曬黑了。

明薇掃一眼穆廷州，他只穿著魚皮裙站在那，完美的雄性身體大大方方暴露在陽光下，肌肉結實，兩腿修長充滿力量，渾身散發著異性難以抗拒的荷爾蒙氣息。察覺男人要看過來，明薇及時別開眼，快步走到劇組搭建的涼棚下，喝水休息。

她剛坐下，穆廷州也來了，兩人對個眼神，穆廷州難得誇了她：「剛剛表現不錯。」

明薇謙虛笑：「穆老師才是真的好，我只是近朱者赤。」

演戲這職業，演員之間很容易受影響，在那種互動狀態下，穆廷州演得跟真的似的，明薇就容易代入劇情，事半功倍。如果穆廷州演技爛，把一個尊貴閒適的龍王演成只會誇誇其談的地痞流氓，那明薇既要代入自己，還要多花一分精神想像對方是真龍王，便事倍功半了。

近朱者赤……

穆廷州笑了下，自然無比地坐明薇旁邊了。

明薇渾身僵硬，餘光中男人寬肩窄腰長腿，濃郁的荷爾蒙氣息與暑熱融合，火似的往她這邊燎。明薇能做到臉不紅了，可她緊張，也不喜歡被影響的感覺。

「穆老師先坐，我去學叉魚。」放下水杯，明薇撐著傘跑了。

穆廷州懶散地靠著椅背，目光卻一直追著她。

「都說異性相吸，怎麼到了你們這裡卻反了？」肖照端著果汁走過來，打趣穆廷州。

穆廷州掃他一眼，下一刻便站了起來，面無表情朝明薇那邊走去。

肖照嗤笑：「同性相斥倒是真的。」

休整過後，拍攝繼續。

中午了，周靜餓了，島上沒找到食物，她不得不削根木頭做矛，下海叉魚。軍人出身，抓魚很容易，周靜很快便抓了一條，折回岸上，然後問題就來了，她沒有火，身上除了一把匕首與手環探測裝備，其他高科技武器都丟在海裡了。

「妳要烤魚？」頭頂忽然傳來男人的聲音。

周靜微微偏頭，看到男人一雙長腿，她「嗯」了聲。

「我去找火，妳幫我做一份。」男人用肯定的語氣與她商量。

周靜挑眉，站起來問他：「你去哪裡找？」

男人看看她，突然化身為龍，長達數十公尺，渾身佈滿青色鱗片，形態酷似中國神話中的龍，但更銳利霸氣，龍頭兩角鋒利張揚，龍脊上也有一排匕首般的倒刺，在陽光下閃爍著攝人心魄的冷光。

周靜嚇傻了，再無平時的沉穩冷靜，呆呆地仰著腦袋，如螻蟻仰望山川。

青龍擺尾入海，轉眼不見蹤影。

周靜雙腿一軟，跌坐在地，眼裡滿是不敢置信。

沒等她澈底冷靜下來，青龍回來了，靠岸前衝出水面，巨大的龍嘴中吐出兩隻怪鳥，全身濕噠噠的，渾似落湯雞。

「火。」青龍威嚴命令。

兩隻彷彿摔死的「落湯雞」馬上撲棱起來，轉轉腦袋，注意到周靜旁邊的柴堆，便爭先恐後衝過去，張大尖嘴，喉頭每滾動一下就有一個小火球噴出來。火起來了，二鳥齊齊看向青龍，青龍看一眼周靜，似乎猶豫了下，這才命二鳥去東島待著，傍晚再走。

鳥飛走了，青龍再次入海，然後幾條大魚被接二連三的拋出海面，準確地降落在周靜身旁。一條、兩條……青龍足足甩了九條魚上來，隨即化為人身，走到周靜上面的一塊大石頭上坐下，居高臨下看著周靜。

周靜懂了，這是一條貪吃的龍。

她認命給他當廚師。

青龍飽餐一頓，心情不錯，用獎賞般的語氣對周靜道：「下午妳可以來洞中休息。」

周靜想到他殺傷力極強的真身，立即婉拒。

晚上又當了一次廚娘，夜幕降臨，青龍現出原形，張大龍嘴，示意周靜進來。

周靜心情複雜地爬了上去。

青龍入海，速度驚人，彷彿只是幾個眨眼便悄然靠近了海面上的巡邏艇。距離那麼近，巡邏艇卻毫無動靜，周靜便明白這條青龍有超過高科技探測手段的隱匿能力，能攻能守，真的要開戰，人類必定傷亡慘重。

「馬上離開，別再回來。」

注視周靜爬到船舷，青龍幽幽地道。

周靜肅容回答：「我會爭取。」

青龍深深看她一眼，在船上其他人員趕來之前，隱入水中。

青龍對人類沒有敵意，只希望人類別來破壞他的海洋，但人類怎麼可能放棄海洋這塊肥肉？聽完周靜的稟報，得知青龍意圖霸占海洋，已經成功消滅陸上各類猛獸的元帥，當場下令，命周靜帶人剿殺青龍，並派遣東南戰隊支援。

周靜是軍人，服從命令是她的職責。

她帶兵出擊，與青龍展開一場惡戰，但海洋是青龍的主場，他翻江倒海，戰到最後，青龍毫髮無損，周靜屬下與東南戰隊的將士全部慘死，她是唯一倖免的人。青龍將她送回岸上，臨走之前，再次通過周靜警告所有人類。

透過這場血的教訓，元帥意識到青龍絕非普通猛獸，硬碰硬代價巨大，還未必能成功。

元帥將目光投到了與青龍打過兩次交道的周靜身上，周靜軍功赫赫，也擁有過人的美貌。

元帥提出美人計。

周靜不願，但元帥以周靜遠在地球上的家人為質，威脅她刺殺青龍。

為了取信也是試探青龍，元帥命人將周靜沉入海中，以叛將之名，祭奠死去的將士。

海水平靜，溫柔又殘忍，女指揮官緩緩下沉，她閉著眼睛，想就這樣簡單的死去。

然暗濤湧動，青龍來了。

第三十一章　影帝的第一次

七月驕陽似火，明薇的嗓子也快冒煙了，一從鋼索上下來，立即跟小櫻要水喝。

盛夏拍外景戲太折磨人了。

她咕嘟咕嘟喝水，瞥見穆廷州肖照也朝涼棚走來了，肖照戴著墨鏡，看起來很悠閒，穆廷州剛跟她結束一場外景戲，只穿著那件黑色魚皮裙，胸膛、大腿都暴露在夕陽下。拍戲三個月，他又曬黑了，胸肌結實腹肌緊繃，不時有斗大的汗珠滾落。

明薇一口氣喝了半瓶水，痛快呼一口氣，再朝穆廷州笑笑。

穆廷州點點頭，習慣地坐在她旁邊，接過肖照遞來的毛巾，低頭擦臉。

男人特有的氣息飄了過來，有淡淡的汗味，還有種明薇無法形容的味道，不難聞，反而莫名勾人。

兩人誰也沒有說話，各自休息。

廖導忙完手頭的事情，扭頭環視一圈，然後直奔兩個主角而來：「明天的戲份，你們感覺如何？」

明薇低頭，一手摸了摸後脖子，明天啊，要拍激情戲……

女孩子臉皮薄，穆廷州看一眼明薇，神色如常：「應該沒問題。」

他自信滿滿，廖導卻第一次對這位影帝存疑，一邊擰瓶蓋一邊開穆廷州玩笑：「別的戲份，我信你比信明薇多，但親密戲，人家明薇雖然才拍過兩部電視劇，可是《南城》中已經有過經驗了，你拍了十幾部，幾乎沒有親密鏡頭，真是越想越不放心。」

面對質疑，穆廷州淡淡一笑。

「明天早點到場，給你們時間準備準備。」拍拍穆廷州肩膀，廖導這就走了。

半小時後，眾人一起回了飯店。

晚上洗完澡，明薇靠在沙發上，抱著劇本發呆，腦海裡各種念頭，胡思亂想的，也不知道自己到底在想什麼。

茶几上的手機突然響了，明薇抿唇，撈起手機，顯示是穆廷州。

明薇想到了周靜初見青龍那場戲，拍戲前一晚穆廷州傳訊息問她需不需要對戲。今晚……

「穆老師？」她努力平靜地問。

手機對面，男人聲音暗沉：『我沒拍過激情戲，我也不習慣因為自己而浪費劇組時間，如果明小姐願意，我希望今晚能跟妳對對戲，明天爭取一次通過，最大可能的減少身體接觸，這也是出自對明小姐的尊重。』

明薇沉默，其實這個請求，在接電話的那一刻，她已經預感到了。

她在猶豫，剛猶豫幾秒，男人便道：『抱歉，是我考慮不周，既然明小姐不願意……』

「沒……」男人語速太快，彷彿下一秒就會掛掉，明薇慌忙否認。

對面沒了聲音。

話已出口，明薇只得裝輕鬆，強顏歡笑：「穆老師高標準要求自己，我該向您學習，那……您什麼時候過來？」

他語速恢復了正常：『妳何時方便？』

明薇看看時間，約好半小時之後。

結束通話，明薇立即衝向浴室，以前所未有的認真態度仔仔細細刷了一遍牙，雖然覺得穆廷州不會親她，但在高傲毒舌的影帝面前，她必須保持口氣清新。已經發生過一次腳臭、一次吹氣事件，再被諷刺口臭，明薇以後還怎麼跟影帝打交道？

做完準備工作，明薇裝模作樣端坐在沙發上，低頭看劇本。

距離半小時約定還有一分鐘，穆廷州傳訊息給她，讓她開門。

明薇深深呼吸，放下劇本走到門口，剛開門就聽隔壁傳來關門聲響，知道他來了，明薇連忙後退幾步。

「穆老師。」高高大大的男人閃身而入，動作敏捷又不失優雅，明薇小聲打招呼，沒敢與他有眼神碰觸。

「打擾了。」穆廷州關門，回頭看她。

明薇沒有刻意打扮，黑色休閒褲配白色短袖，再普通不過，她也沒化妝，但年輕女孩剛剛洗了臉，臉蛋水靈靈嬌嫩嫩的，白裡透紅，如一朵粉嘟嘟的桃花，清新靈動，一眼看過去，既讓人驚豔，又從心底覺得舒服。

穆廷州的目光暗了幾分。

明薇不知道，客氣地請他去沙發上坐。

「就在這裡吧。」穆廷州輕聲說，明天他們的第一場親密戲是站姿。

戲來的太快，明薇殘存的那點鎮定頓時消失得乾乾淨淨，明明房間很大很寬敞，但穆廷州一說完，她眼前就只剩玄關這片狹窄地帶，只剩眼前高大挺拔的男人。深夜，飯店房間，男女獨處，環境引人遐思，氣氛也一下子變了。

好像又回到了片場，他赤裸胸膛站在她面前，濃郁的荷爾蒙完全將她包圍。

「需、需要關燈嗎？」明薇看向開關。

「關了燈，妳我對戲有何意義？」穆廷州走到她對面，她臉紅了，耳朵也紅了，像熟透的水蜜桃。

穆廷州喉頭發緊，後悔過來之前沒有多喝一口水。

「準備好了嗎？」他放低聲音，藉以掩飾情緒變化。

明薇後退一步，背靠牆壁，然後閉上眼睛，再三告誡自己，這是對戲，現在開始，她要想像自己是女指揮官周靜，即將抱她、親她的是青龍，這裡沒有明薇，沒有影帝穆廷州，也沒有曾經陪她練過吻戲的太傅。

拍戲、拍戲……

明薇睜開眼睛，今晚第一次抬頭看他，可這人穿著黑色T恤，與青龍形象相差太大。狀態一下子沒了。

好在出戲的遺憾也緩解了緊張，明薇笑笑：「嗯，我對戲經驗少，還請穆老師多多指教。」

女孩表現從容，穆廷州不甘示弱，凝視她眼睛道：「互相學習，共同進步。」

明薇笑了，目光卻留意著他的動作。

「放心，今晚只是試一下近距離接觸的反應，不會碰妳。」穆廷州對她有私心，但他不會藉對戲之名占她的便宜，除非她願意。

明薇點點頭。

「現在，妳是周靜，我是青龍，妳我剛從外面回來，下著雨，我拉著妳跑，跑進山洞時妳被絆了一下，我拉住妳，兩人一起撞到牆壁上……」

劇情彼此都早已背熟，但當穆廷州用他低沉清越的聲音緩緩地念出來，明薇宛如中了蠱惑一般，輕易入戲。她好像聽到了瓢潑的雨聲，好像聽到了洶湧的海浪翻滾，好像置身一片空曠神奇的龍王洞府，好像看到自己跌跌撞撞地跑進來，一身狼狽。

明薇笑了，抬頭朝他笑，代入角色。

她看男人，男人也在看她，她笑得燦爛，笑得無拘無束，他笑得溫和，笑得滿足，滿足於身邊多了一個人。笑著看著，男人的目光先變了，柔情變成另一種渴望，喉頭滾動，雙手繞到她的纖腰之後，抵著牆壁模擬抱她的動作，然後緩緩低頭。

那張俊臉越來越近，那樣渴望珍惜的眼神，與記憶中的一幕陡然重合。

明薇怔住，心臟某個位置狠狠抽了一下，又空又渴，迫切需要什麼來填滿。

他終於靠近了，她以為他會親自己，但男人只是深情地看著她的眼，目光糾纏，然後俊臉微偏，長長的睫毛垂下去，彷彿要集中精神於親吻。她緊張地吞咽，他的嘴唇距離自己只有毫米之遙，她甚至能感受到唇上灼熱的溫度，腦海中自動浮現曾經似火的深吻。

明薇不自覺地抿唇。

穆廷州心頭一緊，差一點、差一點就管不住自己真的壓上去了。為了緩解剛剛的短暫失控，穆廷州繼續低頭，嘴唇隔空，沿著她的側臉、下巴、脖子描繪，想像真的在親。她在顫慄，不知為何發顫，矜持還是害羞？

穆廷州拉開距離，用一種專業的眼神看她：「我沒問題了，妳似乎還不習慣我靠近。」

心中波浪起伏，但他擅長掩飾真正情緒，所以那雙黑眸看起來一如既往的清冷。

明薇一身的火就被他這一眼給澆滅了。

因為記得，所以思念渴望，因為忘記，所以雲淡風輕。

他不是太傅，真的不是太傅。

明薇笑了，垂眸道：「您等等。」說完從他身邊經過，去了浴室。

穆廷州回頭，門內傳來水龍頭放水聲，她在洗臉。

穆廷州皺眉，好端端的為何洗臉？

明薇沒耽擱多久，兩分鐘不到就出來了，明眸皓齒，落落大方：「再來一次。」

看著她重新靠到牆上，臉上卻再無一絲緊張，穆廷州更困惑了，不懂短短兩分鐘她身上發生了什麼。但迎著她坦蕩蕩的注視，穆廷州暫且收起疑慮，低頭靠近，準備重複剛剛的動作，誰料他剛俯身，女孩忽然揚起下巴，主動送上紅唇。

穆廷州本能地退縮。

明薇莫名其妙看他：「穆老師覺得哪裡不對？」

穆廷州抿抿唇，看眼她嘴唇道：「妳為何抬頭？」如果不是他退得快，兩人嘴唇多半就會碰到。

明薇愣了愣，反應片刻才笑了，說出自己的理解：「周靜不是普通女孩，她喜歡青龍，青龍靠近的話，我覺得她會主動迎接，而不是羞澀等待。」

穆廷州眼裡掠過一抹意外，意外明薇突如其來的專業分析。

明薇挑眉：「繼續？」

感受到她眉眼間的淡淡挑釁，穆廷州笑了下，再次靠近。

他虛抱她的腰，她便也抱住他，而且因為兩人的身高差距，只能真的抱了上去，不然虛舉著手太累。

他嘴唇靠近，明薇也模仿回吻，甜美的呼吸擦著他側臉脖子遊走。

穆廷州全身發緊，暗暗側目，卻見她臉頰白皙，耳朵也沒有紅。

果然，經驗豐富。

戲對過了，明薇表現得從容專業，穆廷州若再要求她陪練便是承認自己輸了。

「如廖導所說，明小姐進步神速，確實有天分。」

退後一步，穆廷州目光真誠地誇讚她。

明薇微笑，也由衷地恭維他：「有多大的壓力，便有多大的動力，很高興能與穆老師搭戲。」

穆廷州沒有否認，看看手錶，道：「感謝明小姐抽出私人時間配合我，不早了，晚安。」

明薇點頭，送他到門口：「明早見。」

穆廷州「嗯」了聲，頭也不回地朝隔壁套房走去，才走出兩三步，身後便傳來輕輕的關門聲。聲音入耳，穆廷州頭往左偏，但只是偏了一下，隨即刷卡進門。套房空曠，燈光明亮，只是好像沒她那邊溫暖。

穆廷州有些出神，在門口站了一、兩分鐘，不知道在想什麼。

回神後，穆廷州走到書桌前，抽出那本他翻了不知多少遍的《太傅雜記》，有銷魂蝕骨的抽象描繪，沒有任何具體描寫。穆廷州皺眉，靠到椅背上沉思。明薇是個新手，她拍每場戲，第一次都有明顯破綻，只是悟性好，導演一提點便能快速調整狀態情緒。

穆廷州自認瞭解明薇的表演風格。

跟他拍海報、拍初見裸胸龍王戲份時，明薇羞澀純情，穆廷州據此判斷明薇沒有見過太傅裸體，也就是說，兩人還沒進展到坦誠相見的地步。但剛剛排練吻戲，明薇緊張一會兒便進了狀態，究其原因，是她與太傅接過吻，還是她與陳璋合作《南城》時，積累了豐富的經驗？

別墅有份《南城》的劇本，穆廷州翻閱過，該劇有好幾幕吻戲。

穆廷州閉上眼睛，腦海裡是《大明》發表會上，明薇與陳璋親暱自然的互動，笑得跟朵花似的。

好看，但也讓人不爽。

一覺睡醒，明薇習慣地先去拉窗簾，外面灰濛濛的，天有點陰，正是廖導期待的適合拍雨戲的好天氣。

快速洗漱，明薇拎著包出門，碰巧看見肖照、穆廷州。

「早安。」明薇朝肖照笑，目光移到穆廷州那邊，熱情自動消減幾成。

「廷州第一次拍激情戲，明薇妳多擔待。」三人一起走向電梯，肖照跟在明薇右側，笑著說，語氣像寵物店老闆，坦誠說出自家寵物的缺點。

穆廷州斜他一眼。

肖照完全無視。

明薇聰明地置身事外，不攙和進兩大男神的窩裡鬥。

餐廳自助，明薇拿了一塊三明治，一杯牛奶，一個荷包蛋，幾樣水果。端著盤子走回來，穆廷州已經坐好了，明薇隨意掃一眼他的盤子，一份稀飯，一塊紅棗發糕，一杯牛奶，幾樣水果。沒有味道刺激的食物，明薇暗暗鬆了口氣。

落座時，她敏銳地發現穆廷州也朝她這邊看了過來，並盯著她的荷包蛋，多看了幾秒。

好吧，雞蛋是有點味道。

可明薇餓，拍外景耗體力，不多吃點她哪有力氣跑？

明薇若無其事地吃了荷包蛋，到了片場，她故意端著水杯出了保姆車，走到穆廷州能看到的地方刷牙。穆廷州看見了，也明白女人的小心思，只覺得好笑。只要是她，吃什麼他都可以忍受，不是她，換個女演員，敲了牙齒重新長出一套新牙他也不會親。

男女主角化妝準備，工作人員忙著人工降雨。

明薇化完妝下車，看著海面上那片雨霧，馬上想到了劇情。

青龍喜歡女指揮官周靜，從人類手中「救」了周靜回島後，他先諷刺了周靜一番，將前面周靜帶人攻擊他的憋屈惱火用各種幼稚手段發泄了一通，譬如不讓周靜靠近他的洞府，不給周靜捉火鳥噴火做飯。周靜心事重重，哪有興趣陪他玩這種把戲，一個人遠遠地住在東島，巴不得離青龍遠點，儘量拖延時間，思考保全家人又不傷害青龍的對策。

她沉得住氣，情竇初開的萬年老龍王卻管不住自己，傲嬌了一陣子，終於在一個下大雨的晚上伸出龍尾，將周靜捲進洞府。主動妥協後，誤會周靜還在為被人類同胞拋棄而悶悶不樂，青龍開始想辦法哄她開心。

他帶她看島上的風景，帶她入海遨遊，海洋浪漫回來，下雨了。

今天要拍的就是這一幕。

主角們站好位置，廖導喊開拍。

酷暑時節，拍這種雨戲非常舒服，明薇從「青龍」真身道具上爬下來，大雨瓢潑，她往前跑兩步，然後轉身，回頭望青龍。工作人員搬走特效道具，穆廷州穿著魚皮裙站在那，雨水沖刷著他強健的雄性軀體。

明薇已經習慣了這情景，保持入戲狀態，朝他笑。

人在雨中，她全身濕透，黑髮黏在腮邊，白皙臉龐彷彿開在雨中的玉蘭。她穿著符合軍人氣質的白襯衫，此時襯衫緊緊貼在她身上，勾勒出豐盈的胸部、纖細的腰，充分展示了什麼叫濕身誘惑。

穆廷州朝廖導擺擺手，轉身調整狀態。

這是今天影帝第一次卡戲。

但影帝就是影帝，再次開拍，穆廷州眼中只有擔心，那是青龍對周靜的擔心，擔心嬌小脆弱的她禁受不住瓢潑大雨，所以大步朝她奔去，拉住她的手跑向洞府。他們跑，頭頂的降雨設備跟著移動，夏天淋雨多舒服，明薇喜歡，身體享受了，拍攝狀態也更佳。

因為拍攝角度、鏡頭捕捉的關係，這段跑戲重拍了三遍。

三遍後，龍王終於拉著老婆進洞了……

廖導分段講戲。

明薇裹著毯子背靠牆壁，廖導神色嚴肅地指導穆廷州等等怎麼抱她，先抱哪裡再抱哪裡，以及手移動到明薇後腦、肩、腰等處的時間。穆廷州面無表情，時不時點點頭，這種氣氛，想曖昧也曖昧不起來。

明薇看了一下熱鬧，廖導又開始指導她如何回應穆廷州。

講得口乾舌燥，廖導喝口水，看著兩人道：「要不然你們倆先培養培養狀態？」

明薇抬眼看穆廷州，她無所謂。

對上她冷靜的眼神，穆廷州平靜道：「不用，直接拍吧。」

這話透露出強大無比的自信，廖導受了鼓舞，水杯交給助理，吩咐攝影師、收音師等工作人員準備。一切就緒，廖導：「Action！」

爬到石洞門口時，明薇絆了一下，穆廷州一出力便拎小雞似的將她提了起來，但因為慣性，兩人一起撞到了旁邊的石壁上。他雙手以保護的姿態抱著她的腰，那麼細那麼軟，她在笑，為她堂堂指揮官居然犯了這麼低級的絆腳失誤而笑，一雙眼睛清澈明亮，裝滿了最單純的快樂。

青龍喜歡這樣的指揮官。

穆廷州也喜歡這樣朝他笑的明小姐。

喜歡的情緒是一樣的，演技高超如影帝也分不清自己有沒有出戲，他只知道她在戲中，那他也必須在戲中。

下一個動作是……吻戲。

穆廷州低頭，左手下意識抬起，想要捧住她臉。

「卡！」

穆廷州陡然回神，目光與明薇的碰撞，她意外茫然，穆廷州也不懂哪裡出錯了，但還是暫且鬆開明薇，扭頭看廖導。廖導坐在監視器後，簡單道：「捧女主臉親吻，這是人類偶像劇常見的鏡頭，青龍是龍，現在他就想親她，手抱腰。」

明薇低頭，心裡暗爽，原來是穆廷州出錯了。

穆廷州這幾年拍攝，就算有卡戲也沒犯過這種低級錯誤。他不在乎圍觀的工作人員，但……

穆廷州垂眸，她嘴角果然微微翹起，泄露愉悅。

穆廷州抿唇。

「Ready？Action！」

調整狀態，明薇繼續仰頭笑，笑得乾淨純粹，穆廷州雙手抱緊她的腰，俊臉緩緩靠近。有昨晚的對戲經歷，明薇分得很清楚，因為他是影帝，所以他現在也只是青龍，她是另一個專業的演員。

周靜愛青龍啊，這也可能是他們最後的親近。

作為一個久居軍中的指揮官，她沒有談過戀愛，沒有與人接過吻。接吻是什麼感覺？繼短暫猶豫要不要接受這個吻後，她眼裡又浮現一個戀愛新手的疑惑。換成普通女孩會害羞，但周靜是指揮官，遇到問題，她選擇探索、解決。

猶豫、決定都在一瞬間完成，男人越來越近，帶著一條老龍對性衝動的茫然與好奇，他是那麼單純，她的眼神罕見地溫柔下來，雙手順從本能抱住他精瘦的腰，主動抬起下巴，閉上眼睛，迎接他的吻。

剛淋過雨，鬢角還在滴水，她臉頰白淨細嫩如花，嘴唇紅潤，是最誘人的果子。

銷魂蝕骨，太傅筆下的銷魂蝕骨，是不是就是這裡？

喉結上下滾動，穆廷州近乎虔誠地壓住了她的唇。

有點涼，但很軟很軟，全身通電，熱血上湧，穆廷州情不自禁上前一步，將她徹底壓在自己與石壁之間，唇更用力的吸吮。這是他的本能動作，卻也是太傅第一次親她的表現，明薇腦中轟的一聲，忘了劇情忘了拍戲，只剩下回憶。

表情變了，這一刻，她不是指揮官，她是明薇，一個喜歡乖乖被戀人熱吻的小女人。

他叩擊她的牙關，想要更多，明薇順從地張開……

「卡！」

第三十二章　影帝與太傅

廖導一聲「卡」喊得乾脆，穆廷州卻離開得艱難無比，柔軟的嘴唇，口中的甜美，她的乖巧順從，都讓他一沾便上了癮，魂被勾去了，全身骨頭都為她軟了，恨不得融進她體內，說是銷魂蝕骨一點都不為過。

原來這就是親吻。

理智支撐他鬆開她的腰，後退後，穆廷州隱晦地看了她一眼。她微微低著頭，長長的睫毛垂了下去，穆廷州看不見她的眼睛，看不透她現在的心情，他只看見她的臉頰紅了，卻不給人羞澀的感覺，反而彌漫著淡淡的悵然。

如細細的秋雨，不悲不冷，只有涼寂。

再回想剛剛那意外的柔軟與順從，穆廷州並不難推斷出她現在在想誰。

其實那個男人也是他，但穆廷州心裡無法生出一絲竊喜。

他希望明薇喜歡的、順從的是穆廷州，而不是他因為入戲太深而臆想出來的太傅角色。穆廷州欣賞《大明首輔》的劇本，也欣賞太傅穆昀，但再欣賞，那都不是自己。明薇分得很清楚，她會思念太傅，會整晚都守在太傅身邊，輪到他這個現代人，明薇立即不愛了，竟然還在與他接吻的時候，想著太傅。

「抱歉。」移開視線，趁廖導靠近之前，穆廷州低聲說，以男演員的身分，為深吻的衝動道歉。

明薇知道他的意思，輕輕搖頭，這種戲份，確實容易失控，既然代入情侶，如果親吻的時候總想著保持距離，那拍出來肯定也無法讓觀眾信服。所以她不怪他，明薇只希望穆廷州沒察覺她過於自然的接受，或是將她的表現理解為入戲。

廖導來了，示意攝影師等人走遠點，看看明薇、穆廷州，廖導壓低聲音講戲：「廷州剛剛感覺很到位，就是有點快了，前面淺吻再拉長一點，循序漸進，這樣效果才唯美。」一下子就深吻太激情，觀眾都沒準備好呢。

穆廷州點頭，面如沉水，再無方才的火熱。

廖導撓撓額頭，跟明薇講戲時態度更和藹，聲音也更輕，怕年輕女孩受不了似的：「你們倆親上之前，明薇的表現我給九十九分，留一分進步空間，嗯，親上後，明薇可能害羞了，一下子從高冷指揮官變成了鄰家妹妹，太乖了，要再放開一點，熱情點，周靜的性格比較強勢。」

明薇聽得很認真。

「需要準備一下嗎？」講完戲，廖導確認。

「我需要十分鐘。」穆廷州直言道。

廖導有些意外，接著問明薇十分鐘夠不夠，商量好了，給兩個主角空間。

穆廷州一個人去了外面。

明薇坐在洞府一塊石頭上，默默調整狀態。

十分鐘後，穆廷州回來了，眉眼平和雅如古玉，是他每次拍攝前的樣子。明薇與穆廷州合作兩次了，自然看得出影帝要全力以赴，壓力之下，明薇打起十二分的精神，同樣完美入戲。

拍攝開始，穆廷州再次吻了上來，雙唇相貼的那瞬間，明薇心中一驚。

不一樣了，前一次，穆廷州的唇是熱的，很燙，這一次，他嘴唇發涼。

短暫出戲後，明薇攀住他肩膀，想像自己是周靜，與青龍接吻。他的唇一直是涼的，在她臉龐、脖子、紅唇之間遊走。脖子是敏感的地方，明薇控制不住自己的生理反應，她也沒有控制，這裡周靜本就該動情。

洞府門前的吻戲，兩人一共拍了三次，除了第一次，穆廷州再也沒有試圖深吻過。

只拍三次算是順利了，兩人打鐵趁熱，繼續拍下面的床戲。廖導吻戲拍得很足，但床戲並不需要多露骨或多長，只拍了幾個看起來充滿情欲氣息卻又唯美適度的動作。明薇在《南城》中有類似經驗，加上穆廷州各個動作完成的都準確出色，拍攝還算順利。

床戲拍完，居然真的下雨了。

下一場戲是晴天戲份，廖導讓工作人員收工，明薇、穆廷州先回了船上。

大家都坐在休息室，不知道是不是明薇的錯覺，穆廷州那邊好像有點低氣壓。肖照也看出來了，明薇、小櫻靠窗看海，他低聲試探穆廷州：「我以為你會很高興。」利用工作親了喜歡的女人，他擺一張臭臉幹什麼？

穆廷州沒理他，視線始終落在窗外的海面上，耳邊卻是明薇與助理閒聊的輕聲細語，一聲一聲，像雨滴砸在他心頭，勾著他，占滿了他整個大腦。海面上起了波浪，穆廷州忽然覺得明薇與周靜有個相似點，她們都夠冷靜，都沉得住氣，一個讓萬年老龍率先妥協主動去討好，一個自他恢復記憶，便以各種形式勾著他的心。

這種一直揣度她想法的感覺讓他煩躁，穆廷州不喜歡。

他想問個清楚。

穆廷州拿出手機，天氣預報說接下來三天都有雨，《龍王》幾乎都是外景，雨天肯定不會拍攝，穆廷州想了想，頭也不抬地對肖照道：「明天中午去你那邊吃飯，記得提醒她。」

他長眉微皺，不像要追求人，倒像計畫尋仇，肖照不放心：「你們到底怎麼回事？」

穆廷州不答，只肯定道：「忙完這次，你可以專心做你的經紀人。」

肖照：「……」他怎麼更不放心了？

穆廷州表現得太反常，肖照暫且沒通知明薇，回到飯店跟進穆廷州的房間，追問到底怎麼了。穆廷州坐在書桌前上網，拒不回答，肖照沒轍，冷笑道：「記住你今天的話，聚餐之後，你想追明薇自己去追，我不會再攙和你們之間的任何事。」

「好。」穆廷州一邊敲鍵盤一邊回道。

肖照去隔壁敲門，提醒明薇還欠他們一頓她親手做的大餐。明薇記著呢，笑著應下。

第二天雨繼續下，早飯前廖導果然通知劇組休息。

大雨是最好的掩飾，明薇換上一身便裝，與小櫻好閨密似的走出酒店，上了肖照的車。兩個男人坐前面，明薇、小櫻在後排坐。雨天路滑，肖照開得很慢，小櫻瞅瞅副駕駛座上的影帝，然後傳訊息給明薇：『影帝大人好像有點不高興，臉好冷。』

明薇笑回：『他什麼時候熱過？』

小櫻：『有區別的，影帝心情好的時候會給人懶散高傲的感覺，心情不好，就只剩冷了，可怕。』

明薇仔細回想，穆廷州確實有三種常見狀態，一種散漫高傲，一種高冷拒人，還有一種就是拍戲過程中的平和認真。

半小時後，肖照將車停在了一棟三層樓別墅前。

小櫻誇張地捂嘴，沒看出來肖照居然這麼有錢！

明薇已經知道肖照是徐家二少爺了，見怪不怪。

車停在車庫，明薇自己推門下車，出來後好奇掃向穆廷州，果然對上一張冷漠的側臉，薄唇緊抿，非常的嚴肅，再細細琢磨，昨天拍完親密戲穆廷州就是這種冷臉了，那她是不是有理由懷疑，穆廷州心情不好可能跟兩人的親密戲有關？

「我確實反感某些身體接觸，不過好劇本，總能讓人破例。」

他在雲南小旅館說的話，忽然浮現在耳邊，明薇恍然大悟，原來穆廷州在為與她的親密不高興。

明薇也不高興了，換成任何一個女人遇到這種情況，都會感到憋屈、沒面子。

心情不愉快，明薇的話就少了，進了別墅，她直接去廚房準備飯菜。小櫻、肖照都來幫忙，洗菜的洗菜，淘米的淘米，穆廷州一人坐在客廳，面朝落地窗，黑眸幽幽地望著外面，一動也不動，如一尊沉思者雕塑。

午飯很豐盛，有肖照、小櫻活躍氣氛，明薇強迫自己無視對面的冷臉男人，開心吃飯。

穆廷州每樣都嚐了嚐，未予評價，明薇沒瞅他，小櫻卻驚喜地注意到，影帝大人的臉沒那麼冷了，肯定是因為吃到了心上人煮的菜。粉紅泡泡咕嘟咕嘟冒，小櫻準備飯後找機會悄悄告訴明薇，可惜，想跟明薇說話的並非只有她一個。

「明小姐，我有件事想跟妳商量，介意去樓上書房嗎？」放下餐巾，穆廷州望著明薇說。

目光相對，明薇心中莫名冒出四個大字：來者不善！

但她也非常好奇，穆廷州要跟她商量什麼。

她微笑：「好啊。」

穆廷州點頭，請她去了二樓。

肖照掃他們一眼，將遙控器遞給小櫻，讓她自己找電視看，他禮貌地坐在沙發上陪客。

二樓，書房。

穆廷州推開門，示意明薇先進。

明薇大大方方跨進書房，往前走了幾步，聽到身後傳來關門聲。明薇的心一緊，她相信穆廷州不會做什麼欺負人的事，但此時的氣氛，孤男寡女共處一室，無端端增加了心理壓力，男人強大的氣場，似一張網，而她是傻乎乎送上門的獵物。

「穆老師想說什麼？」明薇轉身，禮貌客氣地問，極力隱藏那絲不安。

穆廷州定定地看著她，似乎要通過那雙明亮瀲灩的眼睛，看透她心底。

他眼神犀利，充滿侵略，明薇不習慣，率先別開眼：「穆老師……」

「我想知道，太傅在妳心裡是什麼地位。」穆廷州慢慢靠近，緊盯著她的眼，不想錯過她的任何情緒變化。

明薇臉色陡變，一直努力埋進心底的兩個字，居然從他口中毫無預兆地說了出來。是什麼地位？那是很愛很愛她的男人，也是她很愛很愛的太傅。

可這是她與太傅的事，穆廷州無權過問，更沒資格用這種不客氣的方式問。

「我可以不回答嗎？」明薇淡淡挑眉，雖是疑問，卻也明顯表達出了自己的反感。

「我想知道。」穆廷州在她面前站定，低頭，視線與她膠著。

明薇氣笑了：「憑什麼你想知道，我就必須告訴你？」他知道禮貌兩個字怎麼寫嗎？

明薇真的被冒犯到了，一個反感與自己拍親密戲的男人，憑什麼擺出這副高高在上的審問姿態？

繞過穆廷州，明薇沉著臉準備離開。

面前卻突然多了一條修長手臂，他側身強勢霸道地攔住她。

明薇怒目而視：「你……」

話未完全出口，再次被他打斷：「因為在正式追求明小姐之前，我想先瞭解妳目前的感情狀態。」

裝飾簡潔雅致的書房，在男人開口之後，突然陷入了寂靜無聲，空氣中劍拔弩張的氣氛，也在此刻盡皆消散。高大挺拔的男人仍然擋在嬌小女孩面前，離得那麼近，他必須低頭才能看清她的面容。而被他凝視的年輕女孩，前一秒還柳眉倒豎，此時卻神色呆愣，彷彿聽到了前所未聞的大奇事。

「在正式追求明小姐之前，我想先瞭解妳……」

她沒聽錯吧？穆廷州說，他準備正式追求她？

明薇的腦袋有點繞不過來，穆廷州不是很嫌棄她嗎，怎麼一轉眼又想追求了？

太過震驚，明薇都忘了剛剛在氣什麼了。

「現在，可以告訴我了？」看眼她微微張開的紅唇，穆廷州的注意力重新回到她眼部。男人黑眸平靜得像在討論法律等枯燥專業的問題，明薇腦袋有點亂，下意識轉身，想避開他犀利的探究打量。

穆廷州站在原地沒動，看著她茫然的側臉道：「妳我有過一段特殊的交集，所以我恢復記憶後找肖照要過妳的詳細資料。迄今為止，妳一共談過兩段戀愛，我對妳與程耀交往的細節毫無興趣，但我需要瞭解妳對太傅的態度。」

程耀只是一個花花公子，穆廷州很確定明薇與程耀沒有多深的感情，那種男人不值得。

「我對他的態度，與你是否追求我有關係？」

男人態度強勢、聲音清冷，明薇漸漸冷靜下來，背對他問，順便提醒他：「穆老師，就算你想追求我，你直接問我這種問題也是非常不禮貌的行為，我敬重你的藝術成就才願意繼續談下去，換個追求者，我完全不用理會。」

沒聽說追求者可以盛氣淩人要求女方回答私人問題的，如果有相親遊戲，穆廷州這種性格活不過第一關。

「坐下談。」穆廷州暫且沒回答，率先朝書櫥旁的沙發走去。

明薇抿抿唇跟上，在穆廷州斜對面的單人沙發上坐下，抬起眼簾，看到他端正地坐在那，一雙大長腿呈九十度曲起，上半身朝她這邊偏轉，也在看她。意識到這點，明薇垂下眼簾，安靜地等著。

穆廷州轉轉手腕上的手錶，視線慢慢往她身上移，同時鄭重地措辭：「以前我忙著拍戲，對男女感情沒有特別感觸，認識明小姐後，我體驗到了一種特殊的吸引，有心理上的，也有身體上的……」

身體上的……

明薇睫毛顫了顫，她應該沒理解錯吧？

她的每個微表情都未能逃過穆廷州的眼睛，猜到明薇的心理活動，穆廷州頓了頓，低聲提醒她：「明小姐沒聽錯，妳確實是第一個讓我產生性衝動的女人。」

啥？

明薇震驚抬頭。

穆廷州毫不避諱地看她嘴唇。

確認自己沒聽錯，明薇臉頰爆紅，隨即惱羞成怒！

有這麼說話的嗎？他是表白還是性騷擾？

就在明薇準備憤而起身時，斜對面又傳來了男人清越平穩的聲音：「基於以上兩點，我很確定，我想與明小姐發展戀愛關係。我也清楚，明小姐目前對我還沒有同樣的興趣，所以在正式追求明小姐之前，我希望能瞭解妳對太傅的感情。」

明薇臉還紅著，扭頭道：「我跟他交往過，你說我對他是什麼感情？」

「但他只是我記憶錯亂的產物，現在我忘了那段記憶，也就相當於太傅走了，那明小姐是準備等我恢復那段記憶，一直等他回來，還是如果遇到新的合適人選，明小姐會像忘記程耀那樣放下過去，繼續展開新的戀情？」

他機械般的提問，明薇的心卻重重縮了一下。

太傅走了，她知道，情人節那天她就知道了，太傅可能再也不回來，以另一種形式消失了。消失？多可笑，直到現在，她還是捨不得用那個字眼形容他的離開。太傅愛她，穆廷州不愛她，明薇自認她把影帝、太傅分得很清楚，可每次看到穆廷州，看到那張一模一樣的臉，她都會偷偷地生出一絲希望，希望他有記起的那一天，每次穆廷州對她做出曖昧或關心的舉動，她都會緊張，會暗暗猜想，是不是太傅的記憶在影響穆廷州。

沒人知道她有多想太傅，有多懷念與他的點點滴滴，想到穆廷州靠近，自己的身體、情緒全都失控。可現在，忘了太傅的穆廷州親口質問她對太傅的感情，親口提醒她太傅可能再也回不來了。

太傅回不來了，她該怎麼辦？

明薇苦笑，她能怎麼辦？太傅已經消失半年了，她還不是該吃的吃該喝的喝，好好的過呢？如果她是為了愛情要死要活、為了愛情不顧一切的人，當初她就不會那麼理智的與太傅分手。

難過、悔恨、悵然，心情平靜了，明薇看向穆廷州，面無表情：「你希望我怎麼做？」問東問西，他到底想說些什麼？

女孩眼睛如粼粼的湖水，穆廷州在這雙眼睛裡捕捉到了回憶留下的傷心痕跡。他不想她難過，可他必須解決一些問題，為了兩人的將來。

離開沙發，穆廷州徐徐走到明薇面前，單膝蹲下，黑眸望進她抗拒的眼：「我尊重妳與太傅的感情，我只希望妳能真正分清我跟他，我會追求妳，希望將來妳是因為喜歡我才答應與我戀愛，而不是將妳對太傅的感情移情到我身上。」

明薇怔怔的，眼中浮現水霧。

穆廷州不忍，他試著去握她的手：「我很抱歉，在我無法控制的情況下傷了妳一次，但我保證，我對妳的喜歡不會比太傅少，我對戀人的好也不會輸給他。」

明薇躲開了他手，只是一個小動作，她眼裡的淚便掉了下來。

穆廷州目光複雜。

明薇用手指抹了抹臉，低頭苦笑：「謝謝穆老師的垂青，可我男朋友剛死，我還沒做好迎接新感情的準備。」

他說了那麼多，不就是希望她認清現實嗎？影帝喜歡她，想要她專一的感情，從他的角度看來，無可厚非，但他有沒有考慮過她的感受？現在他是逼她先承認太傅死了，再開開心心地跟他談戀愛。

他扎了她一刀，還想她為他動心，臉怎麼這麼大？

明薇往旁邊挪挪，站了起來。

穆廷州並未指望她今天就答應，跟在後面重複道：「我會追求妳，妳可以不答應，但妳答應的那天，我希望妳接受的是我本人。」

明薇嗤笑，要求這麼多，他何必追她？自己性衝動去吧！

拉開書房門出去，明薇狠狠一拉，「碰」的一聲，門板關上，成功讓穆廷州止步，也成功吸引了客廳裡肖照、小櫻的注意力。明薇摸出手機，照相機調整成自拍模式，見眼眶看不出哭過的痕跡，明薇放心了，微笑著下樓。

肖照、小櫻不約而同盯著她看。

明薇實在不想在這裡多待，問肖照：「可以先送我們回去嗎？」

肖照秒懂，穆廷州肯定又惹明薇生氣了。

他無可奈何，剛要應承，樓梯上傳來了穆廷州的聲音：「我送妳們。」

肖照聽了，笑著對明薇道：「一起回去吧，我們在這邊也沒事。」

明薇給他面子。

外面還在下雨，肖照去車庫取車，明薇走到小櫻身邊，等著跟她撐同一把傘，剛站好，左邊多了一道身影，黑衣長褲，離得有點近。明薇不高興，故意繞到小櫻另一側，夾在中間的小櫻左右瞅瞅，尷尬極了。

肖照開車過來，車子停在門廊前。

明薇挽著小櫻手臂往下走，穆廷州單手撐傘，也沒見他走得多快，但就是提前下去了，然後站在車前，非常紳士地拉開車門，黑眸看向明薇。

小櫻嘿嘿笑，揶揄地看明薇。

明薇扯扯嘴角，讓小櫻進去，她持傘繞到另一側上車。

穆廷州一直看著她，明薇上車了，他才收傘，坐到副駕駛座上，一回頭對上肖照看熱鬧的笑。穆廷州抿了下唇，背靠座椅，閉目養神。不破不立，他並不後悔，他要她的心完完全全屬於自己。

因為穆廷州這一齣，明薇的心情低落，回到旅館後一個人悶在房間，賴在被窩睡覺。睡了不知多久，有人打電話給她。

明薇翻身，揉著眼睛抓起手機，居然是穆廷州。

明薇直接按掉了。

穆廷州改傳訊息：『一起吃晚飯。』

明薇繃著臉，打了「不去」，又刪除了，勾起唇角問他：『穆老師是在約我嗎？』

穆廷州是在約她，以前都是肖照去敲門，三人自發一起吃，現在他要追她了，當然要以個人名義約她吃飯，只是穆廷州以為她要麼答應要麼拒絕，沒料到她會這樣問出來。遲疑幾秒，穆廷州回：『是。』

明薇笑容更大，祭出曾經拒絕其他追求者的套路：『不好意思，我沒時間。』

穆廷州皺眉：『妳晚上有活動？』

明薇：『嗯。』

穆廷州：『什麼活動？』

明薇：『普通應酬，穆老師自己去吃吧。』

傳完了，明薇放下手機，想像高傲影帝被拒絕後的表情，心裡總算好受了點。心情一好，胃口來了，明薇打電話給小櫻，讓小櫻打包一份外賣上來，附近有家餛飩店，味道挺不錯的。

二十分鐘後，小櫻來敲門。

明薇剛洗完澡，換好衣服去開門，卻見小櫻手裡拎著三份餛飩。

「這份是穆老師的，他知道我去買餛飩，讓我也帶一份。」小櫻隨口解釋道，剛說完，隔壁房門開了，穆廷州走了出來，五官俊美，眉眼間透著幾分慵懶散漫，這是他心情不錯的表現。偶像心情好，小櫻下意識就說了句客套話：「穆老師要不要過來一起吃？」

明薇還愣著，穆廷州已經走了過來，黑眸直接看向了她：「好。」

說完也沒接小櫻的餛飩，逕自從明薇與門縫間擠了進去。

明薇咬牙。

小櫻見了，心驚膽顫：「我，我說錯話了？」

明薇不怪她，就是想不通：「妳去買餛飩，他怎麼知道的？」

小櫻乖乖解釋：「剛剛穆老師打電話給我，問妳晚上跟誰吃飯，我……」

明薇：「……」

第三十三章　衝動

穆廷州賴在這邊吃了餛飩，明薇不想理他，小櫻被明薇提醒一番，不敢攙和兩人的事情，於是這頓晚飯吃的尷尬無比，只能聽到三人吸餛飩的聲音。

飯後，穆廷州主動收拾好自己那份外帶盒子，拎走了，好像真的只是過來吃頓飯，沒有特殊目的。

「薇薇，你們到底怎麼了？」小櫻憋了半天了，影帝一走，她好奇地問明薇。

「沒事，反正以後他跟妳打聽我什麼，妳都別告訴他，包括肖照。」明薇簡單道。

小櫻「哦」了聲，瞅瞅明薇，她還是忍不住惋惜：「薇薇，我真的覺得穆老師喜歡妳，特別是妳吊鋼絲受傷那天，我都沒反應過來呢，他第一個衝了過去，還緊緊抱著妳，要是有男人肯這麼緊張我，我早就撲過去了。」

娛樂圈都說明薇高攀穆廷州，小櫻將兩人相處的情形看在眼裡，卻覺得根本不是那回事，明明是影帝悶騷暗自喜歡明薇，明薇不知道為什麼一直沒看上影帝。

明薇心煩著，不想聽小櫻提穆廷州，叫她先去休息。

小櫻離開後，明薇走到窗前，外面大雨嘩啦嘩啦地下，看樣子會下個兩、三天。

「……我對妳的喜歡，不會比太傅少，我對戀人的好，也不會輸給他……」

穆廷州蹲在她面前鄭重承諾的樣子，再次浮現腦海。

明薇恍了神。

穆廷州對她好嗎？確實有讓人感動的地方，他幫她解鞋帶檢查腳傷，他抱她上下樓，穆廷州解釋之前，明薇可以說穆廷州只是想還她的人情，今天聽完穆廷州的解釋，再回想雲南相處的那幾天，明薇只能用兩個字概括穆廷州的所作所為：悶騷。

想對她好，偏要找個冠冕堂皇的理由。

明薇沒那麼遲鈍，她能感覺到穆廷州確實是喜歡她，儘管她不知道是什麼激發了穆廷州的感情。如果穆廷州不逼她將他與太傅分得那麼清楚，明薇可能會試著接受的，因為影帝、太傅雖有不同，明薇卻從他們身上感受到了一樣的關心，那種體貼入微的照顧如出一轍。

可穆廷州非要她分清。

明薇暫且做不到，而且穆廷州那番追求之詞傲慢強硬，明薇就算已經放下太傅了，也不會輕易答應他，等他什麼時候不氣人了再考慮吧。

發了會兒呆，明薇坐到書桌前看劇本，現在兩人關係從普通同行變成了追求者與被追求者，再搭戲感覺肯定會變，明薇得準備得更充分才行。

看到十點，收到穆廷州的訊息：『注意休息，晚安。』

明薇又走神了，太傅會提醒她早睡，但他一直都沒習慣說晚安。

一下子沒了看劇本的心情，明薇關燈睡覺，並沒回穆廷州的訊息。

這場雨連續下了四天，四天之中，除了每晚說晚安，穆廷州沒再約她吃飯。

明薇樂得清靜。

放晴了，劇組復工。

按照劇本，指揮官周靜被元帥脅迫，要用美人計殺了青龍，青龍武力值逆天，要殺他只有先去掉他的防備心才行，那麼第一次纏綿後的相擁而眠，無疑是最好的機會。周靜不是普通的美人，她不想害死青龍，也不想家人被她連累，所以出發前將元帥給她的致命毒藥換成了足以弄暈一頭藍鯨的強效麻醉劑，計畫事後勸服元帥留下青龍性命，先行囚禁，留待後用。

今天要拍的第一場，就是周靜黎明醒來，偷襲青龍的那一幕。

因為周靜是在青龍懷裡醒來的，所以明薇跟穆廷州也必須抱著……

根據廖導的指示，穆廷州先躺好了，身高一百九的男人，雙腿修長，仰面躺著，黑眸隨意地望著明薇。對上他的眼神，明薇莫名就想起不久前他那番胡扯，什麼她的身體在吸引他，以及性衝動之類的鬼話。

兩個主角間暗流湧動，廖導兢兢業業地講戲：「一會兒明薇枕著廷州手臂，廷州側躺，手抱著明薇肩膀，腿也壓在她身上。」

穆廷州「嗯」了聲。

明薇默念三聲「專業」，然後在所有劇組人員的注視下坐到穆廷州身邊，再慢慢往下躺。因為連續降雨，石洞地面又濕又冷，但劇組提前弄熱了這片區域，所以明薇身體觸地後並未感覺到溫度不適。

旁邊穆廷州突然翻身，朝她伸手。

明薇僵硬地抬起腦袋，他順勢插進手臂，明薇再僵硬地枕下去，碰到了，驚覺穆廷州裸露的手臂又結實又炙熱……在潮濕偏冷的石洞，他的溫度簡直就像一團火，讓人本能地想要靠近，吸取更多的熱。

「明薇，妳埋在廷州懷裡，右手抱他腰。」基本動作完成，廖導又開始指揮了。

明薇閉緊眼睛，慢慢朝穆廷州那邊轉去，還沒貼上他的胸膛，迎面先撲來一股熾熱的男性氣息，薰得她口乾舌燥。但這是拍戲，那麼多人看著，越猶豫越顯得心裡有鬼，明薇只好一鼓作氣，硬把腦袋湊過去了，臉貼著他胸口。

第一個感覺，熱，第二個感覺，硬，像塊熱乎乎的平坦石頭。

穆廷州也有感覺，懷裡她嬌小的像隻兔子，腦頂頭髮蹭得他心癢，柔軟發燙的臉頰添了另類的刺激。自己想抱也好，劇情需要也好，穆廷州大手抱住她的後背，一條腿也搭在了她的腿上，兩人你抱著我，我抱著你，不分彼此。

「Action！」準備完畢，正式開拍。

一夜抵死纏綿，出了大力氣的青龍還在酣睡，心裡藏事的周靜無聲睜開了眼睛，借著稀微的晨光，看到男人結實的胸膛，周靜怔了幾秒，隨即那雙茫然的眼睛，迅速恢復了沉重冷靜。腰上搭著男人的手，他抱寶貝似的抱著她，周靜重新閉上眼睛，眷戀地往青龍懷裡縮，先是額頭貼著他，然後嘴唇也輕輕印了上去，印在他心口。

明薇真的很入戲，她是敬業的，可就在她嘴唇碰到穆廷州的那一瞬，穆廷州身體突然緊繃起來，反應劇烈。明薇不懂原因，入戲的狀態被打破了，因為穆廷州沒動，她便努力冷靜，想繼續表演。下個動作，她該小心翼翼從男人懷裡掙脫開來，只是明薇一動，腰那裡被什麼戳了一下。

明薇：「……」

是她想多了，還是穆廷州真的衝動了？

大腦一片空白，穆廷州突然鬆開她，坐了起來，順勢將兩人身上的被子往他那邊扯了扯。

明薇還躺著，她看不到穆廷州，只感覺穆廷州揉了揉她頭髮，同時用一種無奈的聲音道：「抱歉，壓到妳的頭髮了，是不是很疼？」

廖導與工作人員恍然大悟，原來是明薇的頭髮跑到穆廷州身下了，導致明薇沒能起來。有長頭髮老婆的男人都能理解，反而同情起扯了頭皮的明薇。

明薇本來並不確定穆廷州的情況，現在他編了這麼一個爛藉口，可不正是此地無銀三百兩？

變態！

明薇一邊在心裡罵他，一邊無可奈何地揉著腦袋坐起來，假裝低頭抱怨：「有點。」聲音低低的，像是疼得要哭了。

廖導體貼地讓明薇休息五分鐘，揉頭髮。

明薇立即披上外套，去了石洞外面。清晨的海島一片寧靜，海水不知疲倦地起伏，空氣潮濕清新，明薇臉頰紅暈漸漸褪去，正準備回裡面瞧瞧，身後驀地響起熟悉的低沉聲音：「抱歉，生理反應，我控制不住。」

明薇才恢復白皙的小臉，立刻又紅了！

他為什麼一定要解釋？裝糊塗不可以嗎？這種事情解釋了有什麼好處？

海水好像都沖進她大腦咆哮了，風中淩亂一分鐘，明薇終於想到一個減緩尷尬的辦法，她撩撩頭髮，滿臉疑惑地回頭，問穆廷州：「什麼生理反應？」

穆廷州眉頭微動，黑眸探究地看著她：「剛剛……」

明薇無辜地眨眼睛：「剛剛？剛剛我什麼也沒感覺到啊，哦，穆老師不用愧疚，其實你根本沒壓到我的頭髮，我只是有點睏，趁機出來吹吹海風，清醒清醒。」他情商低，她才不奉陪，偏要裝作不知道，讓他一個人尷尬去吧。

「好了，我先進去了，再偷懶廖導該不高興了。」朝他燦然一笑，明薇身姿輕盈地轉身。

她神清氣爽地走了，穆廷州卻遲遲沒動，石像般定在原地，臉色非常難看。

她竟然說什麼都沒感覺到？明明碰到她了，她也嚇得一動也不敢動。

男人，無論什麼身分地位，對那一方面都是一樣的看重，不容特別在意的女人輕視。穆廷州也不能免俗，尤其明薇離開前嘴角的淺笑，好像在諷刺什麼似的。

穆廷州是個敬業的好演員，再次拍攝，他小心地控制自己，沒再出事故，只是這段拍攝完成後，明薇坐起來之前，穆廷州第一次違背他的職業操守，故意壓著身邊女演員的腰，彷彿隨意般抵了一下，且為了避免她什麼都沒感覺到，穆廷州抵得很用力。

明薇倒吸一口冷氣。

穆廷州聽見了，唇角上揚，他鬆開她，若無其事地坐了起來。

明薇恨得牙根癢癢，可胸口的心，卻不爭氣地亂跳，也不知道在激動什麼。

穆廷州戳明薇的第一下，明薇假裝不知道，輪到第二下，換成穆廷州裝糊塗了，後面該怎麼拍還是怎麼拍，看明薇的眼神也像以前一樣正經，弄得明薇有氣沒處撒，而且男人厚臉皮耍流氓，明薇真的去找他算帳，說不定他還會得意，趁機再來一句「生理反應控制不住」。

說實話，對穆廷州的行為，明薇沒有太生氣，因為她瞭解穆廷州的人品，他之所以那樣做，應該是被她的話刺激到了，幼稚地想證明他的雄性資本，絕非真的猥褻。但心裡不生氣是一回事，明面上的態度又是一回事。

接下來幾天，除了搭戲，明薇一個正眼都沒給穆廷州，穆廷州自覺理虧，晚上也沒傳「晚安」，更不曾約明薇一起吃飯。

兩個主演相敬如賓，《龍王》的拍攝卻在有條不紊地進行著。

利用國內某位高層癡迷恐龍研究這一點，周靜半威脅半誘惑地說服了元帥，元帥同意暫且留下青龍性命，並解除了周靜手腕上的控制手環。那是周靜出發前元帥親自為她戴上的，只能由控制之人解除，如果周靜試圖暴力摘除或拆卸手環，將會觸動手環內的自爆裝置，炸得周靜死無全屍。

還周靜自由，元帥將手環套在沉睡的青龍手腕上，再命人將青龍關進囚籠，返回大陸。

周靜一直守在囚籠外，巡邏艇即將靠岸，青龍醒了，四目相對，周靜眼神平靜，青龍先是茫然，待他意識到被周靜騙了，正困於人類的囚籠時，眼底立即騰起被戀人背叛的憤怒風暴，彷彿下一刻就要變身。

周靜面不改色，只抬起手腕，朝青龍點了點，淡淡解釋青龍手腕上的手環是什麼。

青龍低頭，那小小的手環曾經戴在女人手上，他曾嫌礙事想取下來過，她說那是她父親留給她的遺物，不能摘。她騙了他，原來沒有什麼遺物，這只是女人用來控制他的武器。青龍笑了，他抬起頭，雙眼血紅。

周靜什麼都沒有解釋，冰冷地勸說青龍冷靜，只要肯配合，她保證他不會受到傷害。

青龍看著她笑，下一刻突然變身。他的人類身體高大強壯，但與龍身相比，渺小如螻蟻。變身的那一刻，手環爆炸，發出刺眼的強光。囚籠乃用防爆材料製成，成功擋住了爆炸的衝擊力，強光乍起，周靜驚駭地瞪大了眼睛，死死地盯著幾步之遙的強光，眼中裝滿了恐慌。

她不怕青龍恨她，她只怕青龍死，他為什麼要這麼衝動！給她時間，她一定會找機會放了他啊！

強光漸漸暗淡，龐大的龍身逐漸清晰起來，他匍匐於地，龍頭低垂。

就在周靜衝過去想要查看他傷勢時，青龍突然仰頭長嘯，憤怒擺尾，牢固的囚籠頓時被重擊粉碎。碎片朝她飛來，周靜本能地閃避，青龍血紅的龍眼盯著她，盯了很久很久，遠處傳來其他人類的動靜。

青龍丟下周靜衝了出去，所向披靡。

元帥帶來了二分之一的軍隊，人、龍再次展開大戰。

混戰中，周靜為救青龍而死，身體澈底消失在炮火中，魂飛魄散。

青龍狂怒，翻江倒海，屠盡所有人類。

影片的最後，青龍以人身站在元帥的指揮中心，冷聲向遙遠的地球發送警告，鄭重宣誓他對海洋的主權。宣告結束，他化為龍身，隱入碧藍海洋深處。

第三十四章　白蛇之爭

女指揮官領完便當，明薇在《龍王》中的戲份也就殺青了，穆廷州則還有半個月左右的拍攝。

明薇是在中午拍完的，拍完馬上趕往海島渡頭，準備登船離開。

「明薇。」剛上船，肖照追了上來。

明薇回頭，笑著看他：「是為我送行嗎？」

年輕女孩站在船頭，穿著簡單的白襯衫，清涼海風溫柔地吹拂長髮，有一種最純淨的美，美得直擊人心。肖照最初注意明薇，是因為穆廷州對她的特殊對待，後來相處久了，他本人也越來越欣賞明薇，直到欣賞發展成友情。

聽了明薇的話，肖照推了推眼鏡，疑道：「不是說明早再走？」

肖照不知道穆廷州又做什麼得罪了明薇，據他觀察，這兩人已經一個多月沒有進行私人對話了，有點冷戰的感覺，但只有穆廷州更加沉默冷清，人家明薇照樣玩、照樣笑，而且還不是強裝出來的。肖照看得著急，一邊煩穆廷州什麼都不告訴他，一邊又忍不住替穆廷州留意明薇的行程動向。

穆廷州今天的戲份晚上才結束，不能陪明薇一起離島，反正還有晚上、明早可以道別，肖照就沒在意，可剛剛聽廖導偶然提到明薇改成今晚走了，肖照下意識看向穆廷州。穆廷州還是那副註定孤苦終身的死人臉，肖照恨鐵不成鋼，匆匆跑來打聽情況。

這個問題讓明薇有點不好意思，無奈道：「本來是那麼計畫的，可我爸讓我今天就回家，還跑來接我了，現在在旅館等著。」妹妹放暑假一直在家待著，她已經四個多月沒回家了，老爸老媽都很想她，一個晚上也不想等了。

明強寵女兒，娛樂新聞早就報導過，肖照錯愕之後好笑道：「還真的是公主，這次打算在家住多久？殺青宴還來嗎？」

明薇也不確定，聊了兩句，老爸打電話過來催了。

肖照識趣地下了船，不耽誤他們父女團聚。

目送通勤船緩緩離開，肖照佇立片刻，返回劇組。

穆廷州一個人坐在海邊巨石上，默默地吃著便當……

肖照走過去，背對穆廷州坐在巨石另一側，低聲道：「她爸來接她了，回旅館收拾收拾就走。」

穆廷州面無表情，嘴裡慢慢咀嚼，黑眸望著海面，碧藍廣袤的海面上，有一艘小船越來越遠。

「你到底幹了什麼？」肖照扭頭，皺眉問，「不是要追了嗎？一句話都不主動說，這就是你追人的方式？」

穆廷州過長的睫毛垂了下來。

他做了什麼？他做了一件當時痛快、事後後悔的事，低俗惡劣。明薇不看他不跟他說話，他胸口鬱悶，如半具身體埋於黃沙，一個多月，四十多天，穆廷州無數次冒出道歉的念頭，可他沒有信心明薇會原諒自己，一旦她指責他那時的行為，指責他的人品……

跟被她直言唾棄相比，這種胸悶便能忍受了。

他像石頭一樣沉默，肖照投降，不再指責，直接幫他出主意：「男人追女人，特別是追一個對你沒太大興趣的女人，那就必須主動。《南城》的劇本你看過了，高長勝為什麼能追到白富美大小姐？好女怕郎纏，關鍵是你要纏，被拒絕一次就放棄，那你等著喝明薇跟別人的喜酒吧。對了，《南城》馬上進入宣傳期了，陳璋一直對明薇有意思，你不快點，等《南城》播出了，粉絲都不再支持你，轉而去喊『璋薇夫婦』……」

穆廷州夾菜的動作頓住，皺皺眉，偏頭問：「這麼能說，你談過戀愛？」

肖照冷笑：「我天天為你忙得團團轉，我跟誰談戀愛？」

對此，穆廷州只送了他四個字：「紙上談兵。」

肖照起身就走。

穆廷州一個人吃了午飯，午休結束，繼續拍攝，傍晚才收工。回到酒店，穆廷州無視湊過來索要簽名的幾個粉絲，面無表情走進電梯。電梯上升，停下，穆廷州跨出來。走廊還是熟悉的飯店走廊，但……

就在他望向隔壁那間房間時，房門突然被人推開了。

還沒走嗎？

穆廷州目光上移，套房內走出來一個大腹便便的男人，渾身散發著金錢的氣息。視線相碰，中年男人眼睛睜大，好像在回憶是不是在哪裡見過穆廷州，穆廷州則冷冷移開視線，取出房卡，進了自己的房間。

她竟然真的走了，毫無留戀，想想自己為了她跟去雲南住了小半個月，穆廷州的胸口更悶了。

明薇挺高興的，晚上八點多到家，迎接她的是美麗優雅的媽媽，越來越漂亮的妹妹，以及一頓豐盛家常晚餐。

「又瘦了，也曬黑了。」江月心疼地打量長女。自從明薇進了娛樂圈，一年幾乎只回一次家，江月別提有多想了，知道女兒忙，不敢三天兩頭打電話煩女兒，就在家看電視，《大明首輔》不知道重複看了多少遍。

「是黑了點，養半個月就好了。」明薇抱住老媽撒嬌。

江月摸摸女兒頭髮，心疼了半天。

飯後明強去收拾廚房了，江月忍不住打聽長女的八卦：「妳跟穆廷州到底怎麼樣了？網路上都說你們倆在戀愛……」

長女成了明星，江月也慢慢變成了追星族，在各大論壇都註冊了帳號，天天跟進女兒的最新動態，最喜歡逛的是「廷薇論壇」。這個論壇裡全是長女與穆廷州的剪輯影片，有根據《大明》劇情剪的，有根據穆廷州失憶期間的現實影片剪的，男帥女美，看得多了，江月居然覺得女兒跟穆廷州還挺合適。丈夫明強跟她一樣，都專門註冊帳號了，不過江月是潛水派，明強則異常活躍，有人說長女不好，明強會追著對方罵，輪到他說穆廷州配不上女兒了，又會變成他被穆廷州的粉絲追著咬，蓋起無數層樓。

「沒影的事，媽妳別信網路上那些。」明薇哭笑不得，「我跟他只是普通朋友，點頭之交。」

江月有點失望。

明橋信姐姐的，既然姐姐說她沒戀愛，那在明橋眼中，穆廷州就只是一個知名演員。

一家人聊到晚上十點多才各自回房，拍攝結束，明薇全身輕鬆，又有一種淡淡的空虛感。

洗完澡，明薇抱著筆電翻社群。下午她發了一則動態，身穿指揮官戲服，粉絲們紛紛誇漂亮。因為《大明》，明薇已經擁有了一批自己的粉絲，留言區再也不是清一色討論她與穆廷州關係的情況了。

翻了幾頁留言，明薇隨手點開穆廷州的主頁，最新一則還是他六月初拍的一張海景。

關掉電腦，明薇拿出手機，她與穆廷州的訊息記錄還在，但已經一個多月沒有互動了。

明薇抬頭看窗，窗外黑漆漆的。

穆廷州，是準備放棄追求她了？這樣也好，她可以繼續懷念太傅，影帝只是同行。

明薇在家住了一週，一週後，她跟妹妹明橋一起回了帝都，妹妹準備開學，明薇要迎接新的工作了。《南城》十月中旬開播，整個九月份明薇都要配合宣傳，這是眼前就要著手準備的，緊接著明薇還要挑選下一部劇。

沈素列了三個劇本給她。

第一個是六十多集的大ＩＰ宮廷劇，邀請明薇參演女主角。

「這個ＩＰ人氣非常火，給妳的片酬也非常可觀，不過我調查過，對方定下的男主角，據說合作過的女星對他評價都不太好。」沈素委婉地提醒道。

明薇以前對明星興趣寥寥，入圈後惡補了很多八卦新聞，沈素說的這位男主角她知道，好像特別喜歡占女演員的小便宜。明薇能接受拍親密戲，但如果男主角趁機揩油，那就噁心了。

第二個劇本是經典武俠劇翻拍，女主角曾經被數位女星演繹過，一個賽一個的美。這部劇肯定會大火，問題就在於明薇敢不敢挑戰經典，塑造一個新的仙氣飄飄的螢幕美女形象。

明薇沒有爭美的野心，但她喜歡這個電視劇，喜歡到幾個經典的版本她都看過。

「這個明年八月份開拍，喜歡可以接下來。」沈素笑著說。

明薇點頭，拿起第三個劇本，看到扉頁的劇名，明薇驚訝地張開了嘴，《白蛇》，這個簡直比上一個武俠劇更經典啊，光看劇名，明薇腦海裡就冒出好幾張美人臉。

「這個明年三月開拍，東影出品，導演是穆崇。」沈素別有深意地道。

明薇莫名尷尬，穆崇，穆廷州他老爸。

「劇本比起以前幾個版本有非常大的改動，因為是東影明年主推的項目，女主角的競爭很激烈，妳要去試鏡，穆導的性格妳想像成中老年版的穆廷州就知道了，去年他需要妳輔助穆廷州治療，對妳比較和藹，真要參演的話，他很毒舌。」

明薇能想像的出來，一邊翻看劇本一邊打聽男主角定了沒。

沈素搖頭，猜到明薇的心事，她補充道：「百分之八十能排除穆廷州，他們父子從來沒有合作過。」

明薇無法形容自己的心情，好像鬆了口氣，又有點失望。

有太傅的回憶在，或許內心深處她還是希望能多看幾次那張臉吧？

「什麼時候試鏡？」看完劇本，明薇認真問，她喜歡這版本的白蛇改編，演起來也挺有挑戰的。

白天忙完一輪《南城》宣傳，晚上明薇又上了兩個小時的演技輔導課，回到公寓時都快十點了。

林暖窩在沙發上看電視，見到明薇略顯疲憊的樣子，她有點不理解，關掉電視問明薇：「妳現在是大明星了，演技也比一些科班出身的強，為什麼還要這麼拚？」

明薇換好拖鞋，然後一邊泡茶一邊嘆氣：「我運氣好，一入行就遇到了張導與一群老戲骨，從他們身上學到了很多，但我畢竟沒經過專業的學習，能被我壓下去的科班演員本身就是演技差的，我總不能一直跟他們比吧？」

明薇讀文科，妹妹明橋讀理科，但姐妹倆有個共同點，就是想做的事情一定要做到最好。

成名了，明薇確實飄飄然了一段時間，但始終記得自己的不足，現在她的名氣主要是靠顏值與穆廷州賺來的，演技最多只是及格水準。因為她是新人，觀眾們對她的新鮮感降低了對演技的要求，可如果她一直沒有進步，那麼最終只能淪為花瓶。

明薇不想當花瓶，她要……做個像穆廷州那樣人人誇讚有演技的演員。

更何況，如今明薇又多了一個必須努力的理由：搶角色。

沈素說了，《白蛇》的女主角人選東影一開始就屬意她了，幾乎已經內定，但半路突然殺出個程咬金，投資方徐氏集團居然「推薦」王盈盈出演女主角。徐氏集團可不是一般的大公司，去年徐氏集團名下的影院票房收入占了國內總市場的百分之十五，沒有特殊情況，各大影視公司輕易不會得罪徐家。

所謂推薦純屬客氣的說法，其實就是要捧王盈盈，跟明薇搶女主角。

好在東影也不是任由投資方塞人的公司，公平起見，東影提議讓王盈盈、明薇一起試鏡，誰演得好就用誰，如此輸的一方便心服口服了。沈素還爆了個內幕給明薇，說是王盈盈正在跟徐家三少徐端戀愛，這在娛樂圈已經是公開的祕密了。

肖照是徐家二少，但明薇不想利用這層關係，想靠實力說話，真的輸了就是她技不如人。

九月最後一天，是明薇去試鏡的日子，也是《龍王》舉辦殺青宴的好日子。

早上明薇打了個電話給廖導，恭喜那邊拍攝完美收工，簡單聊幾句後，明薇便換好衣服出發了。

車子開進東影地下車庫，明薇隨便挑了個停車位，剛下車，遠處忽然有驚喜的女人聲音喊她。明薇關好車門，抬頭望去，看到王盈盈笑吟吟地朝她擺手。王盈盈穿了一件白色修身長裙，輕柔順滑的衣料，將淡妝打扮的女人襯得仙氣飄飄，確實有幾分白娘子的感覺。

明薇暗暗吃驚，在她的印象裡王盈盈還是去年三月初遇時的形象，漂亮卻膚淺，演技一般，沒想到一年多沒見，王盈盈的氣質居然提升了這麼多。六月份王盈盈主演的宮鬥電視劇大火，明薇拍攝繁忙，沒細看，望文生義以為又是一部炒作出來的片子，現在看來，王盈盈可能真的進步了，跟她一樣。

而就在明薇打量王盈盈的時候，又一輛豪車開了進來，恰好停在明薇旁邊的空位。明薇沒留意，她的目光挪到了王盈盈挽著的男人身上，那人一身白色西裝，大約二十五、六歲的樣子，五官俊朗，與肖照有幾分相似。

眼看二人朝她走來，明薇及時調整情緒，面露淺笑：「王……」

「徐總。」

「大哥。」

兩聲稱呼同時打斷了明薇的「王小姐」。

明薇意外地看向前方剛剛下車的男人，對方一身裁剪得體的黑色訂製西裝，身形高大，側臉……與肖照簡直是同一個模子刻出來的！不用想，明薇也知道對方是誰了，肖照親哥，徐氏集團現任CEO徐凜，也是徐家下一代掌權人。

「明小姐，幸會。」

令人錯愕的是徐凜只是朝徐端、王盈盈淡淡點點頭，跟著便主動朝明薇走來。正面相對，明薇終於看清了這位徐家大少的五官，與肖照一樣出眾俊逸，但肖照溫潤如玉，徐凜面冷如霜，氣質截然不同。

短暫的驚訝後，明薇笑著握住男人伸過來的大手：「徐總您好，久仰大名，很榮幸見到您。」

「期待妳與王小姐的試鏡表現。」徐凜鬆開手，毫不避諱地說。

明薇笑笑，心裡犯嘀咕，徐家要捧王盈盈，現在徐凜這麼說是在挑釁她嗎？

明薇猜不透徐凜的想法，王盈盈也猜不透，等徐凜領頭走了，王盈盈也顧不得刺激明薇，偷偷戳男友手臂：「大哥怎麼回事啊？對明薇那麼客氣做什麼？」明薇與肖照關係好，徐凜是肖照的親大哥，該不會要叛變吧？

徐端看眼前面那位他從小就害怕的大哥，小聲提醒王盈盈：「我跟妳說過了，我大哥任人唯賢，這次是我一直煩他，他看在我們兄弟感情上才幫我一次，但也只能幫到這裡，後面能不能搶到角色，還得看妳自己。」

王盈盈抿唇，幽怨地看著他：「徐氏集團也有你們家的份，憑什麼事事都得聽他們父子的？」

徐端汗顏，憑什麼？憑大哥有掌管集團的本事，他每天遊手好閒，讓他管他也管不了，反正他有股份，一輩子什麼都不做也有大把大把的錢花，那些錢都是大哥賺的，投資方面的大事當然要聽大哥做主。

「別說了，好好準備拍戲。」不想提他們兄弟的事情，徐端反過來管教王盈盈。

王盈盈嗔他一眼，丟下徐端，停下來等明薇，然後與明薇並肩走，低聲笑道：「怎麼，明小姐跟程耀分手了？上個月我好像瞧見他跟人相親了。」

明薇自己走自己的，沒理會。

王盈盈最不喜歡明薇這副目中無人高傲公主的態度，掃一眼徐端，王盈盈輕聲諷刺道：「去年妳靠程耀搶了我的角色，現在別說妳們分手了，就算程耀還想捧妳，妳也搶不過我，不過，我們倆也算不打不相識了，只要妳說幾句好聽的，我不介意讓妳演青蛇。」

明薇笑了，淡淡道：「這話有點耳熟，王小姐以前是不是也說過？」

王盈盈臉色大變，記起去年《大明》試鏡，她也自信滿滿地認為明薇搶不過她。

眼看明薇加快腳步走遠了，王盈盈惱羞成怒的臉慢慢又恢復了原樣。不氣，她確實輸了一次，但這一年多來，她努力打拼，演技進步有目共睹，又有徐端對她死心塌地，她不信自己還會輸給明薇第二次。

半小時後，東影大廈的某間試鏡室。

《白蛇》導演穆崇坐在中間，東影陸總、徐凜分別坐他左右兩邊，外側是副導演、製片人，徐端作為王盈盈的「家屬」，不能參與評選，在旁邊隨便挑了一張椅子坐下了。

穆崇是長輩，在眾人中占據主導地位。看一眼只穿牛仔褲、T恤的明薇，再看看白裙打扮的王盈盈，穆崇肅容對明薇道：「演技需要戲服烘托，如果妳需要白裙，可以去服裝部挑一套，王小姐也一樣，這邊有古裝白裙，更貼近角色形象。」

王盈盈大方婉拒：「謝謝穆導，不過只是試鏡，我就不麻煩了。」

穆崇點點頭，目光移向明薇。

明薇也婉拒了。

接下來兩人抽籤，王盈盈先試鏡，助理暫且請明薇去隔壁休息室等候。

陸總拿出劇本，請徐凜隨便翻頁，翻到哪一頁，兩人就試鏡哪個劇情。徐凜淡笑，笑陸總故意弄得這麼鄭重，但他沒有多說，隨意翻開一頁。穆崇接過劇本，速讀一遍，抬頭對王盈盈道：「白娘子與書生相戀，被天庭拆散，鎮壓於雷峰塔下。幾世之後，白娘子從雷峰塔逃脫，重回人間，在西湖湖畔遇到許仙，許仙與那位書生有九成相似，白娘子認定許仙是書生轉世，上前相認。現在請妳表演初遇這一幕，喊許仙一聲『相公』，妳有五分鐘準備時間，副導演配合搭戲。」

王盈盈聽了，轉身背過去，醞釀狀態。

五分鐘後，王盈盈轉了過來，示意可以開始了。

穆導：「Action。」

話音落下，前一秒還大方微笑的王盈盈，神色突然變得哀婉起來，哀婉中又帶著未加掩飾的狂喜。她慢走兩步，跟著快步朝「許仙」跑去，雙手攥住男人肩膀的同時，她的眼淚也落了下來，嘴角卻翹著，梨花帶雨地喚他：「相公……」

副導演驚呆了。

王盈盈笑了笑，抹掉眼淚，自信地轉向評審席位。

穆崇平靜道：「中規中矩，可以演。」演技及格，拍攝時他作為導演再提點一番，王盈盈會進步的。

聽到前面四個字，王盈盈嚇了一跳，以為自己要被淘汰，臉都白了，畢竟「中規中矩」不是好詞，聽完後面她才鎮定下來，淺笑著走到徐端旁邊。女朋友演技高超，眼淚說來就來，徐端特別自豪，偷偷地捏了捏王盈盈的小手。王盈盈給他捏一下就躲開了，美眸斜向門口，等著看明薇班門弄斧，自不量力。

兩人悄悄搞小動作時，助理請了明薇進來，演的也是這段。

明薇閉上眼睛。

五分鐘後，穆崇：「Action。」

明薇睜開眼睛，「許仙」站在她斜前方，她卻興趣盎然地望著左側，眼神明亮，嘴角帶著淡淡笑意，宛如出門踏青的遊客，閒適自在。看了一會兒，她邊走邊轉向斜前方，然後視線不期然地撞見了一個男人。那人與她念了幾百年的相公一模一樣，俊秀的眉眼，如玉的臉龐。前生往事歷歷在目，百般恩愛浮現心頭，美景不見了，行人沒了蹤影，天地之間只剩他。

她怔在那裡，怔怔地望著男人，口中喃喃：「相公……」

喚出聲時，兩行淚珠奪眶而出。

副導演再次驚呆，但與王盈盈的那次不同，這次副導演是單純為明薇的眼淚驚呆的，既驚呆，也疑惑，因為他根本沒聽見明薇說了什麼，只看到她紅唇動了，然後倏然落淚。

演到這裡，明薇抹抹臉頰，略帶忐忑地望向穆崇。

穆崇面無波瀾，問明薇：「說一下妳的想法。」

明薇細聲道：「白娘子被關了那麼久終於逃出來，她看外面的什麼都新鮮，肯定會忍不住欣賞風景。白娘子容貌驚人，我覺得無論她走到哪裡，都會成為百姓眼中的焦點，許仙先看到她的機率更大，所以……」

穆崇臉上終於有了一絲變化，低頭看看字句簡潔的劇本，頷首道：「拍這段時，就按照妳的想法拍。」劇本與小說不同，小說會渲染氣氛，添加大量環境細節描寫，劇本簡單多了，只交代時間地點人物，旁白、臺詞，給了演員、導演很大發揮空間。

兩個女星演技差不多，但明薇更有靈性，所以穆崇率先言明了他的選擇。

明薇心跳加快，王盈盈暗暗咬牙。

陸總偏頭看徐凜：「徐總怎麼說？」

徐凜起身，再次朝明薇伸手：「希望將來電影上映時，明小姐能送給觀眾一個新的白娘子。」

徐凜居然選了她！

明薇再也掩飾不住自己的驚喜，快走幾步過去，高興地與徐凜握手：「謝謝徐總！」不愧是肖照親哥啊，都合她的眼緣。

徐凜很忙，確定了女主角，他同穆崇、陸總寒暄幾句就走了，自己走自己的，沒看臉色蒼白的徐端與王盈盈一眼。王盈盈當眾輸給明薇，別提有多丟人了，徐凜一走，她也不管徐端了，繃著臉奪門而出，徐端擔心女朋友，急匆匆追了出去。

穆崇、陸總也是大忙人，明薇自己去服裝部量尺寸。量完了，明薇開車返回公寓，剛進門正準備換鞋，趙姨打電話來了：『明小姐，穆先生寄了一份快遞回來，讓我交給妳，妳現在有空嗎？有我馬上送過去給妳。』

明薇愣住，穆廷州的快遞？那傢伙兩個月沒動靜了，怎麼突然又有快遞了？

『明小姐？』

「嗯，那，那麻煩您跑一趟了。」

掛斷電話，明薇心裡莫名冒出一絲期待。

第三十五章　影帝的畫

明薇在公寓等了四十多分鐘，期間她向沈素分享了拿到《白蛇》女主角的好消息，逛了逛社群，打了個電話給妹妹明橋，就在準備洗衣服時，趙姨終於來了，手裡抱著兩個盒子，一個是普通的快遞包裹，一個是精美的 Godiva 巧克力禮盒。

明薇請趙姨進來坐坐，趙姨笑著婉拒，送完東西就走了。

明薇關門，抱著兩個盒子回了臥室。

她先拿起神祕的快遞包裹，寄件資訊上寄件人只有一個「穆」字。盒子只有 A4 紙大小，明薇用剪刀拆開，一層一層，終於露出了包裹的真面目：一個純白色的歐式風格相框。

明薇頓了幾秒，慢慢拿起相框。

相框裡面裱了一幅《龍王》的插畫，碧藍的大海背景，人形青龍與女指揮官面對面站在一起，女孩靠在男人寬闊的懷裡，她仰著頭，閉著眼睛在笑，青龍低頭，嘴唇印在她的眉心，畫風溫暖浪漫極了。最讓明薇震撼的是這幅插畫畫得特別逼真，準確還原了她與穆廷州的五官，簡直就像拍出來的照片。

插畫唯美，明薇無法否認自己的喜歡，只是穆廷州送她這個是什麼意思？

放下相框，明薇仔細翻找包裝箱，什麼都沒有。明薇眨眨眼睛，打開一旁的巧克力，精美華貴的木製禮盒，掀開蓋子，玫瑰花與巧克力的芳香混雜著撲面而來，心形巧克力包裝盒外，擁簇著一朵又一朵玫瑰花，新鮮紅豔。

手機響了。

明薇低頭，螢幕顯示：穆廷州。

禮物先到，電話再來，意料之中。

兩個月沒有談話，接聽的那一瞬間，明薇的心跳不太穩。

她保持沉默。

對面傳來熟悉的低沉聲音：『趙姨跟我說，東西已經送過去了。』

明薇看一眼相框，慢慢靠到沙發上，輕輕地「嗯」。

穆廷州：『……』

他是個話少的人，與人相處，他也不喜歡聒噪囉嗦的，肖照堂妹徐琳就是例子。但此時此刻，穆廷州第一次因為女人話少而煩躁，輕輕短短的一個鼻音，卻像一個鉤子，準確無比地鑽進他的心，提到半空釣著。

沉默延續了幾秒，穆廷州率先道：『插畫是一個粉絲送的，妳提前走了對方找不到妳，托我轉送。』

明薇懂了，再看插畫，由衷道：「這個粉絲挺有心的，畫得不錯。」比鮮花、蛋糕有新意多了。

『妳喜歡？』

「嗯。」

『巧克力，我送的。』

明薇噎住，話題可以別跳這麼快嗎？

就在她猶豫如何接話的時候，男人繼續道：『那天我的行為很失禮，如果明小姐因為此事認定我品行不端，請明小姐現在就告訴我，我會自動放棄，不再打擾妳。如果明小姐相信我只是一時衝動，願意給我繼續追求妳的機會，那請妳先品嚐巧克力，稍後傳訊息告訴我口感。』

明薇：「……」

『妳先考慮，我等妳。』穆廷州遲疑幾秒，結束通話。

明薇扶額，穆廷州到底是情商低，還是太聰明？

正常的追求，當男人惹女人生氣了，應該想辦法道歉彌補，而不是像穆廷州這樣，硬邦邦的讓女方先表態。哦，吃了巧克力就是允許你繼續追求了，但事實上，真的吃了巧克力，也就相當於鼓勵男人，一下子減輕了犯錯男方的壓力。

傻姑娘才會上這種當，男人若真的有誠意，就該再三保證自己不會再騷擾，而不是套路女孩。

明薇相信穆廷州的人品，她也不反感穆廷州繼續追她，但不會那麼便宜他，追求就要有追求的姿態，穆廷州要改改他的高傲病了。

放下手機，明薇捏起一顆巧克力，悠哉品嚐，吃完一顆，其他的收起來，洗衣服去。

直到中午，她沒回穆廷州訊息，穆廷州也沒打電話。

下午有表演課，明薇照常去上課，手機靜音，兩個小時課程結束，明薇坐到椅子上休息，翻出手機，恰好看到螢幕跳動著穆廷州的來電。教室還有人，明薇抓起包包，朝授課老師打聲招呼，一邊接聽一邊往外走。

『為什麼不接電話？』冰冷的聲音裡壓抑著怒火。

明薇平靜道：「剛剛在上表演課，現在才看見。」

穆廷州燃燒了足足兩小時的火氣突然滅了一半，語氣稍緩：『妳沒吃巧克力？』

他語氣很衝，顯然是沒意識到他自己的問題，明薇雲淡風輕：「沒吃。」反正吃了他也看不見。

穆廷州皺眉：『妳、妳以為我是那種人？』

明薇嘴角翹起，輕飄飄替自己辯解：「我可沒說，您別給我戴高帽子，我擔當不起。」

穆廷州的心被她勾的七上八下，揉著額頭道：『既然相信我，為什麼不吃巧克力？』

明薇忍笑：「我在減肥，巧克力熱量太高。」

穆廷州無言以對，四肢百骸突然升起一種無力感，女人，就是這麼膚淺。

冷靜片刻，穆廷州沉聲道：『所以，妳不反感我繼續追求妳？』

明薇拉開車門，淡淡道：「追不追求是你的事，答不答應才是我的事，還有事嗎？沒事我掛了，要開車。」

『有。』幾乎沒有任何間隔，明薇才說完，穆廷州便冷冷吐出一個字。

明薇扯好安全帶，客氣道：「您說。」

『妳很好，妳等著。』咬牙切齒的六個字，說完就掛了。

明薇呆住。

飯店房間裡，穆廷州一邊粗暴地扯下襯衫一邊大步走進浴室，直接放冷水。涼水迎頭澆下，卻壓不下他全身的火，穆廷州猛地砸水，雙手貼上牆壁，水流沿著他額頭短髮不斷淌下。

許久許久，男人睜開眼睛，黑眸幽幽，彷彿有墨色火焰在燃燒。

他從來不知道，女人氣起人來，比她全身濕透的模樣更惹火。

他也從來沒有過這種體驗，恨不得她就在眼前，恨不得馬上堵住她的嘴，橫衝猛撞，讓她知道挑戰他耐心的後果。

連假期間，《南城》舉辦了發表會，這次明薇一改《大明》時簡單日常的襯衫搭配，換上一身白底刺繡旗袍，頭綰玉簪，耳戴珍珠墜子，高調登場。年輕女孩有著美玉一樣的完美肌膚，身段玲瓏優雅，美好卻不誇張，古典的氣質瞬間將人代入《南城》所處的民國時代，女人如花。

有穆廷州失憶變太傅的造勢，又有了一部大火的電視劇，明薇今年大搶當紅花旦女星的名頭，人氣高漲，再加上陳璋那批瘋狂粉絲，《南城》發表會熱度絲毫不輸《大明》。陳璋挺拔俊美風度翩翩，明薇貌美氣質佳，兩人並肩站在臺上，一個幽默風趣不失溫柔，一個笑眼盈盈嬌美可人，簡直是天造地設的一對。

光是一場發表會，「璋薇」粉便迅速飛漲，曾經爆紅的太傅公主組合岌岌可危。

面對這種趨勢，穆廷州的唯粉高興壞了，巴不得穆廷州只屬於她們，「廷薇」粉卻著急得不行，天天去穆廷州社群下面催穆廷州快點行動，或是跑到明薇社群，勸明薇別忘了太傅，情真意切，彷彿明薇真與兩個男神有什麼。

穆家別墅。

穆崇最近在籌備明年拍攝的《白蛇》，忙得天天不在家，穆廷州從深圳拍戲回來後，竇靜便來兒子這邊小住幾日。竇靜也是兒子的忠實粉絲，每天都要去兒子的社群上逛逛，看完《南城》發表會，再瞅瞅背靠沙發悠閒讀書的兒子，竇靜愁道：「你跟薇薇到底怎麼回事？」

自己的兒子自己最瞭解，得知《龍王》中兒子跟明薇拍了一段親密戲，竇靜便猜到兒子對明薇肯定有點心思，不然不會破例拍激情戲。

穆廷州恍若未聞，繼續看書。

竇靜走過去，沒好氣地搶了書，認真地提點兒子：「薇薇又漂亮又大方，是個好孩子，你若喜歡她，媽支持你，你都三十一了，該談戀愛了，喜歡就趕緊去追，明薇那麼搶手，小心被別人捷足先登。」

繼續這麼悶下去，她能不能抱孫子不要緊，兒子打一輩子光棍怎麼辦？

粉絲們都誇兒子好，竇靜很清楚，自己的兒子，如果不開竅，絕不是好的男友人選。

穆廷州不想聽，隨手打開電視。

竇靜心中一動，搶過遙控器關了電視，她小聲問兒子：「薇薇接了《白蛇》女主角，男主角還沒定，要不然你去演？」演員都是大忙人，不忙的時候出門也有狗仔盯著，想要通過接觸增進感情，最好的途徑就是合作拍戲。

白蛇？

穆廷州對「許仙」沒興趣。

竇靜看出來了，笑著道：「劇本改了，男主角分飾許仙、法海兩角，對演技要求挺高的。」

穆廷州眉峰微挑。

竇靜笑：「等等我打電話給你爸。」

穆廷州沒吭聲。

吃完晚飯送走老媽，穆廷州回了臥室，上網看看，鋪天蓋地的《南城》宣傳，剪輯也出來了，當初明華公主與太傅只是蜻蜓點水的一吻，《南城》宣傳片中，余家大小姐與高長勝，可是實打實地親了。

去明薇社群逛逛，首頁評論幾乎都是「璋薇粉」。

穆廷州扣下螢幕，神色不愉地去了書房。

晚上十點多，穆廷州重新打開筆電，上傳了一段自拍影片。

晚上十一點，明薇洗完澡爬到床上，睡前習慣地滑手機看社群。點開留言，明薇本以為會看到大量「璋薇」粉發言，沒想一打開居然多了一片莫名其妙的留言。

公主是太傅的：『報告指揮官，青龍在召喚妳，妳快去看看！@穆廷州。』

光棍節丟了一顆蛋蛋的光棍：『指揮官妳真的忍心丟下青龍一個龍嗎？不要讓他做光棍啊！』

萌萌的明公主：『雖然陳璋也很好，但青龍太傅才是真愛，公主妳要擦亮眼睛！』

明薇滿頭霧水，趕緊去了穆廷州的頁面。好久沒更新的男人居然上傳了一段影片，配字：慶《龍王》殺青。

發表時間是半小時之前，但分享數、留言數已經十分瘋狂，明薇先播放影片。

一張書桌闖入視野，上面鋪著畫紙，一個穿黑色短袖的男人坐在書桌前，臉龐沒有入境。影片採用了快進處理，男人伸手取畫筆，開始作畫。接下來兩分鐘的壓縮影片中，那隻白皙修長的右手成了主角，手握著畫筆不停地動，白紙上接連出現金黃的沙灘，碧藍的海洋，最後，是一條盤旋身體的青龍。

影片轉眼結束，明薇出神了幾秒，反應過來，按下重播。

這一次，她想集中精力在畫上的，注意力卻總是不知不覺被男人的手吸引走，明明只是單調重複的幾個動作，但那手長得太漂亮，修長俊秀，又暗藏力量，文能題詩作畫，武能仗劍從戎。情不自禁的，明薇看了三遍，才直接將影片拉到最後幾秒，暫停。

此時書桌上只剩那幅畫了。

海洋壯闊，但青龍才是毋庸置疑的中心，他巨大的龍身盤旋成一團，龍首低垂，姿態慵懶，乍一看好像在睡覺。但畫面中的那隻龍眼是睜開的，褐色眼球只是背景，巨大的墨色瞳孔宛如一方寒潭，警告震懾的氣息撲面而來。

明薇下意識往後縮了縮，視線分散，那種被青龍注視的感覺總算沒了。

這是穆廷州畫的，那……

明薇翻身，打開旁邊的床頭櫃，很快就將「無名粉絲」托穆廷州轉送她的那幅插畫找了出來，放到筆電旁邊來回對比。最後明薇發現，這兩幅畫除了一幅畫了兩個主角情侶照，一幅畫了充滿王霸之氣的青龍，其他的風景、海水與沙灘，幾乎一模一樣。

所以根本沒有什麼粉絲送的禮物，插畫也是穆廷州畫的。

為什麼要謊稱是粉絲送的？

因為他想利用「粉絲的禮物」與她聯繫，通過這份禮物，打破兩人之間漫長的僵局。

那現在，穆廷州為什麼要拆穿自己？粉絲天天在他們的社群下面傳遞消息，他肯定明白自己一定會看到這段影片。

明薇點開留言。

『看這孤單寂寞的小眼神，想指揮官了吧？快行動啊！』

『明薇太過分了，有了新人忘舊人，青龍好可憐！』

『這世上有穆廷州不會的技能嗎？沒有！』

『典型的悶騷，看明薇、陳璋鬧緋聞受不了了吧？』

『樓上是不是想像太多了，青龍明明很霸氣，哪裡孤單寂寞了？明薇根本配不上廷州……』

粉絲們議論紛紛，明薇隨手關掉，抱著相框靠回床頭，再一次點開影片。

親眼看到他作畫，再看看相框中青龍親吻女指揮官額頭的溫柔動作，明薇忽然心跳加快，雙頰熱熱的。《龍王》拍了五個月，兩人確實有吻戲，但絕沒有穆廷州畫出來的這個鏡頭。也就是說，這幅畫是穆廷州專門畫給她的，他要先想像他親她，才能畫出來。

前幾天，這幅畫只是他打電話的藉口，現在，他透過這幅畫在撩她。他在公共平臺、千萬粉絲面前撩她，他想跟她在一起，如畫中的情侶，但這暗號只有自己知道。

心咚咚跳，好像真的被他撩到了。

手機突然響了，明薇心跳加速，拿起來一看，果然是穆廷州。

她故意等了幾秒才接聽。

『看到影片了？』手機裡的聲音遙遠又近在耳邊，低沉中帶著幾分篤定。

明薇裝糊塗：「什麼影片？」

穆廷州背靠座椅，右手握住滑鼠，淡淡道：『我標註妳了。』

「別！」明薇嚇得後背出了一身冷汗，飛速看向筆電螢幕，右上角並沒有@提醒。

『虛偽。』耳邊響起男人傲慢的聲音。

明薇咬牙掛了電話，只有他聰明是吧，只有他會詐人是吧，智商那麼高，他怎麼不上天？

啪地關掉筆電，明薇關燈躺好。手機鈴聲連續響了三遍，她就連續掛斷三遍，最後穆廷州放棄打電話，傳來訊息：『接電話。』

明薇不理他，這人簡直有病，到底會不會追人？

電話另一頭，遲遲得不到回應，穆廷州的耐心又開始不夠用了，再次打電話。

明薇抿抿唇，手機舉到耳朵前。

接通了，穆廷州緊繃的身體略微放鬆，關掉電腦，他離開座椅，走到落地窗邊。夜色濃如墨，玻璃窗上倒映出他的身影，一個人。看著自己的影子，穆廷州的腦海，不經意地冒出兩個字：孤單。

單身三十年，這第三十一年，他想談戀愛。

『我記得妳說，妳喜歡那幅插圖，現在還喜歡嗎？』無聲拉上窗簾，穆廷州低低地問。

夜深人靜的夜晚，男人的聲音聽起來低沉動聽，出乎意料地勾人。

明薇繞繞胸前的長髮，聰明地回避這個問題，客氣誇他：「你什麼時候學會畫圖的？」

穆廷州怔了怔，回憶幾秒，如實道：『小學，忘了具體時間。』

「果然是天才。」明薇有點羨慕嫉妒恨。

穆廷州知道自己是天才，他更關心明薇對今晚那段影片的感觸：『妳還沒回答我的問題。』

明薇哦了聲：「穆老師的墨寶，我怎麼會不喜歡，現在保存好，將來肯定能大賺一筆。」

穆廷州笑了，轉身背靠玻璃窗：『妳真的喜歡，我可以多送妳幾幅。』

因為他在笑，這句話聽起來比前面幾句更溫柔。

明薇心癢。不得不說，除了性格，穆廷州從五官、身材、雙手到聲音，每一樣都是極品中的極品。明薇並不是聲控，但此時聽著穆廷州不知是套路還是真心的討好，明薇突然覺得自己快要招架不住了，要屈服於他的好嗓音了。

「還有別的事嗎？」明薇理智地問，怕自己還沒治好穆廷州的高傲病，自己先陷進去。

『我想見妳。』穆廷州閉上眼睛，低聲說出現在最強烈的渴望，快一個月沒看到她了。

明薇心裡一突，耳朵軟了。作為一個美女，明薇不知道接到過多少電話追求，前男友程耀就不止一次在電話中說想她，說得比穆廷州深情多了。但說不清為什麼，「想見妳」這三個字從穆廷州口中說出來，殺傷力堪比雷鳴閃電，直接擊中她心窩。

「我先睡了。」明薇底氣不足地掛了電話。

放下手機，明薇摸了摸臉，熱乎乎的。

林暖不在，整間公寓靜悄悄的，只有她的呼吸聲。明薇睜著眼睛，腦海中全是剛剛與穆廷州的對話，他的聲音彷彿也還在耳邊迴盪。明薇閉上眼，心底還有太傅，記得太傅的點點滴滴，但自從穆廷州那番霸道的告白後，明薇記起太傅時，酸澀難過的感覺漸漸淡了。

對影帝完全無感時，影帝與太傅，她分的很清楚。

現在對影帝有了感覺，儘管穆廷州希望她分清，可明薇不想分的那麼清了。她不想承認太傅死了，太傅也沒有死，他就是穆廷州，只不過穆廷州暫且忘了那部分回憶，他總有一天會記起。而且，太傅與影帝本就是同一個人，他們喜歡她的方式是一樣的，太傅為她擦腳，影帝幫她解鞋帶，太傅送她親手做的木雕，影帝送她親手畫的畫。

太傅是臣子，他的愛中摻雜著忠誠，影帝是平等的現代人，高傲毒舌是他本來的性格。

翻個身，明薇緩緩嘆了口氣。

穆廷州已經會電話撩人了，也許下次他再當面提出交往請求時，她就會忍不住答應……

畢竟，刨除一點性格缺陷，穆廷州的其他方面都讓女人難以拒絕。

不受控制的，明薇打開手機，再次看穆廷州畫畫的那段影片。

收到特殊表白的年輕女孩，心中甜蜜，這邊的穆廷州卻失眠了，他說想見她，她匆匆掛了電話，這是什麼意思？

盯著螢幕上明薇的電話號碼，穆廷州動了幾次手指，最終還是沒有重撥，今晚他又傳影片又打電話，次數太多，再打她會不會反感？

不打電話，穆廷州編寫簡訊：『睡吧，晚安。』

「叮」的一聲，簡訊傳了過來，明薇點開，看完了，她揉揉頭髮，猶豫兩分鐘後，第一次回覆男人的晚安問候：『嗯。』

向來石沉大海的睡前祝福居然被回應了，穆廷州盯著那個「嗯」字，半晌沒動。

還想再聊幾句，但已經說了「晚安」。

手指來來回回擦過螢幕，意外觸動了聊天軟體，穆廷州眼簾微動，第二次向明薇傳送好友申請。

看到跳出來的申請訊息，記起當初穆廷州直接秀出條碼讓她掃的理所當然她會加他的架勢，明薇笑了，然後批准了影帝的申請。

第三十六章　妳的定金

明薇這晚睡得很香，早上六點多自然醒，習慣地先拿手機，滑社群。

穆廷州的聊天軟體動態比他的社群還乾淨，什麼都沒有，倒是肖照十分鐘前發了一則動態：『穆廷州神經病。』

明薇笑了，氣質溫雅的肖照在聊天軟體上又是另一種做派，如果說他共有一百則貼文記錄，那其中八十則都是吐槽穆廷州的。眾人見怪不怪，一群圈內朋友給他點讚，留言問問影帝今天又怎麼得罪他了。明薇想了想，隨手也讚了一下。

讚完了，明薇繼續往下滑，手指滑動幾下，「叮」的一聲，有人找。

穆廷州：『睡醒了？』

明薇疑惑：『你怎麼知道？』

穆廷州：『妳剛剛做了什麼自己心裡清楚。』

明薇傳了兩個白眼過去：『你又怎麼折磨肖照了？』

穆廷州：『我讓他幫我買輛車，車行認識他的人不多。』

明薇撐起來靠著床頭，想到穆廷州那輛拉風的定制款黑色保時捷，她好奇問：『為什麼換車？』

穆廷州：『那款車不起眼，方便我去找妳。』

「撲通」一聲，明薇好像聽見自己掉進坑的聲音，誰能想到，肖照罵穆廷州、穆廷州換車的根本原因，竟然是為了要見她？重新看聊天記錄，明薇都要懷疑穆廷州是隱形的套路王了，坑挖得太深。

平靜下來，明薇回他：『我去洗臉了。』

穆廷州：『好，八點電話。』

明薇摸摸鼻子，心情微妙地去洗漱。健身吃早飯，忙完了，差不多也八點了。

明薇上午的表演課九點開始，換成平時明薇會提前過去，在沈素公司轉轉，跟著那些模特兒一起健身，但既然穆廷州說了要打電話，她便無聊地坐在沙發上等著，一邊猜測穆廷州是不是有什麼事情。

時間一點點跳躍，八點整，影帝準時來了電話。

鈴聲響了一半明薇才接聽。

『明天妳妹妹生日？』穆廷州坐在書桌前，一頁頁翻看明薇以前的社群發文。她的聊天軟體帳號是入圈後新建的，內容不多，他昨晚花三個小時就看完了，這個社群帳號比較老，他早上起來開始看，到現在還沒翻完。

明薇詫異：「是啊，你怎麼知道的？」

穆廷州淡淡答：『看了妳的貼文動態。』

明薇更迷糊了，喃喃自語：「我的動態上有嗎？」明天她去學校接妹妹，準備姐妹倆湊到一起拍張合照再上傳到網路上秀秀的。

『去年的明天，妳上傳照片了。』穆廷州語氣如常地提醒。

明薇呆住，所以穆廷州剛成了她好友，便把她所有動態都翻了一遍？

心底泛起絲絲縷縷的甜意，明薇懶懶地靠到沙發上，甜了一會兒，驚覺自己好像又被套路了。

『需要我準備生日禮物嗎？』穆廷州平靜問。

明薇咬唇，僵硬地道：「不需要，她跟你不熟。」又不是她男朋友，以什麼身分送妹妹禮物？

穆廷州只是客套一下，想想明薇那位他只見過一面，如果不是昨晚翻她的動態他根本記不起五官的妹妹，穆廷州非常贊同明薇的話，他與明橋確實不熟。頁面滑到一張明薇身穿滑雪服的照片，穆廷州點擊放大，隨意問：『明天妳們姐妹有什麼安排？』

有套路機會的時候他不懂把握，明薇掃一眼時間，邊往外走邊道：「與你無關，我出門了，拜拜。」掛了電話，她戴好墨鏡，神清氣爽地去上課。

一早上聊了這麼多，穆廷州還是比較滿足的，耐心等肖照來送車。

上午十點多，肖照開了一輛嶄新的車駛進穆廷州的別墅。跨進客廳，見穆廷州舒適懶散地靠著沙發在看體育節目，肖照大步走過去，先關電視，再朝穆廷州晃了晃車鑰匙：「拿一次通告換，什麼通告由我決定。」

穆廷州點頭。

肖照這才將車鑰匙丟給他，猜測道：「準備出門？」

穆廷州看看車鑰匙，語焉不詳：「有可能。」

作為經紀人，肖照自然要問清楚：「時間，地點。」

穆廷州皺眉：「只是有可能，決定了會通知你。」

肖照認了，喝口水，想起一件事：「你跟明薇有進展了？早上我罵你，她點讚了。」加了明薇好友後，他自己都數不清吐槽了穆廷州多少次，明薇從來沒有點讚或評論，聰明地與穆廷州保持距離，不給人任何懷疑她想攀附穆廷州的把柄，如今兩人冷戰兩個多月，明薇突然點讚，絕對是有什麼變化。

穆廷州唇角微不可查地翹了下：「加了好友。」

肖照無語，多有能耐啊，都合作兩部戲了，現在才加上。

十月十二號，週五，明橋生日。

明薇這一年過得十分忙碌，與家人聚少離多，難得放鬆下來便趁妹妹過生日，趁《南城》尚未開播，計畫了一次京郊自駕游，只有姐妹兩個出去玩，輕車簡行。下午三點半，明薇將車停在T大附近等妹妹。

明橋剛上完兩節課，回宿舍放回東西，再揹上提前準備好的登山包，直奔校園門口。

「生日快樂，又長一歲啦！」明薇摘下墨鏡，笑著抱住副駕駛座上的妹妹。

明橋擔心姐姐被人認出來，催她趕緊開走。

明薇笑，先把禮物送給妹妹再開車。

明橋拿出禮物，一枝口紅，一瓶香水，同一個牌子的。

她抿抿唇，將禮物原封不動地放了回去，隨手擱在後面座位上：「妳留著吧，我不用。」送不送禮物都是姐姐，她不介意。

明薇當然知道自己妹妹的喜好，她只是覺得妹妹到了打扮的年紀，一本正經地勸道：「妳喜歡汽車，姐姐支持妳，但該打扮還是要打扮的，沒人規定汽車工程師就一定要不修邊幅對不對？妳看《變形金剛》中的女主角，全是烈焰紅唇，我們家橋橋打扮起來，肯定比她們還酷。」

明橋冷冷道：「專心開車，少說話。」

明薇笑著打她。

上了高速公路，明橋扭頭看風景，明薇集中精神開車，姐妹倆偶爾才聊兩句，誰也沒注意到後面有輛灰色的車，一直不遠不近地跟在後面。

五點多，目的地到了，京郊一座風景優美的小鎮。明薇托小櫻訂了一家口碑頗好的民宿旅館，環境乾淨優雅，因為連假旺季剛過，旅客不多，明薇姐妹倆都是休閒運動裝打扮，綁馬尾不化妝，看起來就是兩個漂亮的鄰家妹妹，並沒有惹人注意。

歸根結柢，明薇還沒火到家喻戶曉的地步，或許她在網路上的熱度夠了，但限於目前只有一部電視劇上映，她的國民辨識度還遠遠不夠，好在出來旅遊，認識她的人越少越好。安頓好了，也到了晚飯時間，明薇叫老闆娘上菜。妹妹生日，明薇訂了一桌大餐，還有一塊大蛋糕。

「來，拍張照。」飯桌重新布置一番，明薇一手摟妹妹一手舉自拍棒拍照。

第一張，明薇笑容燦爛，明橋笑得很淡，還是勉強笑的那種。

「跟我吃飯就那麼為難妳？」明薇訓了妹妹一頓，摟著妹妹重新拍，教妹妹喊「Money」。

明橋乖乖擺嘴型。

照片出來，姐妹倆笑得都很好看。明薇放下自拍棒，簡單修修照片，上傳：『妹妹又大了一歲，是不是越來越漂亮了？』

照片剛發，老爸明強的電話就來了，得知姐妹倆單獨在外旅遊，再三叮囑她們注意安全。

「好了，吃飯吧。」明橋餓了，對著姐姐的手機道。

明強無奈掛了電話，不知道小女兒的冷脾氣像到誰。

「過生日也不會嘴甜點。」明薇點了點妹妹腦袋。

明橋低頭吃菜。

房內燈光溫暖明亮，透過玻璃窗照到窗外，穆廷州坐在車上，背靠座椅眼帶墨鏡，守了差不多半小時，他才開車停到隔壁民宿旅館。旅館老闆是個六十來歲的大爺，接過穆廷州的身分證，他抬抬老花鏡，直接登記，並沒注意到什麼不對。

這家旅館房間也很乾淨，但穆廷州有點潔癖，每次出門都會自己準備好床單被套。

拉好窗簾，穆廷州打電話給肖照，請他送一趟。

『你再說一遍？』肖照剛吃完晚飯，有點懷疑自己的耳朵。

穆廷州平靜地重複了一遍：「這邊風景不錯，你也很久沒放假了，就當放鬆兩天。」

肖照不說話。

穆廷州沉默，三十秒後道：「再加一次通告。」

肖照冷哼：『告訴我理由，不然不去。』

穆廷州抿唇。

肖照隱約猜到了，嘆口氣，一言不發地掛了電話。先去穆廷州別墅拿床單被套與洗漱用品，再開將近三小時的高速夜車，晚上十點，肖照風塵僕僕與穆廷州匯合了。

「她住隔壁？」肖照指了指旁邊的牆。

穆廷州：「隔壁旅館。」

肖照有點無法理解：「她一個人跑這邊來做什麼？」

「陪她妹妹過生日。」穆廷州蹲下去打開行李箱，拿出兩件衣服，餘光見肖照站在原地不動，便道：「不早了，你再去開間房，明早再走。」

肖照挑眉：「不是說這邊風景好，讓我過來放鬆兩天？」用完就打發人，真把他當跑腿的？

「隨你。」穆廷州並不在意肖照的去留，拎著毛巾去洗澡了。

肖照看神經病似的目送他進去，環視一圈客房，他一邊打開聊天軟體一邊下樓去開房。看到明薇姐妹的慶生照片，肖照俊秀的眉慢慢蹙起。明橋過生日，穆廷州那傢伙準備禮物了嗎？

如果沒準備，這種小地方，他能用什麼補救？

燥火上湧，肖照又發了一則動態：『辣雞影帝！』

隔壁樓上的房間，明橋在洗澡，明薇已經洗好了，靠在床上滑手機，大晚上的見肖照又吐槽穆廷州，明薇樂得不行，忍不住戳肖照：『他又做什麼極品事了？』

肖照領了房卡，看到明薇的話，他頓了頓，回：『明天妳就知道了。』

明薇傻眼，明天她就能知道，難道穆廷州要公開做什麼能被肖照稱為「辣雞」的事？這兩天穆廷州剛跟她互動多了點，該不會與她有關吧？這麼一想，明薇有點坐不住了，想問肖照，又怕最後證明是她自作多情。

不能問肖照，明薇打開穆廷州的聊天欄，遲疑片刻，自成為好友後第一次主動戳穆廷州：『睡了嗎？』

穆廷州……在洗澡，手機放在外面，他自然聽不到。

所以明薇等了十幾分鐘，也沒等到穆廷州的回覆。雖然穆廷州有可能已經睡了，但被追求的人難得主動找追求者，卻遲遲得不到回應，那種心情可想而知。

明薇默默地將手機調成靜音，再翻過去放床頭櫃上。

明橋淋浴完出來，姐妹倆難得有這樣相處的機會，明薇暫且拋開工作與男人，跟妹妹面對面躺著，聊大學校園的事。明橋不習慣女生間的八卦聊天，但她心裡也想姐姐，不管姐姐問什麼都會給予回應。

聊著聊著，突然有電話，明橋抓起手機，來電顯示：肖照。

明橋一時沒反應過來，肖照是誰？

明薇湊過來看，吃了一驚，本能地搶過手機接聽。

『是明橋小姐嗎？我是穆廷州。』不遠處的二樓客房，肖照好整以暇地坐在沙發上，穆廷州則背對他站在落地窗前，神色凝重地講電話。剛剛從浴室出來，看到明薇的訊息，他立即回覆，明薇卻不理他了，打了幾次電話她也不接，穆廷州不禁緊張。帝都附近治安雖好，但她們兩個年輕貌美的女孩很難讓人放心，如果不是肖照有明橋電話，他已經直接過去敲門了。

聽到熟悉正經的影帝聲音，明薇稍微一想，就把穆廷州的心路歷程猜到了大半。用眼神示意妹妹別出聲，明薇摸摸嗓子，故意模仿妹妹的冷音調：「您有事？」

只有三個字，線索太少，加上對明橋不熟悉，穆廷州沒聽出來，正色道：『我有事找妳姐，請提醒她接我電話。』

明薇「嗯」了聲，掛斷。

穆廷州蹙眉，那聲鼻音，怎麼那麼像她？

正疑惑，自己的訊息響了，穆廷州低頭看，是她：『有事嗎？剛剛在洗澡。』

穆廷州鬆了口氣，將肖照的手機還給他，然後頭也不回地回了自己的房間，直接撥打明薇的號碼。明薇下意識回頭，對上妹妹清冷犀利的目光，感到莫名心虛，先關了燈，再穿鞋下床去浴室接聽，聲音低低的：「你跟肖照在一起？」

這個問題穆廷州敷衍了過去，問她：『找我有事？』

明薇掃一眼鏡子，不太好意思地道：「我看肖照在動態上吐槽你，好奇是為了什麼事，問肖照，他說我明天就能知道了。」

穆廷州看到那則吐槽了，但他也不知道原因，自然無法解釋。

明薇當他賣關子，突然沒了聊天的興趣：「好吧，我去睡覺了。」

穆廷州：『晚安。』

明薇放下手機，回了床上。

「你們在交往？」房間黑漆漆的，明橋聲音清醒。

明薇有什麼話都會跟妹妹說，躺了一會兒，小聲道：「他在追我，我還沒答應。」

明橋靜了靜，好久才道：「我三個室友都喜歡他，他畫畫的影片我也看了，確實很厲害。」

明薇無聲笑，穆廷州到底有多厲害，恐怕肖照都做不到完全瞭解，那人好像什麼都能信手拈來。

「妳們的事我不清楚，自己看著辦吧。」明橋沒談過戀愛，不知道該怎麼說。

明薇笑著揉了揉妹妹腦袋：「睡吧，妳好好讀書，不用替我操心。」

明橋點頭，閉上眼睛，明薇繼續玩一會兒手機，十一點多，睏意襲來，她也睡了。

一個是連續拍戲的當紅演員，一個是課業繁重的工程系大二學生，好不容易放鬆下來，明薇、明橋這一覺都睡熟了，也沒有設定鬧鐘，準備睡到自然醒再起來。隔壁旅館，肖照讓穆廷州注意姐妹倆的動靜，他一個人去逛鎮上商店，幫明橋挑樣生日禮物。

可惜他起來得太早，屈指可數的幾家商店一半沒開門，開了的也都是日常用品，作為禮物實在拿不出手。肖照煩躁，逛完最後一家，上車準備掉頭，就在此時，旁邊一戶民居院子裡突然傳來幾聲狗叫，肖照扭頭，一眼看到兩隻毛髮雪白的薩摩耶幼犬，互相追逐，像兩團鬥在一起的雪球。

肖照靈機一動，下車。

二十分鐘後，肖照費盡口舌，卻也只勸服主人賣一隻薩摩耶給他，另一隻說什麼都不肯賣。

肖照回了旅館，抱著薩摩耶上樓。

穆廷州不解地盯著他。

「給明橋的生日禮物。」肖照繃著臉將狗繩遞給他，「就說你送的。」

穆廷州低頭。

才滿三個月的薩摩耶蹲坐在地上，歪著腦袋看他，怎麼看怎麼傻。

穆廷州拒絕，沒準備就是沒準備，他不用肖照幫忙，他喜歡的是明薇，不是她妹妹。

肖照徹底無語，丟下穆廷州，牽著薩摩耶下去吃早飯，吃完在旅館外面遛狗，來來回回地走。穆廷州隨後出來，雙手插著口袋站在一棵榆樹下，黑眸幽幽盯著隔壁旅館門口，耐心十足，如狩獵的狼。

半小時後，兩大男神並一隻狗，都坐進了穆廷州的車裡。

農家小院中忽然傳來明薇歡快的聲音。

穆廷州立即推開車門，肖照也神配合，動作敏捷地抱著薩摩耶下車，並迅速做出剛剛牽著狗走到車邊的樣子。

明薇從旅館老闆那租了自行車，計畫跟妹妹騎車去四周逛逛，戴著墨鏡推車出來，她隨便看看，最先注意到斜對面的車前有隻雪白的薩摩耶，又漂亮又可愛。明薇喜歡，摸出手機想拍張旅遊見聞，結果一抬眼，竟然看到兩個熟人！

明薇震驚地張開嘴。

肖照同樣震驚：「妳怎麼在這？」

明薇愣愣的，目光移向穆廷州。男人戴著白色網球帽，帽檐壓得很低，只能看到他俊美的臉龐輪廓。回想昨晚的談話，再對上那張淡漠的臉，明薇忽然覺得前幾晚與穆廷州的互動一下子飄渺起來，不太現實。

察覺兩人朝這邊走來，明薇微微低頭，心跳加快。

不過當著妹妹的面，明薇不想輸了氣勢，短暫的調整後，她揚起臉，大方微笑：「我們過來旅遊，你們一家三口親子遊？」

剛說完，便感覺兩道冰冷的視線落在了臉上，明薇故作不知，只看肖照。

肖照指指穆廷州，面露無奈：「昨天廷州網路上看中一隻狗，狗主人說今天才能送過去，廷州一晚都不想等，拉著我過來接狗，然後出了點意外，就在這邊住了一晚。」

明薇同情地點點頭，被迫隨穆廷州來買狗，怪不得肖照發動態吐槽他。

「不好奇廷州著急買狗的動機？」肖照笑著看她。

明薇錯愕，聽得出肖照話裡有話。

肖照推一下眼睛，視線緩緩挪到扶著自行車安安靜靜站在那的明橋臉上，微笑道：「廷州不善言辭，我替他補上一句，祝明橋小姐生日快樂，這隻薩摩耶是他愛屋及烏的禮物，希望明橋小姐喜歡。」

此話一出，穆廷州、明薇、明橋都變了臉色。

穆廷州直勾勾地盯著明薇，似乎要透過墨鏡鏡片看進她眼睛。

明薇臉頰發燙，愛屋及烏，肖照說得也太直白了吧？

而作為被「愛屋及烏」的明橋，看看蹲坐在地上的薩摩耶，強忍著才沒有皺眉，客氣地穆廷州道：「謝謝穆先生，但我還在讀書，學校寢室不能養寵物，所以您的好意我心領了，這隻狗我真的不能收。」

穆廷州看肖照，眼神很明顯，誰買的狗，誰負責善後。

肖照只好勸明薇：「那妳先幫忙養著，將來明橋小姐方便了再抱回去。」

明薇還算喜歡小動物，但林暖對狗毛過敏……

都不要，肖照笑了，笑得陰森森的：「好，狗先放我這邊，我養。」

市郊的古鎮，藍天綠水空氣清新。林蔭大道上，明薇慢悠悠地蹬著自行車，如果不是後面穆廷州幽幽的視線弄得她緊張，她此時的心情肯定能打一百分。

這次旅行，明薇是跟妹妹出來休閒的，突然冒出一個氣場強大的追求者，那種輕鬆散漫的氣氛瞬間變了，明薇試著加快速度甩開穆廷州，但她快穆廷州也快，始終與她保持半個車身的距離，明薇稍微偏頭，就能看到右後側穆廷州白皙的俊臉。

如芒刺在背，明薇都沒多餘精力賞景了。

其實出發後穆廷州沒與明薇說過一句話，只默默地跟著明薇，但傻子都能看出兩人之間糾纏的曖昧。明橋昨晚已經知道姐姐的態度了，她不想當電燈泡，便不著痕跡地加快速度。肖照排在最後，他比明橋還慘，將影帝與公主無聲的粉色互動盡收眼底。看一眼籃框裡乖乖的薩摩耶，肖照當即趕超穆廷州與明薇，頭也不回地道：「我們先行一步，免得你們倆虐狗。」

穆廷州情商低，肖照卻早就看穿了明薇對穆廷州的態度。

上半身微微前傾，肖照很快將穆廷州二人甩在後面，搭訕明橋去了，單身狗互相關照。

明薇不想跟穆廷州獨處，太緊張，可妹妹故意躲尷尬，她也不能追上去強迫妹妹感受姐姐被男人追的氣氛，只好保持原速，頭往左偏，看林蔭道外的風景，近處有潺潺的流水，遠處青山碧樹。

「妳是我聊天軟體上第二十六個好友。」穆廷州騎到她旁邊，歪頭看她。

明薇戴著一頂米色遮陽帽，上面繫著蝴蝶結，蝴蝶結長長的帶子迎風飄動，像快樂的音符。帽檐下面，年輕女孩臉頰白裡透紅，白的地方如瓷似玉，紅的地方彷彿淺霞，漂亮精緻。她穿得很休閒，白色短袖配淺藍色牛仔短褲，褲腿下露出兩截白皙修長的小腿，踩著腳踏板一轉一轉的，節奏舒緩悠閒。

太久沒看到她，穆廷州總覺得明薇比八月份的時候更美了。

他的目光執著，明薇感受得到，控制不住地紅了臉頰，腦袋往左偏得更厲害了，一邊單手握車把佯裝熱得擦汗，一邊淡淡道：「謝謝穆老師給我這個榮幸。」影帝的二十六位好友之一，那些粉絲知道得有多羨慕啊。

穆廷州不喜歡她叫自己穆老師，自動過濾，看著她問：「這次為什麼加我了？」

明薇差點翻白眼，這簡直就像女人答應追求者共進晚飯，到了地方，男人卻問她為什麼答應。顯而易見的暗示，穆廷州是真的不懂還是假不懂？

正琢磨如何回答，耳邊忽然傳來男人低沉的聲音：「我是不是可以理解成，最近明小姐對我的好感略有提升？或者換種表達方式，我成功追到妳的機率提升了一截？」

明薇握緊車把，真有一種扯下車把掄他臉的衝動。

就算那是事實，她又怎麼好意思承認？

明薇淡笑，瞥他一眼道：「穆老師想太多了，你第一次申請加我好友，當時我們不熟，我覺得沒必要加。現在我與穆老師合作過一部電影了，有同事之誼，穆老師再次申請，出於禮貌，我也不能拒絕，是不是？」

這麼說也有道理，穆廷州自然道：「從陌生人到同事，也是進步。」

明薇懶得理他，默默加速。

「這邊風景不錯，走走？」穆廷州追上她，邀請道。

明薇一聲不吭。

穆廷州往她旁邊靠，正式邀請：「明小姐，請給我與妳漫步的榮幸。」

明薇不爭氣地紅了臉，這樣鄭重的語氣莫名讓人招架不住。

穆廷州跟她合作過，知道她臉紅意味著羞澀柔弱，而她害羞的時候會低著頭，臉蛋紅紅的，睫毛一顫一顫的，顯得特別乖順，特別讓人想欺負。胸口突然像是爬上一隻螞蟻，爬來爬去一直癢著他，再看她一眼，穆廷州驀地伸手拽住她的後座，與此同時，大長腿穩穩落地。

明薇還在蹬腿，身下的自行車卻不動，她毫無防備，身體僵硬地往左歪。

腰上突然多了一隻大手，那手輕輕一帶，明薇與自行車便一同朝他歪去，明薇右腳支地的瞬間，腦袋也撞到了他的胸口。他穿了一件黑色襯衫，沐浴在陽光中，身上也有陽光的味道，明薇呆了幾秒，然後才反應過來發生了什麼。

「你……」

「抱歉，不是故意的。」穆廷州鬆開她的腰，站直身體說，黑眸目不轉睛地看著她。

明薇剛剛受了驚嚇，臉更紅了，賭氣繞到自行車左側，雙手扶住車把，準備重新騎。

穆廷州攥住她的車把。

明薇抬頭，剛要訓他，男人毫無預兆地搶先開口：「明薇，陪我走走。」

明薇的心跳突然停了，就在對上男人誠懇的熱切目光時，就在聽他第一次叫自己名字的那一瞬。明薇，他叫她明薇，兩人認識一年多了，他一直喊她明小姐，今天，他叫自己的名字了。神奇的是，從小到大，每天都有人喊她明薇，但那兩個字從他口中說出來，竟意外地令人心動。

他還在看她，眸亮如星，明薇扭頭，紅唇輕輕抿了抿。

「去河邊。」穆廷州試探著道。

明薇掃一眼他握著自己車把的大手，默許了，率先下了林蔭馬路。

穆廷州唇角上揚，分別將兩輛車上鎖，擺在樹蔭下，便去下面找她。

明薇已經到了河邊，河水清澈，大約只到膝蓋那麼深，嘩啦啦地不知道要流到哪去。身後有腳步聲靠近，明薇隨手扯了根狗尾巴草，左右看看，然後走到幾步外的一塊平坦石頭旁坐下。石頭能容兩三個人坐，明薇故意霸占了中間的位子。

「往那邊挪挪。」穆廷州走過來，看一眼她屁股下的石頭，理直氣壯地提出分享要求。

明薇繃著臉，指五六步外的一塊石頭：「那裡還有。」

「離妳太遠。」穆廷州繞到她前面，高大的身影瞬間將她籠罩。

明薇低頭，不說話，也不動。

穆廷州無奈，單膝蹲下，因為河岸往下傾斜，他差點沒蹲穩。

明薇看看他的高檔皮鞋，覺得兩人這樣的姿勢更容易惹人誤會，便不大情願地往左挪挪，騰出地方給他。但穆廷州沒動，繼續單膝蹲在那，明薇不敢抬頭，但知道他在看她。

「你不是要坐嗎？」她扯著狗尾巴草問。

「突然發現，這樣看妳更方便。」穆廷州如實道。離得近，他的聲音很低，帶著曖昧。明薇的心撲通撲通跳，慌得準備起身，然而穆廷州就像守著獵物的猛獸，明薇的屁股剛離開石頭幾公分，他便按住她的肩膀，一邊壓下她，一邊敏捷轉身，坐到了明薇旁邊，身體與她緊緊相貼。

明薇立即往旁邊挪。

穆廷州沒追，放下手，啞聲道：「這種機會不多，多坐一會兒。」

明薇看著前面的河水，抿唇不語。

穆廷州偏頭，身邊的女孩側臉微紅，有一點點緊張。兩手搭在腿中間，一起撚動那根狗尾巴草，毛茸茸的草尖兒在空中左轉轉右轉轉，轉的他心亂。身體先於大腦行動，穆廷州伸手，將她的狗尾巴草搶了過來。

明薇：「……」

算了，既然他喜歡，給他好了，這邊全是野草，明薇隨手又拽了一根。

她繼續撚動狗尾巴草分散緊張，穆廷州不知道該說什麼，想起童年趣事，他低頭開始編草。明薇偷偷垂眸，看見男人修長白皙的手，這雙手曾經在影片裡為她畫畫，現在近在眼前，纖細的狗尾巴草在他指間跳動，彷彿一項優雅的工藝。

很快，那件工藝品現出了雛形。

明薇心慌，及時轉移視線。

「給。」編好了，穆廷州將他的狗尾巴草戒指舉到她面前。

明薇眨眨眼睛，面無表情拒絕：「不要。」

「隨手編的，沒有特殊意義。」穆廷州認真解釋，想了想，又補充道：「我的求婚戒指不會這麼寒酸。」

明薇望望前面，不太耐煩地道：「穆老師還有事嗎？沒事我們走吧，一直沒跟上，我怕橋橋擔心。」

「妳跟我在一起，她為什麼要擔心？」穆廷州淡淡地說。

明薇服了，無法有效溝通，她直接站了起來。

這次穆廷州沒再拉她，但他一個大跨步攔到她面前，看著她眼睛道：「明薇，我想跟妳談戀愛，所以我想見妳，想跟妳單獨相處，妳一天不答應做我女友，我便會繼續想辦法接近妳、見妳，聽妳說話……以後打電話也好，見面也好，妳都不用問我有什麼事，因為追求妳是我目前唯一的正事。」

明薇呆住。

她傻傻的，穆廷州看著她水嫩誘人的臉蛋，看著她紅潤飽滿的嘴唇，眉頭卻皺了起來，心情有些浮躁：「我測過智商，遠高於常人，從小到大沒有什麼事情能難住我，考試、繪畫、鋼琴、外語、武術、演技，只要我想，我都能迅速上手，只有追妳，我束手無策。」

明薇咬唇，一點一點低頭。

穆廷州最怕她這樣，她不說話，還不給他看她的眼睛，他抓不到線索，更無頭緒。

穆廷州真的不喜歡這種煩躁。考試答題，升學是獎勵，提升演技，名利與成就感是獎勵，這些獎勵穆廷州並不在乎，他只是做自己該做的感興趣做的，得到獎勵是固定程式。但明薇不一樣，如果跟她戀愛是一道題目，那麼破解這道題的獎勵，是他可以做她的男朋友，可以不用有理由就打電話給她，可以想她了就去見她，可以抱住她親吻……可以填滿他生命中的另一半空缺。

這是他由衷渴望的獎勵，獎勵誘人，但生平第一次，穆廷州不知道該怎麼解題。

「明薇，妳出題吧，告訴我妳想要什麼樣的男朋友，如果我能滿足妳列出的所有條件，妳便答應我？」穆廷州彎腰，想看她的眼睛。

明薇轉過去了，心慌意亂。

穆廷州抬手，想握住她的肩膀將她轉過來，下面突然響起手機鈴聲。

是明薇的。

明薇急忙往前走兩步，接聽。

『姐，你們在哪？』明橋不想打擾姐姐談戀愛，但肖照一直跟著她，氣氛尷尬，而且明橋對穆廷州也不是特別放心，這邊比較偏僻，穆廷州高高大大的，明橋擔心姐姐被人占便宜。

「馬上過來。」明薇心虛地說，掛了電話，她回頭對穆廷州道：「我們……」

「妳先回答我。」穆廷州直視她道。

明薇垂下眼簾，對上穆廷州長長的影子，她想了想，小聲道：「我找男朋友，人品端正、對我專一是最基本的條件，其他的，我希望我的男朋友細心體貼，會在我有需要的時候主動關心照顧我，然後他最好聰明一點，別問會讓我尷尬的問題。」

「譬如？」穆廷州自認人品端正、感情專一、細心體貼，但明薇最後的條件他不太懂。

明薇笑了，抬眼瞪他：「譬如我同意加他好友，他不用再問我為什麼加他。」

穆廷州愣在原地。

明薇快步跑到馬路上，解鎖自行車戴好耳機，自己先走了，騎出二十多公尺後，男人追了上來。

明薇戴著耳機，但並沒有播放音樂，穆廷州與她並肩而騎，隔一會兒看她一眼，不知道在想什麼。

中午逛田園風光，下午四人駕車去了附近的草原。

明強喜歡玩，去哪玩也都喜歡帶著家人，所以明薇、明橋姐妹倆看起來細皮嫩肉嬌滴滴的，但射擊、騎馬什麼都會。草原廣闊，四人挑好馬，收到妹妹嫌棄的眼神，明薇笑著對肖照道：「草場這麼大，我們分頭行動吧，拍《龍王》時天天跟你們打交道，現在是私人時間，我多陪陪我妹，就不招待你們了。」

肖照淡笑：「我沒問題，你問他。」

明薇不得不轉向穆廷州。

穆廷州的臉色不太好看。

明薇不管他，翻身上馬帶著妹妹走了，跑出百公尺，明薇回頭，看到肖照、穆廷州相隔丈遠站著，背對背，不知道有沒有言語交流，反正都沒有騎馬的意思。明薇猜不透男人們的心思，自己酣暢淋漓地跑了一圈。

回來了，就見肖照席地而坐，穆廷州忽地上馬，朝她們這邊而來。

明橋識趣地遠離姐姐。

明薇攥著韁繩，等穆廷州靠近。

「陪我跑一圈。」雙馬馬頭交錯，穆廷州看著她說，男人身材高大，騎在馬上，眼眸犀利，比平時多了幾分硬漢的氣場。

明薇真累了，苦笑道：「你自己跑吧，我想休息一下。」

穆廷州沉默，駿馬向前越過了她。

明薇以為他自己跑去了，她低頭笑笑，正要催馬向前，身後遠去的馬蹄聲又突然靠近。明薇疑惑地往後看，穆廷州的馬幾乎擦著她的馬靠過來，然後他突然伸手，在明薇來得及反應之前摟住她的腰，用力一扯，便把明薇搶到了他馬上！

不遠處的草地上，肖照震驚得眼鏡差點掉下去。

十幾公尺外，明橋看傻了眼。

而讓他們驚呆了的男人，扶明薇坐好後，猛地調轉馬頭，迎著夕陽跑向草原。駿馬賓士，明薇身體不受控制地顛簸，胸口的心保持同樣的頻率上下亂跳，好半晌，她才恢復理智，冷聲罵身後的人：「你有病是不是？萬一你沒抱穩，我摔了怎麼辦？」

「摔了嗎？」穆廷州放慢速度，低頭看她。如果沒有把握他不會這麼做。

明薇也沒有真的生氣，用手肘往後頂頂他，憤憤道：「你又想做什麼？有話快點說，說完趕緊回去。」什麼人啊，居然當著妹妹的面對她動手動腳。

「我在想妳之前說的話。」馬停了下來，穆廷州一手攥著韁繩，一手虛扶她細細的腰，目光探究地落在她臉上：「妳說，不喜歡男朋友問會讓妳尷尬的問題，既然這樣，我以後什麼都不問妳，是不是就可以做妳的男朋友了？」

與肖照做了多年老友，穆廷州不止一次被肖照吐槽情商低，穆廷州一笑置之，自己並不覺得。但屢次在明薇這邊碰壁，今天明薇還點明他問了讓她尷尬的問題，穆廷州雖然不懂那個問題的尷尬點在何處，可他想要明薇，為了做她的男人，他可以保證不問她任何事，什麼都不問，自然不會尷尬。

明薇僵硬地坐在馬背上。

毒舌嘴笨是穆廷州的一大缺點，明薇確實不喜歡，但卻心動了，就算他不改，她也願意跟他在一起，畢竟穆廷州的話不帶惡意，只是情商低，所以她之前說的都不是認真的。穆廷州喜歡她，她也喜歡他，兩人欠缺的是一個完美的正式在一起的理由，而這一點，需要穆廷州營造合適的氣氛，再告白一次。

可穆廷州……傻到家了，居然還認真思考她的敷衍之語。

他是不是天生缺少浪漫細胞啊？

明薇腦袋疼，不想再為難穆廷州，但就這麼答應了，終究有點遺憾。「我再也不問妳任何問題」，天底下哪個男人是靠這樣的表白追到女朋友的？

「說話。」漫長的等待，穆廷州口渴。

明薇憋氣，雞蛋裡挑骨頭：「別說大話了，你不可能什麼都不問我。」

穆廷州考慮片刻，覺得自己確實做不到，問句在生活裡太常見，什麼時候回家、最近有什麼安排，誰也避免不了。可她在懷裡，聞著她髮間的清香，穆廷州的渴望更強烈，他低頭，又強忍著不碰到她，灼熱的呼吸噴在她的臉上、耳朵上：「那妳說，我要怎麼做，妳才肯做我的女人。」

做他的女人……

低啞的聲音，刺激的字眼，明薇耳根都被他撩紅了。

穆廷州喉結滾動，腦袋垂得更低，嘴唇險些擦過她羞紅的耳垂。

耳朵、脖子被他吹得癢癢，明薇本能地縮了縮，她越躲穆廷州越想要，原本虛扶她的腰的手，不由得抱緊了她。這麼霸道侵略的姿勢，還是來自平時高冷禁欲傲慢的影帝，明薇緊張得忘了呼吸，顫著音訓他：「你把手鬆開。」

穆廷州猶記得上次被她冷落兩個月的原因，立即縮回手，黑眸如火地盯著她：「明薇，從青少年算起，我單身也有快二十年了，妳是唯一一個讓我動心的女人，只要是妳肯答應跟我談戀愛，以後……如果我無意惹妳尷尬或生氣，妳儘管說出來，我絕不反駁，發生一次妳記下一次，懲罰由妳定，我絕對服從。」

他的聲音急促卻堅定，不似普通男人急於得到女人便做出的走腎不走心的保證，而是軍人般沉重的承諾。

明薇喜歡聽。

眼簾抬起又落下，明薇對著他修長有力的大手問：「真的不反駁？真的任我懲罰？」

面對希望，穆廷州彷彿聽到了自己的心跳，馬上道：「妳不相信，我可以簽合約。」

明薇笑了，眼波如水地瞟了他一眼：「好啊，回去你擬一份合約給我，各項條款都讓我滿意的話，我再簽名，簽名後，你我的……關係，才開始生效。」

穆廷州還沉浸在她剛剛狡黠嫵媚的眼風中，愣愣地瞧了她幾秒才反應過來，知道她願意跟自己談戀愛了，穆廷州腦海中冒出的第一件事，不是簽什麼戀愛合約，而是他成功追到了人，攻克了這道難題，那麼他可以享受獎勵了。

雙手摟緊她的腰，穆廷州閉上眼睛，下巴抵住她肩頭，嘴唇對著她的耳朵：「合約沒問題，但妳要先給我定金。」

明薇耳朵都要被他吹融化了，想要躲閃，身體卻被男人牢牢地錮在他懷裡。沒辦法，只能硬著頭皮問：「什麼定金？」

「這個。」穆廷州抬起她的下巴，目光掠過她錯愕的眼，落到她櫻桃般誘人的唇上。

不給她發聲的機會，穆廷州俯身，迫切地吻她。

第三十七章　同人小說

騎完馬，四人開車去了附近的溫泉。

明薇跟妹妹泡同一個池子，上午騎車郊遊、下午騎馬，此時泡在熱乎乎的溫泉池子中，明薇全身每處肌膚好像都在舒服地叫。游了兩圈，明薇背靠池壁，愜意地閉上眼睛。身體放鬆，大腦還在運轉，馬背上穆廷州霸道強勢的吻再次清晰起來。

高冷傲慢的男人，平時情商低，但在男女情事上穆廷州卻出人意料地熱情。

就像太傅……

想到太傅，明薇羞澀悸動的心漸漸恢復了平靜，心底浮起絲絲縷縷的悵然。除了毒舌、除了古人的刻板忠誠，影帝與太傅其他方面幾乎完全重合，如今連親人的方式都一樣，明薇是真的確定，影帝與太傅是同一個人。可太傅那段感情是她與穆廷州特殊又美好的記憶，明薇還是希望穆廷州能記起來，儘管失去那部分記憶的穆廷州，已經再次對她動了心。

「答應他了？」

明橋在旁邊坐了有一會兒了，見姐姐睜開了眼睛，她低聲問，在草場時她看見兩人親吻了，雖然沒親多久。

明薇大方地點頭，泡著溫泉，臉頰紅潤，眼睛水亮，那種美人出浴後的嫵媚，明橋看了都心動。收回視線，明橋一邊往身上撩水一邊問：「要告訴爸媽嗎？」

明薇笑了，身體下沉，只露出腦袋在上面，輕聲道：「我跟他剛在一起，以後還不知道怎麼樣，等穩定了再見家長。」她與程耀戀愛就沒跟家裡人說，又不是小學生，遇到什麼事都要向父母打報告。經歷過一次短暫的戀愛失敗，現在明薇更不著急了，娛樂圈太複雜，影響感情的因素太多，明薇暫且不想考慮太長久，先試著跟穆廷州相處吧。

明橋「嗯」了聲，瞅瞅姐姐，她悶悶道：「妳照顧好自己。」

明薇笑著摸了摸妹妹腦袋。

另一處池子，男人們也在聊天。

「人追到了，接下來打算怎麼做？」

作為一個經紀人，肖照冷靜地提醒穆廷州：「現在粉絲對明星談戀愛的接受度比較高了，但男明星戀愛還是會影響女粉絲對你的熱情。當然，你這種老牌明星，人氣基礎強厚，可以不考慮戀愛帶來的粉絲受損，只是你們的戀情真的曝光了，明薇那邊壓力會增加很多，被你的唯粉挑刺吐槽是一方面，另一方面，就算她靠自己取得一定成績，別人也會自動將功勞算在你頭上，她很難甩掉『穆廷州女友』的標籤。」

穆廷州看看他，沒說話，但神色比剛剛冷了幾分

肖照知道他在想什麼，毫不同情地道：「這就是成名的代價，享受了很多特權，但也要做出某些犧牲，影帝也不能例外。對了，你跟明薇已經合作過兩次，《白蛇》之後我建議你們各自發展，繼續合作粉絲審美疲勞、新鮮度降低，會影響你們的票房號召力。」

這點穆廷州考慮過，淡淡道：「拍完《白蛇》，我會休息一段時間，將來可能復出拍戲，也可能改行導演，或其他事業，具體我會慢慢考慮。」童年出道，拍了二十多年的戲，穆廷州有點厭倦了，而且他現在只想跟明薇談戀愛，不希望被其他事情分心。

肖照複雜地看了他一眼：「這話你最好別再告訴別人，被粉絲知道她們會罵死明薇。」

穆廷州明白，而且更加堅定了改行的決心，免得被粉絲過分影響他與明薇的生活。

「總之，《龍王》上映前你收斂一點，儘量避免曝光。」肖照最後警告道。

穆廷州不置可否。

泡完溫泉，四人品嚐了一頓草原燒烤，並欣賞了一段篝火舞會，一直玩到晚上八點多。明薇還沒盡興，笑著打拍子附和音樂，穆廷州盯著她看了半天，眼看又要放下一首歌，他的耐性耗盡，沉著臉走到明薇身旁，低聲道：「走了。」

剛確定戀愛關係，明薇還無法與他自然相處，回頭找妹妹，見明橋低頭坐在篝火旁玩手

機，興趣缺缺的模樣，明薇便點點頭。

來時肖照坐穆廷州的車，明薇開車載妹妹，兩輛車停在一起。現在要回去了，明薇想也不想朝自己的車走去，穆廷州不緊不慢地跟在她左後側，然後在明薇即將經過他的車頭時，突然伸手攥住她的手腕。

明薇疑惑地看他。

穆廷州朝他新買的那輛低調的車揚揚下巴，黑眸盯著她眼：「妳坐我的車。」

明薇臉噌地紅了，抿唇，低頭拒絕：「算了吧，我……」

穆廷州不聽，直接拽著她往副駕駛座走，明薇還想堅持，身後忽然傳來肖照彬彬有禮的聲音：「明橋小姐，介意我送妳回去嗎？」

明薇紅著臉扭頭，就見妹妹面無表情朝她走來要車鑰匙。到了這個地步，明薇只好從包中摸出車鑰匙遞給妹妹。明橋接了鑰匙，直接走向姐姐的車，拉開駕駛座車門彎腰上車，車子開出來又停下，冷冷地等肖照。

肖照推推眼鏡，不太放心地問明薇：「妳妹妹哪一年考到駕照的？」如果他沒記錯，明橋今年才十九，一個駕齡小於兩年的女司機，開車走夜路……

「要不然你坐這邊？」明薇誠懇地邀請道。有肖照在，就不怕穆廷州做什麼了，之前在草原，她忌憚妹妹、肖照在場，給穆廷州碰碰嘴唇便堅定地推開了他，現在憋了一晚，明薇不敢想像穆廷州熱情起來會燒成什麼樣。

穆廷州立即皺眉。

肖照冷笑，穆廷州嫌棄什麼？電燈泡這種道具，就算穆廷州跪下來求他，他也沒興趣當。

大步走到白色的車前，肖照動作俐落地上了副駕駛座。

幾十秒後，車流光一樣駛了出去。

「上車。」礙眼的人都走了，穆廷州替明薇拉開車門，示意她進去。

明薇心慌意亂上了車，偷偷抬起眼簾，看到穆廷州從前面繞了過來，十月中旬的晚上，冷風凍人，明薇泡完溫泉便加了一件外套，穆廷州依然只穿一件黑色襯衫，袖口捲到手腕。他上了車，原本還算寬敞的休旅車前座一下子變得狹窄起來，明薇不著痕跡地往右挪，餘光瞥見他在繫安全帶。

心砰砰亂跳，明薇無法控制自己的緊張，掏出手機滑。

穆廷州默默開車，駛出這片農家樂村落，上了林蔭道。鄉下的晚上異常安靜，因為不是旅遊旺季，公路上車輛不多，穆廷州專心留意路況，開了十幾分鐘，馬路右側露出一條岔路，穆廷州手隨心動，開車轉向岔路，往前開了兩百公尺左右，停車。

明薇在玩遊戲，根本不知道穆廷州下了主幹道，車子突然停了，她好奇抬頭，隨口問：

「到了？」

哪想一抬眼，卻對上車窗外一片黑漆漆，車燈也被穆廷州熄了，簡直是月黑風高殺人夜。

明薇心高高提了起來，要不是對穆廷州的人品有信心，她都要擔心自己的小命了。

「你……」

「我想吻妳。」穆廷州解開安全帶，轉過來，看著她說。

明薇手一抖，手機差點掉下去，心被穆廷州的驚人之語弄得沸水一樣嘟嘟冒泡。有他這樣談戀愛的嗎？正常的安排都是先賞賞月亮談談人生，氣氛到了情侶再自然而然地擁抱、接吻，他這麼坦率直白，她的腎上腺素有點受不了啊。

「沉默等於默許，妳還有三十秒思考拒絕我的理由。」穆廷州身體靠近，如火的視線始終黏在她臉上。他想親她，想了一整晚，想了一整路，能堅持到發現這個適合停車的好地方，穆廷州都佩服自己的耐性。

拒絕的理由？

明薇想不到，她也沒有想拒絕，只是緊張。

三十秒滴滴答答地走到盡頭，男人在她耳邊低聲倒數：「三、二、一……」

「一」的尾音未落，他右手扶住座椅，左手同時解開她的安全帶，順勢握住她窄小的肩頭，輕輕往自己的方向轉。明薇緊緊閉著眼睛，呼出的氣息溫熱甘香，穆廷州喉頭上下滾動，偏頭，準確地含住她的嘴唇。

明薇嚐到了久違的穆氏深吻，他熱情的火，霸道的情意席捲她口中每個角落，太過強勢，她連羞澀的機會都沒有，要麼迎要麼躲，偏偏無處可躲，在他故意放開她，她才能有片刻喘息之機，下一秒，馬上又被她搶奪。

越親越無力，明薇的身體早已軟成一塊豆腐，香噴噴的堆在他面前。

穆廷州喜歡她的柔軟，他也記得拍戲期間擁抱她的銷魂滋味，但兩人並排坐著，車內空間狹窄不便他施展。嘴上親著她，貪婪地吻著她，穆廷州雙手掐住她的腰，想提著她坐到自己腿上。男人大手暗暗用力，明薇感覺到了，明白穆廷州的企圖後，連忙按住他手，不想過去。

他就像一頭餓狠了的狼，明薇卻沒做好一天給他吃全套的準備。

「過來。」察覺她的叛逆，穆廷州暫且鬆開她的唇，腦袋退後一點，沙啞地命令，強勢又霸道。。

明薇低頭，呼吸急促：「夠了，快點回去吧。」耽誤太久，要是妹妹產生不和諧的聯想怎麼辦。

「妳先過來。」穆廷州霸道地抱住她的腰。

明薇死死握住他的手，低著頭就是不去，她有種預感，真的坐到他的腿上，今晚可能會失去控制。

看出她的抗拒，穆廷州額頭抵著她腦頂，冷靜幾秒，忽然也覺得他現在的表現有點急色。

雖然是正常的本能，但剛確定關係就這樣，確實顯得輕浮。

「抱歉。」鬆開明薇，穆廷州低聲說。

明薇搖搖頭，怕他多想，小聲解釋：「太快了……」

穆廷州「嗯」了聲，掃一眼窗外，叫她等等，自己下了車，沒走遠，就背靠車門站在那，利用秋夜的涼風強迫自己儘快恢復正常。明薇隱約猜到他在冷靜什麼，記起當初穆廷州抵她那兩下，明薇的心更亂了，三十出頭的影帝，血氣方剛啊。

吹了十幾分鐘冷風，穆廷州開門上車，明薇低著頭，視線無意掃向他那邊，看見兩條大長腿，其他沒看出什麼。耳根熱乎乎的，明薇咳了咳，重新繫好安全帶：「回去吧。」

「說說話。」穆廷州偏頭看她，「我們的關係妳希望什麼時候曝光？如果妳不介意，今晚我就宣布……」

「別！」擔心他真的胡來，明薇馬上道。

穆廷州看眼她紅潤微腫的唇，平靜問：「理由。」

明薇垂眸，想了想，一項一項地分析：「從演員的角度來講，我剛出道，我希望粉絲多關注我的影視作品，而不是天天討論我的緋聞。然後就是我們剛在一起，彼此還不夠熟悉，我想等我們感情穩定了，再……」

聽到這裡，穆廷州微微皺眉，低聲打斷她：「我這邊很穩定，所以只要妳沒有移情別戀的打算，我們的感情會一直穩定下去。」

這話不太好聽，但本質上是他的另一種表白，越傲慢自信，越說明他認定了她。

明薇看他一眼，笑著反擊：「我是否有移情別戀的打算取決於你今後的表現。」

穆廷州黑眸微瞇，隨即狩獵般重新撲下來，將她壓在椅背上親。明薇嗚嗚抗議了兩聲，但抗議也被他用力吞了下去。

短暫的旅途結束，穆廷州回了他的別墅，明薇繼續宣傳新片《南城》。

十月中旬，《南城》在黃金檔時間開播，這是一部純戀愛偶像劇，劇情很簡單，但唯美精緻的場景，高大帥氣、身材健碩的男主角以及眉眼如畫、氣質優雅的貌美女主角，成功吸引了各個年齡段的觀眾。

明薇、陳璋在《大明首輔》中就是夫妻，雖然明華公主最愛的男人是太傅，但出嫁之後，她對駙馬也有一定的感情，當時就積累了一批「璋薇」粉，現在兩人再次合作出演情侶，正經八百的官配，「璋薇」粉便迅速壯大，各種同人影片、小說都冒了出來。

肖照最近比較閒，挑了一個熱度最高的同人小說，把網址傳給穆廷州。

穆廷州隨便看看，才第三章就看到了一段明薇與陳璋的「車戲」。

對付這種不負責任、不通邏輯、隨意構想的同人小說，穆廷州很有經驗，立即把他當初禁止同人小說的通告範本傳給明薇，並電話叮囑明薇：『妳不用出面，讓沈素幫妳處理。』

明薇：「……」

明星的同人小說多了去了，她根本沒放在心上好不好？再說了，放眼整個娛樂圈，只有穆廷州發過那種通告，她現在依樣畫葫蘆，網友們肯定會說她東施效顰。

「他們亂寫的，我不看就行了，不用費事。」明薇語氣輕鬆地說。

穆廷州聲音很冷：『但我不希望我的女朋友被人幻想與別的男人談情說愛。』

明薇頭大：「我跟他演情侶，電視劇裡都戀愛了，還缺那幾本小說？」有本事他讓電視臺別播《南城》啊。

穆廷州抿唇，寒著臉道：『至少電視劇中，你們沒一夜七次。』

明薇……直接掛了電話，這種人沒辦法溝通。

穆廷州傳訊息：『妳聯繫沈素。』

明薇傳給他一個「跪了」的貼圖：『話題就此打住，你再提這件事我沒收你身為男朋友的權利。』

穆廷州半晌沒回覆。

明薇這才傳了一個安撫的貼圖：『你別再找了，有時間多看幾本世界名著。』

穆廷州：『我沒搜，是肖照傳給我的。』

明薇咬牙，上網搜一搜，找到了一個倖存的「穆廷州&肖照」同人，傳給肖照。

今天徐家有家宴，傍晚六點，肖照正在陪家人吃晚飯，訊息叮叮響，他放下筷子，低頭查看，點開明薇傳來的網址，一看標題他就懂了，唇角上揚，簡單回明薇：『算妳狠。』

「二哥笑得那麼燦爛，交女朋友了吧？」徐琳嬉皮笑臉地打趣他。

三個孫子都是光棍，徐老爺子聞言，心情複雜地看向最不聽話的二孫子。

「吃妳的飯。」肖照不屑多說，繼續夾菜。

徐老爺子不輕不重地哼了聲。

晚飯結束，徐家二房、徐凜肖照兄弟倆分別開車走了，只有集團現任董事長、肖照的父親徐修留了下來。作為徐家當家人，徐修非常繁忙，隔三差五出差，全球各地飛，因此只要回到帝都，徐修會儘量多陪陪年邁的父親。

徐老爺子年紀大了，白天養花逗鳥寫寫字，晚上就喜歡看電視。

傭人都退了下去，古色古香的四合院客廳，父子倆並排坐在沙發上。

看完新聞，徐老爺子握著遙控器轉頻道。

徐修知道老爺子喜歡看戰爭片，今晚應該也不例外，卻沒想到，老爺子竟然停在了一個大紅的節目頻道，沒過多久，電視上便播了《南城》的節目預告，廣告後即將播放。徐修是商業圈大腕，對小明星們無甚興趣，知道明薇還是因為明薇與穆廷州的那段離奇經歷，因為他的親兒子是穆廷州的經紀人。

「爸怎麼愛看這種片了？」倒了兩碗茶，徐修笑著問。

徐老爺子背靠沙發，眼睛透過老花鏡盯著液晶螢幕，幽幽嘆道：「本來不愛看，但這個電視劇的女主角長得招人喜歡，說來也怪，她跟你媽一點都不像，可每次她一笑，我就好像看到了你媽年輕的時候……」

老爺子想亡妻了，聲音悠遠，徐修聽父親居然拿一個剛出道的女演員跟他親媽比較，有點不愛聽，覺得老爺子太給明薇臉。

為了反駁老爺子也好，為了確認明薇是否像他親媽也好，當電視上響起《南城》輕快悅耳的主題曲時，徐修放下茶碗靠到沙發上，狹長鳳眼輕抬，目光挑剔又犀利地盯著液晶螢幕。片頭曲中，劇情變化迅速，原本嫻靜端莊的余家大小姐，轉眼就變成了淪落風塵的紅塵女。

片頭剪輯中她笑得不多，又或是笑得太快，徐修並不覺得明薇與自己母親有哪裡相似，不過這丫頭長得確實漂亮。結婚之前、妻子死後，徐修有過無數女人，都是不輸當紅明星的美人，如今能讓他誇句漂亮的真的不多了。

片頭曲放完了，劇情開始，富麗堂皇的女人閨房，余婉音身穿白底繡花旗袍正在彈箏。鏡頭從她側面慢慢轉到正臉，女人白皙修長的手，精緻小巧的下巴，靈動瀲灩的美眸，一樣一樣呈現在觀眾眼中。

箏聲悅耳，徐修不知不覺進入了一種玄妙的境界，那熟練撥弦的纖纖素手，那清秀的烏眉水目，那江南煙雨般飄渺朦朧的溫柔……

如夢境突然變幻，徐修身體沒動，記憶卻瞬間回到了二十多年前。

那是在蘇城，當地富商設宴請他，徐修去了，但這樣的應酬他每年都要應付數十回，無非虛與委蛇觥籌交錯。徐修沒有興趣，心不在焉，然後慢慢注意到了會場臺上低頭彈箏的女人，她很年輕，水靈靈的像含苞欲放的花骨朵，她很美，比以前見過的所有女人都美。

那頓晚宴，徐修只看見了彈箏的女人，飯後，陰錯陽差，她被人下藥，跌跌撞撞撲進他懷中。主動送上來的美味徐修自然不會拒絕。那一晚他很滿意，發現她是第一次後徐修罕見的動了心，如果她願意可能就會娶她。

可是她只會哭，哭得他心煩，他徐修是什麼人，從來只有女人求他垂青，哪有被他垂憐的還哭成這個模樣。

徐修不願強人所難，留了聯繫方式給她讓她自己選。

那女人沒有聯繫他，慢慢的徐修也就忘了那一晚。

但現在……

盯著螢幕上明薇越看越熟悉的臉蛋，徐修目光陰晦不定，見老爺子看得聚精會神，徐修悄然離開沙發，去了洗手間。關上門拿出手機搜尋明薇的背景資料，視線一個字一個字挪移，最終定在了幾個字上：

明薇，女演員，出生於蘇城……

第三十八章　江月

《南城》一共三十集，每日兩集，短短半個月就播完了，但這半個月明薇的名氣再次飛升，社群粉絲數量輕鬆破了千萬大關，距離她的第一部作品《大明首輔》上映才過半年，算上去年太傅公主的輿論熱潮，也剛滿一年而已。

有顏值、有演技、有成功的影視作品，還有「捆綁」穆廷州的正面娛樂熱度，明薇的一夜成名之路幾乎不可複製。

名氣大了，明薇的廣告邀約也越來越多，但與半年前不同，現在邀請明薇代言的商家檔次也拔高了一大截。明薇底子好，第一部作品就是大製作，這樣的條件，沈素特地為明薇制定了高格調方針，影視作品不拍爛片不拍女二，廣告代言同樣寧缺毋濫。

初期廣告少，意味著代言收益少，好在明薇對金錢的渴望並不是太強烈，所以她贊成沈素的安排。現在有了接高檔次廣告代言的機會，沈素也充分發揮了優秀經紀人的作用，替明薇爭取到了非常優渥的薪酬。

十月底，明薇簽下她的第一個廣告邀約，正式成為某國際名牌在中華地區的唇膏代言人。

得知這個消息，電話中，男人的聲音微微上挑：『唇膏？』

明薇推開臥室門，一邊往裡走一邊「嗯」了聲。

穆廷州腦海中立即浮現明薇的嘴唇，《龍王》期間合作五個月，明薇化妝或素顏的模樣他都見過。明薇的唇形飽滿，卻不會給人太厚的感覺，她的嘴唇也很柔軟，一旦沾上，便不願再鬆開，想一直含著她親吻。

『今晚見面吧。』穆廷州低聲道，聲音沙啞。

明薇的心跳漏了一拍，前一秒還在談廣告代言，下一秒怎麼就轉到見面約會上了？

「最近盯著我的人太多，再等等吧。」坐到沙發上，明薇心虛地道。

對面果然傳來男人冰冷的提醒：『距離我們上次見面，已經過了半個月。』

明薇有什麼辦法？這半個月全國都在播她的劇，狗仔們就等著挖她的消息曝光呢，這時期出去見穆廷州，被發現的概率太大。揉揉腦袋，明薇悶悶道：「地下戀情都這樣，你先忍忍吧，沈姐、肖照都反對我們過早曝光……」

穆廷州沉默。

明薇想去洗手間，小聲問他：「還有事嗎？」

穆廷州立即道：『有。』

明薇嗯嗯：「你說。」

穆廷州語氣堅定：『今晚出來。』

明薇：「……」

無聲僵持了幾十秒，明薇突然記起一件事：「陸總下個月八號為兒子慶祝周歲，發了請柬給我，你也收到了吧？」

穆廷州想了想，道：『好像收到了。』

「那你去嗎？」

『不去。』

明薇就猜到他多半不會去，淡淡道：「我跟林暖商量好了，到時候一起去，你隨便。」

說完掛了電話，丟下手機去解決生理問題，出來看看手機，有穆廷州的訊息：『陸家見。』

明薇笑了，靠到沙發上打電話給家裡，向老媽彙報廣告代言的喜訊，再問問去陸家時送孩子什麼周歲禮物好。

『妳買個好點的金鎖，再包個紅包這樣就行了。』江月熟練地建議女兒。

明薇笑著記下。

江月想女兒了：『《白蛇》明年三月開拍，還有小半年，薇薇有空的話，回家住幾天吧。』

明薇無奈道：「不行啊，我要拍廣告，十二月錄頒獎禮節目，過完元旦要為新劇做準備……」

『就妳忙。』江月親昵地嗔女兒。

大概是太想女兒，晚上江月夢見女兒了，睡醒一覺，她笑著跟明強念叨：「我夢見薇薇拍《白蛇》了，跟老版《白蛇傳》那些演員一起演。」

明強摟住老婆親了一口：「我帶妳去帝都吧，我們一家四口吃頓飯。」

江月笑容淡了下來，習慣地找藉口：「你知道我不喜歡出遠門。」

明強知道當年老婆去演出被人下藥，趁火打劫的那人肯定就在帝都，老婆不去帝都是怕撞見那人。江月對那人沒有感情，明強也不介意老婆的意外經歷，但一想到那時他心心念念的嬌小姐陰錯陽差被陌生男人得了第一次，明強心裡就鬱悶。

「月月……」摟住老婆，明強無賴地往她睡衣領子裡湊。

江月癢癢，推他：「起來了，別鬧……」他要去公司，她也要去培訓班。

明強就要鬧！

夫妻倆早上六點醒的，七點多才起來，明強神清氣爽去準備早飯，江月兩臂發軟雙腿打顫地去洗澡。看到身上明強留下的痕跡，回想剛剛明強不輸年輕時候的狂野力量，江月不自覺地笑，臉上是只有成熟女人才懂的滿足甜蜜。

曾經她嫌棄明強的粗糙，一起過生活了才發現糙有糙的好，各個方面都會疼人。

吃完早飯，明強先送江月去培訓班。

婚後的江月，一直過著相夫教子的傳統主婦生活，後來兩個孩子大了，不用她太費心了，江月漸漸覺得無聊起來，跟明強商量後決定辦個古箏培訓班，不圖賺錢只為了充實生活打發時間。明強全力支持老婆，跑了幾棟商業大廈，最後在一座臨江的大廈租了地方，精心裝修一番，老婆怎麼舒心怎麼來。

培訓班名叫「明月樓」，辦公地點高檔，授課老師美麗優雅，對孩子耐心溫柔，幾年下來，江月與她的明月樓在蘇城家長群裡積累了不小的人氣，家長都喜歡把孩子送到她這邊學古箏，江月順勢而為，多增了兩個班，她只教高級課程。

「晚上下館子。」停好車，明強看著老婆道，神采飛揚。

江月瞪他一眼，一個人下了車。

她今天穿了一件白底水墨刺繡的旗袍，四十三歲的女人，身材保養得與年輕時候一樣，婀娜玲瓏，秀麗端莊，旗袍衣擺下露出的小腿白皙勻稱，蓮步輕移，腰臀擺出來的曲線曼妙誘人。明強靠在座椅上，歪著腦袋目送老婆，這樣的老婆，他看了二十多年，依然看不夠。

可惜老婆進了大廈，看不見了。

明強摸摸鼻子，開車離開。

大廈斜對面的咖啡廳中，隔著落地玻璃窗，徐修將這對夫妻的恩愛表現全部看在了眼裡。男人坐在車中，徐修沒看清臉，只看見江月下車時，被男人輕佻地摸了一把腰，之後徐修的視線完全被江月吸引住。

二十多年過去了，徐修對那一晚的記憶早已模糊，只記得有一個穿旗袍彈古箏的女人，曾經讓他格外心動。前幾天在電視上看到明薇，那場記憶清晰了幾分，但讓徐修找過來的主要原因是蘇城這個過於巧合的地點，是老爺子說明薇笑起來像母親。

萬一呢，萬一明薇是他的女兒……

過來的路上，徐修看過記者抓拍的江月，因為是抓拍，面容模糊，並不清楚，但一個四十多歲的女人，保養的再好也老了，所以徐修對「重拾舊愛」沒興趣，他只想找江月確認一件事，然而當真的見到江月，只是一抹背影，徐修沉寂多年的心，居然起了一絲波瀾。

江月是個很有味道的女人，怪不得能養出兩個優秀的女兒。

放下咖啡，用紙巾擦擦唇角，徐修戴好墨鏡，一個人穿過馬路，不緩不急地進了大廈。

三分鐘後，江月正在幫辦公室的盆栽澆水，前臺小劉突然過來，告知有一位姓徐的家長要見她。

江月茫然地抬起頭，姓徐的家長……她怎麼沒有印象？

「叫他過來吧。」經常有學生家長過來參觀，江月並未太在意，澆完花，走到辦公桌後低頭收拾桌面。

有人敲門，江月抬頭，看到一位穿黑色西裝的高大男人，男人推門而進，一邊摘下墨鏡，露出一雙狹長犀利的鳳眼。目光相對，他反手關上玻璃門，黑眸平靜地鎖住裡面穿旗袍的女人，目光如狼。

江月如墜冰窟。

那一晚之後，徐修不知道她是誰，她卻知道他的身分姓名。對於那晚，江月談不上恨，被一個冷漠不屑糾纏她的男人要了，總比被下藥的奸惡老闆佔有強，江月只覺得苦，後悔自己不夠小心才中了壞人的道。

後來，徐家生意越來越大，江月忍不住偷偷關注徐修的動向，但這種關注只是為了提防，提防徐修來蘇城，提防被徐修發現女兒的存在。所以江月認得年輕時俊美囂張的徐修，也認得年過五旬卻依舊風度翩翩的徐董事長。

可是，這個本該遠在帝都的男人，為什麼會出現在她的培訓班？

江月馬上想到了女兒，女兒越來越有名，江月驕傲自豪的同時心底的憂慮也一日強過一日，怕終有一天徐修會從女兒身上看到她的影子，記起那一晚。

女人紅潤的臉色瞬間轉為蒼白，這種變化以及背後的心理活動，又怎麼能逃過一個大集團董事長的眼睛？

「看來，妳還記得我。」徐修一步一步走向江月，視線毫不掩飾地掃過江月全身，從她幾乎不見皺紋的美麗臉龐，一路向下，然後再緩緩移上來，定在江月臉上。

江月的臉更白了，身體都在隱隱顫抖，她強迫自己冷靜，看著男人胸口問：「這位先生，您是想為孩子報名古箏班嗎？」

徐修笑了，停下腳步，興致盎然地打量她：「江老師這樣，不太像四十歲的母親，倒讓我記起了九四年的江小姐。」

這個男人，在公司員工面前是威嚴鐵血的集團董事長，在徐老爺子面前是孝順懂事的長子，在徐凜、肖照面前是成功穩重的父親，但在他感興趣的女人面前，他只是一個男人，一個有著豐富獵豔經驗的優秀雄性。

他低頭看她，鳳眼無情又似有情，一句「九四年的江小姐」，未提半字風流，卻一下子將那一晚纏綿擺在了兩人面前。換個女人，幾乎難以逃脫這樣的安排，難以拒絕一個家資雄厚氣質卓然的董事長，但江月沒感受到曖昧，面對徐修，她只有害怕。

「你來做什麼？」掩飾無用，江月白著臉問。

「敘舊，可以嗎？」徐修逕自坐到椅子上，仰頭看她，氣度悠閒。

「我不歡迎你，請你離開。」指著門外，江月竭力鎮定地逐客。

徐修在女人眼中看到了懼怕與憎惡，那種憎惡絕不是其他女人欲拒還迎的假裝。雖然兩人有過一夜親密交流，但那已經是二十多年前的事了，從根本上來講，徐修與江月只是陌生人，如今在一個陌生女人眼中看到嫌棄，徐修調情的興趣頓時減了大半。

他確實滿意江月的容貌與氣質，如果明薇真的是他的女兒，只要江月肯離婚，徐修甚至願意與她重新組建家庭，但從江月身上徐修感受不到這種可能。

徐修從不缺女人，既然江月反感他，徐修也不會繼續不識趣，一把年紀了，要就要，不要就不要，他沒有步步為營算計她的閒情。

「坐吧，我問妳幾個問題，妳如實回答，談完我馬上離開，絕不會再打擾妳。」收起之前調情的姿態，徐修彬彬有禮地道。身處國內商業圈金字塔的位置，徐修在大多數合作夥伴面前都是威嚴冷峻的，對待年輕時的江月他也不曾憐香惜玉，但現在他把江月當明薇的母親看，而明薇極有可能是他的女兒。

事情調查清楚之前，徐修不想與江月的關係惡化。

辦公室外有人走動，隔壁教室學生們也陸陸續續來上課了，江月心有顧忌，不得不坐下來，面對電腦螢幕，裝出與一般學生父母交談的模樣，然後低聲問徐修：「你想問什麼？」

徐修背靠椅背，鳳眼探究地盯著江月：「來蘇城之前，我查過妳與明強的資料，當年你們結婚時明強只是一個汽車修理廠小老闆，文化程度不高，我想知道，家境優渥如妳，為什麼會嫁給一個門不當戶不對的男人。」

江月怕徐修，從骨子裡怕這個金融巨頭，但她不容許徐修看低她的男人。軟弱不見了，江月直視徐修，不卑不亢道：「明強當時家庭條件確實不好，但他愛我，我也愛他，所以我高高興興地嫁了，事實證明，我沒有嫁錯人。」

徐修點點頭，垂下的眼簾遮掩了他的詫異。

江月、明強，無論家世還是學歷，包括兩人的氣質，看起來都不相配，特別是剛剛江月下車時明強粗魯輕佻的舉動，徐修下意識將明強想成了沒有修養的暴發戶，進而推斷，如果明薇真是他的孩子，當年江月極有可能是因為未婚先孕找不到合適的對象，不得已下嫁明強，如果真的是這樣，他對江月又多了一種責任。

不過柔弱的江月居然為了維護明強勇敢地反駁他，可見夫妻倆的感情是真的很好。

至此，徐修對江月再沒有任何覬覦之心。

「知道妳這些年過得好，我很欣慰。」抬起頭，徐修由衷地道，只是下一秒，眼中的平和忽然轉為不滿，沉聲質問：「但薇薇是我的女兒，我明明留了聯繫方式給妳，妳為何不告訴我，剝奪我教養女兒的權利？」

這質問來的太突然，江月心裡一慌，本能地否認：「你胡說什麼，薇薇……」

「妳以為沒有證據，我會過來找妳？」徐修冷冷打斷她，跟法官一樣，逐條陳述他的證據：「去年薇薇與穆廷州的事鬧得沸沸揚揚，我當時只覺得薇薇眼熟，並未聯想到妳身上。十月《南城》開播，看到薇薇穿上旗袍彈古箏，我終於記起了妳，對薇薇的身分也有了懷疑。肖照是我次子，他與薇薇是朋友，我讓他想辦法弄了幾根薇薇頭髮，親子鑒定結果顯示薇薇確實是我女兒。」

原來他已經知道了！

江月面如死灰，全身發冷，怔怔地坐在那，心慌意亂。

徐修其實只是在詐她，但江月的表現證實了他的猜測，明薇確實是他的女兒。

得到答案，徐修重新戴好墨鏡，面無表情站了起來。

「你想怎麼樣？」江月不歡迎他來，這輩子最不想見的就是徐修，可現在徐修知道了女兒的身分，江月害怕。意識到徐修要走，江月慌得從辦公桌後跑出來，神情悽惶地攔在徐修面前，眼淚決堤：「薇薇什麼都不知道，我求你了，別去打擾她，我不想她傷心……」

女兒那麼喜歡明強，一直都把明強當親爸爸撒嬌依賴，如果知道真相，女兒會不會恨她的欺騙，會不會再也不想回家了？萬一、萬一女兒被徐修哄走，明強該有多難過？自從女兒出生，明強便疼如親生，而且因為是第一個孩子，明強對薇薇比對橋橋還好，付出的父愛更多。

太多的可能，全是她害怕的，江月的眼淚越來越多，側轉過去，一邊擦淚一邊哀求：「你有你的家庭，我有我的生活，事情過去那麼久，你就當沒有發生過行不行？如果你真想當個好父親，那就別讓薇薇難過。」

徐修做出決定的事豈會被一個女人三言兩語勸住？最後看一眼這個為他生了一個女兒的江南小女人，徐修淡漠道：「薇薇已經成年，她沒有妳想像的那樣脆弱，她是徐家的骨血，她有權利知道。今天應該是我最後一次見妳，我把話說清楚，我不會打擾妳與明強，但薇薇是我女兒，我一定會認她，還有，這件事我會找合適的機會向薇薇解釋，在我開口之前，妳最好什麼都別說，如果因為妳們打亂我認女兒的計畫，我不會動妳，但明強……」

徐修沒有把話說完，但他相信江月懂自己的意思，言盡於此，徐修繞過江月，毫不留戀地離開了。

江月僵在原地，六神無主。

徐修肯定不會害薇薇，但這件事到底會給女兒帶來怎樣的影響？

心亂如麻，江月坐回辦公椅上，整整一天都沒想到解決辦法。

傍晚下班，明強來接她，江月沒心情下館子，假稱身體不適敷衍了過去。晚上夫妻同床共枕，江月幾次想要開口提及徐修，卻又怕明強脾氣上來去找徐修算帳，思來想去，還是沒敢跟明強說。明強身體魁梧，單打獨鬥絕對打得過徐修，可徐家實力太大，明強真的鬧起來，最後吃虧的還是他。

生性軟弱，江月選擇了沉默，第二天偷偷打電話給女兒：「薇薇，妳一個人在外面，要是遇到什麼麻煩，千萬記得跟媽媽說，別自己扛著。」

『好好的說這個幹什麼？』面對老媽莫名其妙的擔心，明薇只覺得困惑，『媽，妳是不是又看什麼娛樂八卦了？跟妳說多少次了，那些都是記者瞎編的，真有事我肯定第一時間通知你們，放心吧，我又不是小孩子。』

江月苦笑，叮囑女兒天冷記得加衣服，心事重重掛了電話。

明薇最近名利雙收，春風得意，也沒把這通電話放在心上。

轉眼到了八號，東影陸總在自家別墅為兒子慶祝周歲，明薇與林暖一起赴席。林暖是陸太太的大學好友，明薇先是被陸太太推薦試鏡《大明首輔》，後來又簽了陸太太姐姐沈素的經紀公司，兩人都是陸太太請的客人。

林暖是明薇戀情的少數知情者之一，車子開進陸家車庫，她興奮地看外面那些名車：「哪個是穆廷州的？我去停他旁邊。」

明薇偷偷瞄了眼，沒瞧見穆廷州的車。

「可能還沒來，我們來早了。」林暖有些遺憾，隨便找個位子停好，兩人先後下車。

她們來的確實早，陸家客人還不多，都聚在客廳說話。陸太太抱著她的胖兒子坐在沙發上逗弄，沈素坐在旁邊，高冷的陸總侍衛般站在沙發一側，瞧見明薇、林暖，遠遠地點點頭，臉上不見任何熱絡。

明薇笑笑，到了跟前，只陪陸太太、沈素聊天。小壽星白白胖胖的，長得特別漂亮，就是太怕生，不肯給明薇、林暖兩個陌生阿姨抱。客人越來越多，林暖混到了陸太太大學的朋友圈，明薇則跟影視圈的熟人聚在一起，眼睛不時留意大廳門口，惦記某位大牌影帝。

聊得入神，門口那邊忽然傳來輕微的躁動，明薇心跳加快，偷眼望去。

門口果然多了兩個穿黑色西裝的男人，然而並非穆廷州、肖照，而是……

明薇最先認出了曾經近距離接觸過的徐家大公子徐凜，徐凜旁邊的男人看起來四十左右，五官俊逸，數十年的歲月多少侵蝕了他的顏值，但同時也為他增加了成熟男人特有的魅力，如陳年老酒，越品越有味道。

明薇經常在商業報導上見到他，正是徐凜肖照的父親，徐氏集團現任董事長，徐修。

「伯父，好久不見。」貴客登門，陸總十分意外，徐、陸兩家是世交，但徐修日理萬機，正常來說絕不會參加小輩兒子的周歲宴，陸總也只給徐凜下了請柬。

「大寶周歲，我來看看，順便沾沾喜氣。」徐修拍拍陸總肩膀，意味深長地看了看單身的長子。

徐凜淡笑，心中同樣有困惑，不懂父親為何要來這邊。

陸總請二人去客廳坐。

一路上都有人過來搭訕，徐修淡淡應對，視線自然而然地移向落地窗邊的小圈子，再落在他的女兒身上。小丫頭穿了一件白色長裙，身段姣好玲瓏優雅，完全繼承了江月的優點，但笑容明媚落落大方，這份氣度更像徐家人。

徐修默默欣賞，直到某一刻，他越看越滿意的女兒突然低頭轉身，露出了幾分女孩羞澀模樣。

徐修挑眉，朝客廳門口看去，視線越過賓客，一眼看到了他的二兒子以及影帝穆廷州。

第三十九章 幽會

穆廷州不喜歡應酬，圈裡圈外的人都知道，所以陸家的周歲宴，穆廷州意外登門，一身黑色西裝俊氣逼人，立即成了所有賓客的焦點。男人愛看美女，女人同樣愛看俊男，在場的女客們，無論單身還是已經結婚的，都忍不住暗暗欣賞影帝的風采。

明薇可能是第一個發現穆廷州的，走出鏡頭的穆廷州，冷俊銳利如一把玉雕長劍，讓人不好意思光明正大的看。明薇的目光一撞到他便本能地移開了，也不知道怎麼回事，別的情侶戀愛後關係越來越親密，明薇卻是恰恰相反，沒與穆廷州確定關係前她還敢看他，現在穆廷州成了她的男人，明薇反而剛注意到穆廷州男性的魅力似的，緊張到放不開。

不過兩人有合作，一直不看反而惹人懷疑。繼續與身邊的女明星聊了一會兒，見同伴笑盈盈地看向穆廷州，明薇便也轉了過去，普通朋友般遠觀穆廷州與陸總等人客套。穆廷州比她想像的能裝，視線從她這邊掠過，片刻都沒有停留，反倒是肖照，看見她，遠遠朝她笑了笑，溫雅知性的男人，令人如沐春風。

明薇笑著點點頭。

徐修看在眼裡，忽然記起十月家宴，飯桌上次子收到訊息笑得格外燦爛，姪女打趣問他是不是談戀愛了，次子並沒有否認。徐修瞭解自己的兒子，剛剛兒子對明薇的笑容絕不是禮節性的客氣。

難道……

徐修唇角抿緊，眸色複雜，見女兒附近有位商場老朋友林總，徐修丟下長子，一個人朝那邊走了過去，雲淡風輕地與朋友敘舊，然後適時掃一眼女兒，流露出一絲興趣。林總是個人精，誤會徐修對當紅的女明星有興趣，老油條地笑了笑，故意側身，對幾步外的明薇道：「這位是明小姐吧？我小女兒特別喜歡妳，因為妳的緣故最近一直嚷嚷要學古箏。」

能來陸家赴宴的都是帝都赫赫有名的大人物，明薇剛剛已經明著暗著瞭解幾位商業大腕的身分了，聞言受寵若驚地笑了：「謝謝林小姐的喜歡，還請林總替我向她轉達我的榮幸。」

林總點點頭，朝明薇招手，然後指著徐修道：「妳跟肖照那麼熟，這位是誰應該不用我介紹了吧？」

明薇哪能不認識呢，笑容真誠了幾分：「您好，徐董。」

女兒笑靨如花，確實有點母親的影子，徐修越看越舒服，一邊與明薇握手一邊溫和地道：「妳跟肖照是朋友，以後見面叫我伯父就好，不用客氣。」

林總暗暗驚訝，認識徐修這麼久，即便是泡妞，他也沒見過徐修將身段放的這麼低。

明薇並不瞭解徐修的性格，因為肖照那層關係，徐修又一副和藹儒雅大叔的做派，明薇便從善如流，改口道：「伯父。」

徐修渾身舒暢，雖然他更想女兒嬌嬌地叫他爸爸，像姪女喊她爸爸那樣。

「爸……」

身後突然傳來一聲「爸」，正中了他心中所想，巧得讓徐修多年未曾緊張的心都跳快了幾下。明知不是女兒喊的，徐修還是忍不住看了女兒幾眼，卻見小丫頭不知何時垂下了眼簾，長長的睫毛又細又密，嬌嫩臉蛋浮上淺淺紅暈，羞澀動人。

而剛才叫他「爸」的人，已經走到了他與女兒中間，身體微微擋住女兒，疑惑地問他：「爸，你怎麼來了？」

看著自己的二兒子，徐修淡笑著反問：「我為什麼不能來？」

肖照無言以對，看看明薇，再回想老爸剛剛同明薇說話時異常溫柔的笑，肖照的心突突地跳。他太瞭解這位父親，生性風流，身邊的女人不知換了多少個，而且老爸也非常擅長對付女人，收服女人迅速，甩起來乾淨俐落，從未惹過任何麻煩。

自幼喪母，肖照並不介意老爸在外面的風流生活，但他絕不希望老爸將主意打到明薇身上。

「明小姐，好久不見。」

父子默默對峙，穆廷州越過肖照，自然而然地站到明薇另一側，成功吸引明薇轉身，改成背對徐家父子。

「穆老師來了。」明薇儘量保持微笑，緊張地看一眼穆廷州，見他的目光還算克制，明薇悄悄鬆了口氣，「《龍王》拍完了，穆老師想好下部戲了嗎？」

穆廷州看著她，意味深長道：「最近私事比較忙，暫時無法分心。」

明薇聽懂了，輕輕瞪他一眼，怕穆廷州越說越離譜，連忙找個藉口離開了這邊。

穆廷州單手插在口袋裡，克制地沒有目送近月未見的祕密女友，而是望向客廳門口，那裡，徐修、肖照一前一後出了客廳，去別墅外面的草坪了。

「你似乎很緊張明薇？」草坪平坦空曠，確定遠處的人聽不到他們談話，徐修停下腳步，審視地觀察肖照。

肖照平靜道：「她是我朋友，非常要好的朋友，跟別的女明星不一樣。」

徐修明白兒子話裡的意思，兒子誤會他對女兒有非分之想，徐修不生氣，但他無法接受兒子這麼關心女兒的深層動機。徐修做事最不喜歡拖泥帶水，看一眼陸家別墅，徐修拍拍兒子肩膀，壓低聲音道：「明薇媽媽嫁進明家前，曾與我有些交情，現在我有九成把握明薇是你同父異母的妹妹，另外一成，你想辦法拿到她的DNA樣本，我會做鑒定。」

肖照：「……」

是他耳鳴聽錯了，還是，老爸得了癔症？明薇，他認識了一年多的明薇，怎麼可能是……

徐修很滿意兒子的表情，低笑道：「還是你爺爺眼睛毒，一眼就看出薇薇像我們徐家人了。」

薇薇……

肖照無法接受老爸對明薇的親昵稱呼，可明薇……難道真的是他同父異母的妹妹？

「鑒定結果出來之前，先別告訴其他人。」父子之間不用說太多，徐修點到為止，留兒子一人慢慢消化，他重新返回客廳，默默注意女兒。這種感覺很奇妙，突然出現的女兒本該是陌生人，但父女間或許真有血脈感應，遇到明薇之前徐修不曾幻想有個女兒生活會如何，但現在他迫不及待想早點與女兒相認。

明薇並未注意到徐修的窺視，客廳一個偏僻角落，穆廷州卻敏銳地捕捉到了一個老男人對他女朋友的覬覦。那是肖照的父親，穆廷州原本對徐修有幾分對長輩的尊敬，但現在，別說肖照的父親，即便是肖照的爺爺，穆廷州也不會再有任何尊重。

五十多歲的男人，簡直是為老不尊。

穆廷州去了二樓，二樓賓客少，穆廷州坐到沙發上傳訊息給女朋友：『我找地方？』

收到男朋友的召喚，明薇抿抿唇，走到窗邊，一邊緊張留意附近的賓客是否靠近，一邊飛快回覆：『再等等，開席後我會去二樓參觀陸太太的工作室，到時候傳訊息給你，你偷偷過來，林暖會幫我們盯哨。』

林暖非常熱心，得知兩人要在陸家約會，立即想到了辦法。明薇猜測，林暖肯定跟陸太太打過招呼了，不過陸太太一看就不是喜歡四處亂說的人，還是信得過的。

穆廷州不太滿意這個安排：『開席前先見一次。』

明薇回了三個「打耳光」的貼圖給他，不懂羞恥的老男人，要不要這麼饑渴？當她不知道他所謂的見面就等於親吻？

「薇薇走了，我們去外面。」有人叫她，明薇抬頭笑笑，神色自然地收起手機。

中午十二點，周歲宴正式開始，明薇隨女客一起熱鬧了一番，後來大家開始邊吃邊聊了，明薇佯裝要去洗手間，微笑著離開席位朝別墅走去。所過之處不斷有人與她打招呼，明薇一一回應，笑得太頻繁，一時沒留意前面，差點撞到人。

「不好意思徐董，沒撞到您吧？」看清前面手持酒杯的男人，明薇尷尬道。

「叫伯父。」徐修笑著說，目光溫柔。

明薇看出徐修對她比較關照了，但她將這份和藹歸功於肖照頭上，便沒有多想，再次道歉後，明薇提著包，優雅從容地繼續前行。徐修很想多跟女兒聊兩句，但他懂得分寸，過猶不及，初次見面太熱情，讓女兒也誤會他別有居心就不好了。

端著酒杯，徐修若無其事回了座位，環視一周，看見肖照呆呆地坐在一桌酒席旁，魂不守舍。徐修越發篤定兒子因為不明真相動了不該動的感情，所以當他發現穆廷州也離開草坪去了別墅後，徐修並沒有聯想到什麼。

陸家別墅，二樓。

陸太太是戲服設計師，雖然嫁入豪門，但並沒有放棄工作，陸總疼老婆，特地改造了一間寬敞明亮的工作室。明薇推門進來就見房間中整整齊齊陳列著衣架、畫板等專業工具，有的戲服已經做好了，頗具時尚感的優雅長裙，一看就是為現代劇準備的。

窗簾已經拉上了，明薇繞到最裡面的那排戲服後，心虛地左右看看，這才聯繫穆廷州。

穆廷州秒回：『稍等。』

明薇看了，臉突然就熱了，偷偷摸摸地在別人家裡幽會，這感覺又羞恥又刺激。

手機調成靜音，明薇拍拍自己熱乎乎的臉，心不在焉地打量眼前的幾套戲服。

大概六、七分鐘後，工作室的門突然被人推開了，明薇心怦怦跳，做賊般縮低身體，眼睛透過兩套戲服中間的縫隙往外看。穆廷州剛關好門，正一寸寸打量陌生的房間，見他要朝這邊轉過來了，明薇慌得縮回腦袋，雙手搭在身前，緊張得像第一次約會的早戀學生。

心咚咚地跳，前面也傳來了男人不輕不重的腳步聲。

知道被他發現了，明薇硬著頭皮站直身體，背靠牆壁朝穆廷州笑，笑完眼簾就垂下去了。

年輕女孩穿著一襲白裙，面頰紅潤，如剛剛成熟的待人採擷的果子，乖乖地縮在牆角。穆廷州喜歡這顆果子，等了快一個月才等到這次見面，現在終於可以品嚐了，穆廷州不由加快腳步，繞過幾個人型模特兒，終於站到了她面前。

明薇低著頭，看到男人一雙大長腿，看到他靠過來，不知是要抱她還是親她。

明薇喜歡跟他親吻，但她想先聊聊天，緩解一下那種緊繃的氣氛。

「有人看到你上來嗎？」按住他伸過來的大手，明薇口乾舌燥地問。

他就是火，才靠近她便熱得不行了。

「沒注意，妳的朋友在外面。」穆廷州反握她的手，軟軟的柔若無骨，他情不自禁捏了捏。

明薇的腦袋垂得更低了。

穆廷州澈底貼了上來，一手摟住她細細的腰，一手捧起她發燙的臉頰。她被迫抬起頭，一雙眼睛明潤水亮，慌亂緊張地望著，看一眼就閉上了，與曾經冷言冷語挖苦諷刺他的那個小新人判若兩人。穆廷州喜歡，也不解，先碰碰她的鼻尖，幽幽問：「怎麼這麼害羞？」

明薇惱羞成怒，掙開他的大手，隨手推他。

她往外使勁，穆廷州卻壓得更緊，重新掰回她的臉，低頭就要親。

明薇不高興，一頭扎進他懷裡，雙手扯他衣擺，悶悶道：「只知道親，說說話不行嗎？」那麼急色，一點都不像高冷禁欲影帝。

「妳想說什麼？」穆廷州摟緊她的腰，低頭埋進她的髮中，心醉神迷。為什麼要說話？日常聊天訊息、電話已經說得夠多了，見面不容易，他想把有限的時間完全用在最想跟她做的事情上。只是她真的想說話，他也願意奉陪。

說什麼？

明薇竟然毫無頭緒，他們是男女朋友啊，可是見了面，居然也不知道該說什麼。

她埋頭不語，穆廷州卻記起一件事，扶她站直，皺眉問：「肖照他爸對妳似乎有些特別。」

明薇沒反應過來，茫然地看著他。

穆廷州沒有狩獵女人的經驗，但他瞭解男人的劣性根，換個老男人，譬如那位林總，穆廷州會直接提醒明薇，可徐修畢竟是肖照的父親，身為多年摯友，穆廷州冷靜地給肖照留了面子，委婉解釋道：「徐董平時不苟言笑，今天他笑得次數多了點。」

明薇回憶了一下，今天幾次與徐修照面，徐修確實都在笑，她還是沒有想到那一層，輕聲道：「我跟肖照是朋友，徐董愛屋及烏吧。」

穆廷州抿唇：「徐董見到他姪女，笑得都不如今天燦爛。」

這下明薇懂了，但她不信年過五旬的徐修會對她動那種惡俗心思，再看穆廷州，眉皺著臉繃著，明薇忍俊不禁，垂眸笑：「徐伯父笑得燦爛不燦爛我沒看出來，我只覺得有人身上好像在冒酸水呢？」

穆廷州看著她，反應過來，嗤道：「妳這是侮辱我的智商。」

男人吃醋是因為缺乏自信，覺得女朋友可能會被人搶走，可他穆廷州會擔心明薇被一個五十多歲的男人搶了？徐修沒那個本事，他沒那麼糊塗，明薇也沒那麼傻……應該沒那麼傻吧？

眉峰一挑，穆廷州抬起明薇下巴，凝視她道：「難道妳覺得他有讓我吃醋的本錢？」

這個姿勢太霸道總裁，明薇一邊拽他手一邊嘟囔：「我沒說……」

「那就好，如果妳欣賞他，我會質疑妳的審美。」穆廷州低聲道，然後雙手分別攥住一隻她不安分的小手，舉高抵到牆上，身體前傾。這樣恥度更高，明薇紅著臉扭頭，手上用力，穆廷州輕鬆鎮壓，歪頭去找她誘人的唇。

明薇躲了兩下，他火熱的唇接連落到她臉上鼻尖，第三下，終於堵住了她的唇。

戀人間的親吻會上癮，經常親還好，隔十天半個月才親一次，只會增強那致命的吸引。

嘴瘦了，手臂也瘦了，試著抗議，他雙手攥得緊緊的，明薇的手臂真的受不了了，手不能動，話也說不出，本能地用身體推他，結果才扭了一下，穆廷州突然不親了，睜開眼睛，長長的睫毛在她肌膚上掃過。

停頓毫無預兆，明薇傻傻地睜開眼。

他的黑眸近在咫尺，裡面墨色沉沉，深不可測。

明薇不知道他在看什麼，趁嘴唇分離，她小聲抗議：「鬆開我，手痠……」親就親，玩什麼花樣，偶像劇都沒這麼拍。

穆廷州默默地放開手。

手臂垂下去，明薇舒服地鬆了口氣，如蘭的氣息全吹在了穆廷州臉上。穆廷州本就在自製力崩潰的邊緣，被她這麼一吹，欲火更熾。見她紅著臉乖乖地縮在自己懷裡，穆廷州喉頭滾動，畢竟嚐過兩個月的冷暴力，雖然很想不顧一切，穆廷州還是忍住了，腰以下保持距離，只用胸口壓住她，試探著在她耳邊道：「如果我以男朋友的身分對妳產生性衝動，還會被妳質疑人品嗎？」

明薇：「……」

她算是看透了，不說話的穆廷州，比亂說話的穆廷州招人喜歡一百倍！

「會！」臉龐紅透，明薇狠狠推穆廷州，不想理他了。

可她沒推動，穆廷州迅速壓牢她，黑眸犀利地盯著自己的女人，好像生氣了，但更像羞臊，臉蛋那麼紅，眼睛那麼水靈，更誘惑他。穆廷州全身發緊，試著跟她講道理：「我的身體、心理都很健康，與自己喜歡的女人接吻，有反應屬於正常的生理現象。」

明薇捂住耳朵，不想聽，結果一低頭，視線不可避免地落在了他的褲子上……

腦袋裡轟的一聲，明薇整個人都要炸了，有沒有那麼誇張！

氣勢瞬間低了一截，明薇咬唇囁嚅：「該走了，我們同時消失太久，容易讓人起疑。」

穆廷州拒絕：「時間太短。」

明薇扭頭，轉轉他手腕上的腕錶，她努力用命令的口吻道：「再給你五分鐘。」

五分鐘也太短，但她冷冰冰的，穆廷州也擔心她真的生氣，便重新將明薇抵到牆壁上，摟著她的腰忘情深吻。明薇顫巍巍攥著他衣服，陌生的環境熱情的男友，她整個人都要燒著了，渾渾噩噩地忘了時間。

工作室外，林暖悠閒地靠在二樓欄杆上認真玩手機。樓下忽然傳來腳步聲，林暖低頭，樓下肖照恰好仰頭，視線交織，林暖看懂了肖照在找什麼，肖照也領悟了林暖守在那的意義。想到穆廷州正與他百分之九十的妹妹私會，想到明薇單純信任他的笑臉，肖照胸口蹭蹭冒火，走出林暖的視線，他拿出手機打穆廷州電話。

穆廷州的手機設定了震動模式，手機一震，明薇也感受到了，嚇得好像班主任來踢門一樣，慌得直推穆廷州。

穆廷州不想理會，明薇捂著臉背轉過去，喘著道：「你先接電話。」

短暫的中斷，穆廷州恢復了些理智，目光灼熱地盯著剛剛還在他懷裡動情躲閃的女友，他沉著臉掏出手機：「有事？」

男人聲音低啞，肖照沒親過人還會沒看過動作片？猜到穆廷州做的好事，他也不廢話，冷聲道：『下來。』

穆廷州蹙眉：「你先說什麼事。」

肖照咬牙切齒：『我讓你下來。』

他的臉黑，穆廷州臉更黑，直接掛了電話。

明薇背對他問：「肖照吧？」

穆廷州「嗯」，剛要走向她，手機又震了。

明薇笑了，摸摸臉，走遠點勸他：「好了，你快下去吧，可能有急事找你。」親了這麼久夠了，再親下去，恐怕會留下痕跡，讓人看了笑話。

理智上，穆廷州明白自己必須走了，可她近在眼前，他挪不動腳：「妳……」

「快走吧。」明薇受不了他，跑到他身後，用力往外推。

穆廷州無奈，反身抱住她又糾纏了一分鐘，這才帶著不停震動的手機煩躁離去。

工作室的門再次關上，明薇摸摸還殘留他溫度的嘴唇，回想方才過於熱情的擁抱，心如小鹿亂撞。

原來這就是談戀愛，又喜歡、又刺激，見面了會緊張慌亂，可他前腳剛走，後腳她就開始想他了。

——未完待續——

高寶書版集團
gobooks.com.tw

YH 063
影帝的公主（中）
作　　者　笑佳人
責任編輯　吳培禎
封面設計　茵萊登曼特
內頁排版　賴姵均
企　　劃　何嘉雯

發 行 人　朱凱蕾
出　　版　英屬維京群島商高寶國際有限公司台灣分公司
Global Group Holdings, Ltd.
地　　址　台北市內湖區洲子街88號3樓
網　　址　gobooks.com.tw
電　　話　(02) 27992788
電　　郵　readers@gobooks.com.tw（讀者服務部）
傳　　真　出版部(02) 27990909　行銷部 (02) 27993088
郵政劃撥　19394552
戶　　名　英屬維京群島商高寶國際有限公司台灣分公司
發　　行　英屬維京群島商高寶國際有限公司台灣分公司
初　　版　2021年 12 月

本著作物《影帝的公主》，作者：笑佳人，由北京晉江原創網絡科技有限公司授權出版。

國家圖書館出版品預行編目(CIP)資料

影帝的公主/笑佳人著. -- 初版. -- 臺北市：英屬維京群島商高寶國際有限公司臺灣分公司, 2021.12
冊；　公分

ISBN 978-986-506-314-6(上冊：平裝). --
ISBN 978-986-506-315-3(中冊：平裝). --
ISBN 978-986-506-316-0(下冊：平裝). --
ISBN 978-986-506-317-7(全套：平裝)

857.7　　110020876

GOBOOKS
& SITAK
GROUP ©